QUEBRA DE CONFIANÇA

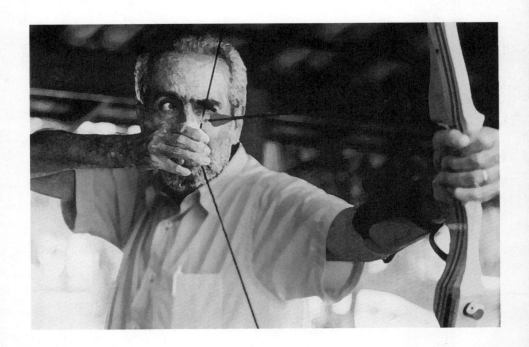

O Arqueiro

GERALDO JORDÃO PEREIRA (1938-2008) começou sua carreira aos 17 anos, quando foi trabalhar com seu pai, o célebre editor José Olympio, publicando obras marcantes como *O menino do dedo verde*, de Maurice Druon, e *Minha vida*, de Charles Chaplin.

Em 1976, fundou a Editora Salamandra com o propósito de formar uma nova geração de leitores e acabou criando um dos catálogos infantis mais premiados do Brasil. Em 1992, fugindo de sua linha editorial, lançou *Muitas vidas, muitos mestres*, de Brian Weiss, livro que deu origem à Editora Sextante.

Fã de histórias de suspense, Geraldo descobriu *O Código Da Vinci* antes mesmo de ele ser lançado nos Estados Unidos. A aposta em ficção, que não era o foco da Sextante, foi certeira: o título se transformou em um dos maiores fenômenos editoriais de todos os tempos.

Mas não foi só aos livros que se dedicou. Com seu desejo de ajudar o próximo, Geraldo desenvolveu diversos projetos sociais que se tornaram sua grande paixão.

Com a missão de publicar histórias empolgantes, tornar os livros cada vez mais acessíveis e despertar o amor pela leitura, a Editora Arqueiro é uma homenagem a esta figura extraordinária, capaz de enxergar mais além, mirar nas coisas verdadeiramente importantes e não perder o idealismo e a esperança diante dos desafios e contratempos da vida.

HARLAN COBEN

QUEBRA DE CONFIANÇA

ARQUEIRO

Título original: *Deal Breaker*
Copyright © 1995 por Harlan Coben
Copyright da tradução © 2011 por Editora Arqueiro Ltda.

Todos os direitos reservados.
Nenhuma parte deste livro pode ser utilizada ou reproduzida sob quaisquer meios existentes sem autorização por escrito dos editores.

tradução: Alves Calado

preparo de originais: Sheila Til

revisão: Hermínia Totti e Luis Américo Costa

projeto gráfico e diagramação: Valéria Teixeira

capa: Elmo Rosa

impressão e acabamento: Associação Religiosa Imprensa da Fé

CIP-BRASIL. CATALOGAÇÃO NA PUBLICAÇÃO
SINDICATO NACIONAL DOS EDITORES DE LIVROS, RJ

C586q Coben, Harlan
Quebra de confiança / Harlan Coben; tradução de Alves Calado. São Paulo: Arqueiro, 2019.
272 p.; 16 x 23 cm.

Tradução de: Deal breaker
ISBN 978-85-306-0020-4

1. Ficção americana. I. Calado, Alves. II. Título.

19-58046

CDD: 813
CDU: 82-3(73)

Todos os direitos reservados, no Brasil, por
Editora Arqueiro Ltda.
Rua Funchal, 538 – conjuntos 52 e 54 – Vila Olímpia
04551-060 – São Paulo – SP
Tel.: (11) 3868-4492 – Fax: (11) 3862-5818
E-mail: atendimento@editoraarqueiro.com.br
www.editoraarqueiro.com.br

Este, como tudo o mais, é para Anne.

Agradeço a Sunandan B. Singh, M.D., legista-chefe do condado de Bergen, em Nova Jersey; a Bob Richter; a Rich Henshaw; a Richard Curtis; a Jacob Hoye; a Shawn Coyne; e, claro, a Dave Bolt.

1

OTTO BURKE, O REI DA CONVERSA MOLE, investiu pesado.

– Ora, Myron – insistiu com fervor quase religioso. – Tenho certeza de que podemos chegar a um acordo. Você cede um pouco. Nós cedemos um pouco. O Titans é uma equipe unida. Quero que vocês sejam parte dela, Myron. Vamos formar um time e tanto juntos. O que me diz?

Myron Bolitar uniu as pontas dos dedos das suas mãos. Tinha lido em algum lugar que o gesto dava à pessoa um ar de sensatez. Sentiu-se idiota.

– Eu não poderia querer nada diferente, Otto – disse, esquivando-se pela enésima vez. – Verdade. Mas nós já cedemos o máximo possível. Agora é com você.

Otto balançou a cabeça energicamente, como se tivesse acabado de ouvir algum disparate filosófico que deixaria Sócrates envergonhado. Estampando no rosto um sorriso forçado, perguntou ao gerente geral de seu time:

– Larry, o que acha?

Pegando a deixa, Larry Hanson bateu na mesa de reuniões com um punho tão peludo que poderia ser confundido com um roedor de pequeno porte.

– Bolitar que vá pro inferno! – gritou, com falsa fúria. – Está ouvindo, Bolitar? Entendeu o que eu disse? Vá pro inferno.

– Vá pro inferno – repetiu Myron, assentindo. – Saquei.

– Está querendo bancar o esperto comigo? Hein? Responda, droga! Está bancando o esperto?

Myron o encarou.

– Tem uma coisa presa no seu dente.

– Seu espertalhão de merda!

– E você fica lindo quando está com raiva. Seu rosto se ilumina.

Os olhos de Larry Hanson se arregalaram. Ele se virou para o chefe, depois de volta para Myron.

– Isto aqui é muito mais do que você poderia imaginar, Bolitar. E você sabe disso, porra!

Myron não disse nada. A verdade era que Larry Hanson tinha certa razão. Aquilo era bem mais do que ele poderia imaginar. Trabalhava como empresário de atletas havia apenas dois anos. Na maioria dos casos, seus clientes tinham sorte por atingirem o mínimo de qualidade para se tornarem profissionais. E o futebol americano estava longe de ser sua especialidade. Só tinha três jogadores na liga nacional, a NFL, e dois deles eram da reserva. Agora ali estava ele, sentado diante de Otto Burke, o prodígio de 31 anos e mais jovem dono de time da liga, e Larry Hanson, ex-jogador lendário que se tornara dirigente. E estava negociando uma contratação que, apesar de sua inexperiência, representava o mais alto investimento que um time jamais fizera em um novato.

Sim, ele – Myron Bolitar – conseguira representar Christian Steele, "a grande promessa". O *quarterback* que ganhara duas vezes o troféu Heisman. Que fora eleito melhor jogador pela imprensa três vezes seguidas. Que figurara por quatro anos consecutivos entre os melhores amadores do país. Como se isso não bastasse, o garoto era o sonho dourado de qualquer patrocinador. Aluno exemplar, bonito, articulado, educado e branco (sim, isso fazia diferença).

E, melhor de tudo, tinha Myron como empresário.

– A oferta está na mesa, senhores – continuou Myron. – Achamos que é mais do que justa.

Otto Burke balançou a cabeça.

– É merda nenhuma! – gritou Larry Hanson. – Você é um idiota, Bolitar. Vai jogar a carreira desse garoto por água abaixo.

Myron abriu os braços.

– Que tal darmos um grande abraço em grupo agora?

Larry já ia soltar outro palavrão, mas Otto ergueu a mão, impedindo-o. No tempo em que Larry jogava, ninguém conseguia pará-lo, mesmo que fosse um gigante como Dick Butkus ou Ray Nitschke. Agora esse sujeitinho de 68 quilos formado em Harvard o detinha com apenas um gesto.

Otto Burke se inclinou para a frente. Durante toda a reunião, tinha mantido um sorriso no rosto, gesticulara e sustentara o contato visual – parecia o modelo vivo de um produto que prometesse fama e sucesso. Mais desconcertante, impossível. Otto era um homem de baixa estatura e aparência frágil e seus dedos eram os mais curtos que Myron já vira. Seu cabelo era escuro e comprido, tipo heavy metal, e ia até os ombros. Tinha cara de criança e um cavanhaque ridículo que parecia desenhado a lápis. Fumava um cigarro comprido, ou talvez só parecesse comprido por causa do contraste com os dedos.

– Bom, Myron – disse Otto. – Sejamos racionais, ok?

– Racionais. Tudo bem.

– Fantástico, Myron, isso vai ajudar. A verdade é que Christian Steele ainda é uma incógnita. Nem sequer vestiu um uniforme profissional. Pode ser o maior fracasso do século.

Larry fungou.

– Você já deve saber algo sobre isso, Bolitar, sobre jogadores que dão em nada. Que só fazem merda.

Myron o ignorou. Tinha ouvido esse tipo de insulto antes. Não o incomodava mais. É como dizem: o que vem de baixo não me atinge.

– Estamos falando do cara que talvez venha a ser o maior *quarterback* da história – respondeu com firmeza. – Você fez três trocas e abriu mão de seis jogadores para ficar com ele. Não teria feito tudo isso se não acreditasse que ele vale a pena.

– Mas essa proposta...

Otto parou, olhou para cima como se procurasse as palavras certas no teto.

– ...não é apropriada.

– Melhor dizendo, é uma merda – acrescentou Larry.

– É nossa proposta final – disse Myron.

Otto balançou a cabeça sem desfazer o sorriso.

– Vamos conversar melhor, certo? Vamos olhar a coisa sob todos os ângulos. Você é novo nisso, Myron, é um ex-atleta tentando se tornar um homem de negócios. Respeito isso. É um cara jovem que está correndo atrás de uma virada na vida. Eu realmente admiro isso. De verdade.

Myron ficou na dele. Poderia ter dito que tinha a mesma idade que Otto, mas adorava ser tratado de forma paternalista. E quem não gosta?

– Se você cometer um erro nesta negociação – continuou Otto –, pode ser o tipo de coisa que vai arruinar sua carreira. Sabe o que eu quero dizer? Muita gente já acha que você não leva jeito para isso, para cuidar de um cliente desse nível. Eu, não, claro. Acho você um cara muito inteligente. Astuto. Mas o modo como está agindo...

Ele balançou a cabeça como um professor desencantado com um aluno predileto.

Larry se levantou, olhando Myron com irritação.

– Por que não dá um bom conselho ao garoto? Diga a ele para conseguir um empresário de verdade.

Myron já esperava por aquela encenação de policial malvado e policial bonzinho. Na verdade, esperava coisa até pior. Larry Hanson ainda não havia feito nenhum comentário sobre a vida sexual da mãe de ninguém. Mesmo assim, Myron preferia o policial mau. Larry Hanson era um ataque frontal, algo que pode ser facilmente identificado e enfrentado. Otto Burke era um campo minado cheio de cobras.

– Então acho que não temos mais nada a discutir – disse Myron.

– Não seria muito sensato sair daqui sem um acordo, Myron – argumentou Otto. – Isso pode arranhar a imagem impecável de Christian. Prejudicar os contratos de patrocínio. Custar um bom dinheiro a vocês dois. Você não quer perder dinheiro, Myron.

Myron o encarou.

– Não?

– Não, não quer.

– Posso anotar isso?

Ele pegou um lápis e começou a escrever.

– Não... quero... perder... dinheiro.

Em seguida sorriu para os outros dois.

– Estou aprendendo muito hoje, não é?

– Espertalhão de merda – Larry murmurou.

O sorriso de Otto permaneceu no piloto automático.

– Se é que posso arriscar – continuou –, imagino que Christian vá querer pegar a parte dele rapidamente.

– É?

– Há quem tenha sérias dúvidas quanto ao futuro de Christian Steele. Tem gente que acredita – Otto tragou fundo o cigarro – que ele pode ter tido algo a ver com o desaparecimento daquela garota.

– Ah! – soltou Myron. – Agora, sim.

– Agora, sim, o quê?

– Você está começando a jogar lama no ventilador. Cheguei a pensar que eu não estivesse pedindo o suficiente.

Larry Hanson apontou um polegar na direção de Myron.

– Dá para acreditar no que esse frangote está dizendo? Você levanta uma questão legítima sobre a ex-piranha do Christian, uma questão que tem tudo a ver com o valor de mercado dele...

– Boatos infelizes – interrompeu Myron. – Ninguém acreditou neles. No mínimo, fizeram o público se solidarizar com Christian. E não chame Kathy Culver de piranha.

Larry ergueu uma sobrancelha.

– Ora, ora, como ficamos nervosinhos por causa de uma maria-ninguém.

A expressão de Myron não mudou. Tinha conhecido Kathy Culver cinco anos antes, quando ela cursava o segundo ano do ensino médio, e já era uma beldade. Como a irmã, Jessica. Dezoito meses atrás, Kathy havia desaparecido misteriosamente do campus da Universidade Reston. Até hoje ninguém sabia onde ela poderia estar nem o que havia acontecido. A história tivera todos os ingredientes prediletos da mídia: estudante bonita, noiva do astro do futebol americano Christian Steele, irmã da romancista Jessica Culver, e ainda um forte indício de violência sexual como tempero extra. A imprensa não pôde se conter. Atacou a história como esfomeados se lançariam a uma mesa de banquete.

Mas recentemente uma segunda tragédia havia desabado sobre a família Culver. Adam, pai de Kathy, fora assassinado três noites atrás, no que a polícia estava chamando de "assalto que fugiu ao controle". Myron tivera muita vontade de entrar em contato com a família, tentar oferecer mais do que apenas pêsames, mas não sabia se seu gesto seria bem recebido – tinha quase certeza de que não – e acabara decidindo não se aproximar.

– Bom, e se...

Houve uma batida à porta. Ela se entreabriu e Esperanza enfiou a cabeça pela fresta.

– Ligação para você, Myron – disse ela.

– Anote o recado.

– Acho que você vai querer atender.

Esperanza ficou junto à porta. Seus olhos escuros não revelavam nada, mas ele entendeu.

– Já vou – disse.

Ela recuou pela porta.

Larry Hanson deu um assobio de apreciação.

– Ela é uma gata, Bolitar.

– Obrigado, Larry. Isso significa muito, vindo de você.

Myron ficou de pé.

– Já volto.

– Não temos o dia inteiro para ficar de sacanagem aqui.

– Tenho certeza que não.

Myron saiu da sala de reuniões e se encontrou com Esperanza junto à mesa dela.

– O Vale-refeição – contou ela. – Disse que era urgente.

Christian Steele.

Vendo aquele corpo mignon, ninguém diria que Esperanza Diaz havia sido profissional de luta livre. Durante três anos fora conhecida no circuito como Pequena Pocahontas. O fato de ser latina e não ter qualquer gota de sangue indígena norte-americano não parecia incomodar a direção da ANL (Associação Nossas Incríveis Lutadoras). Era só detalhe. Latina, indígena, qual a diferença?

No auge de sua carreira de lutadora profissional, o mesmo roteiro era representado toda semana em arenas por todos os Estados Unidos. Esperanza ("Pocahontas") entrava no ringue usando mocassins, um vestido de camurça com franjas e uma faixa que afastava o cabelo comprido do rosto moreno. O vestido de camurça era retirado antes da luta, expondo uma vestimenta um tanto menor e menos tradicional para uma indígena.

A luta livre profissional tem uma trama bastante simples, com pouquíssimas variações. Alguns lutadores são maus. Alguns são bons. Pocahontas era boa, uma das favoritas do público. Era bonitinha, pequena, rápida e tinha o corpo firme. Todo mundo a adorava. Ela sempre estava vencendo na habilidade quando a oponente fazia algo ilegal para virar o jogo, como lançar areia nos seus olhos ou usar um objeto proibido que todo mundo percebia, menos o juiz. Então a lutadora má chamaria mais duas capangas e as três se juntariam contra a pobre Pocahontas, espancando implacavelmente a corajosa beldade, para espanto e revolta dos locutores, que tinham visto a mesma cena na semana passada e nas anteriores.

Justo quando parecia não haver esperança, a Grande Chefe-mãe, uma criatura gigantesca, saía correndo do vestiário e arrancava as feras de cima da indefesa Pocahontas. Então, juntas, a Grande Chefe-mãe e a Pequena Pocahontas derrotavam as forças do mal.

Tremendamente divertido.

– Vou atender na minha sala – disse Myron.

Ao entrar, seus olhos foram atraídos para a placa sobre a mesa, presente de seus pais.

Myron Bolitar
Empresário Esportivo

Balançou a cabeça. Myron Bolitar. Não dava para acreditar que alguém escolheria um nome desses para um filho. Quando sua família se mudou para Nova Jersey, ele disse a todo mundo na escola nova que se chamava Mike. Não adiantou. Depois tentou dar a si mesmo o apelido de Mickey. Que nada. Todo mundo voltou para Myron. Aquele nome era como um monstro de filme de terror: não morria de jeito nenhum.

Respondendo à pergunta óbvia: não, ele nunca perdoou os pais.

Pegou o telefone.

– Christian?

– Sr. Bolitar? É o senhor?

– Sou. E, por favor, me chame de... Myron – pediu. Aceitar o inevitável é sinal de sensatez.

– Desculpe interromper. Sei como está ocupado.

– Ocupado negociando o seu contrato. Estou com Otto Burke e Larry Hanson na outra sala.

– Eu agradeço, Sr. Bolitar, mas isso é muito importante – disse. Havia um quê de nervosismo na voz dele. – Preciso ver o senhor agora mesmo.

Myron trocou o telefone de mão.
– Alguma coisa errada, Christian?
Quanta perspicácia!
– Eu... prefiro não falar pelo telefone. Será que poderia se encontrar comigo no meu quarto, no campus?
– Claro, sem problema. A que horas?
– Agora, por favor. Eu... não sei o que fazer. Preciso que o senhor veja uma coisa.
Myron respirou fundo.
– Tudo bem. Vou pôr Otto e Larry para fora. Vai ajudar nas negociações. Chego aí em uma hora.

◆ ◆ ◆

Demorou muito mais.
Myron entrou no estacionamento Kinney pela Rua 46, não muito longe de seu escritório na Park Avenue. Cumprimentou Mario, o atendente, passou pela tabela de preços com seu rodapé em letras minúsculas que diziam "imposto de 97% não incluído" e caminhou até seu carro no andar inferior. Um Ford Taurus. Tremenda isca para sereias.
Já ia destrancar a porta quando escutou um som sibilante. Como uma cobra. Ou, mais provável, como um escapamento de ar. Vinha do pneu direito traseiro do seu carro. Uma olhada rápida e Myron pôde perceber que ele havia sido cortado.
– Oi, Myron.
Ele se virou rapidamente. Dois homens sorriam para ele. Um parecia tão grande quanto um país. Myron media 1,93 metro e pesava 100 quilos. Supôs que o cara devia ter uns 2 metros e quase 140 quilos. Parecia pegar pesado na musculação, o corpo inchado como se ele usasse um colete salva-vidas por baixo da roupa. O segundo homem era de estatura mediana e usava chapéu de feltro.
O grandalhão caminhou pesadamente em direção ao carro de Myron. Os braços balançavam rígidos ao lado do tronco. Ele inclinava a cabeça, estalando a parte do corpo que, num ser humano normal, seria chamada de pescoço.
– Algum problema com o carro? – perguntou ele com um risinho.
– Pneu furado – disse Myron. – Tem um estepe no porta-malas. Troque.
– Acho que não, Bolitar. Isso foi só um pequeno aviso.
– É?
O edifício humano puxou Myron pelas lapelas.
– Fique longe de Chaz Landreaux. Ele já assinou.
– Primeiro troque o meu pneu.
O riso aumentou. Era um riso idiota, cruel.

– Na próxima vez não vou ser tão bonzinho – ameaçou. Ele apertou com um pouco mais de força, embolando o terno e a gravata. – Entendeu?

– Você já deve saber, mas preciso alertá-lo de que os anabolizantes prejudicam os órgãos sexuais masculinos.

O rosto do homem ficou vermelho.

– É mesmo, engraçadinho? Eu devia arrebentar sua cara. Devia socar com vontade até virar flocos de aveia.

– Aveia?

– Isso mesmo.

– Bela imagem. De verdade.

– Vá se foder!

Myron suspirou. Então todo o seu corpo pareceu se movimentar ao mesmo tempo. Primeiro veio uma cabeçada que acertou em cheio o nariz do grandalhão. O som foi como o de besouros sendo esmagados. O sangue jorrou.

– Filho da...

Myron o segurou pela cabeça e acertou-lhe uma cotovelada no pomo de adão, quase afundando sua traqueia. Seguiu-se um som de engasgo, dor e sufocamento. Depois silêncio. Então Myron desferiu um golpe com a lateral da mão na nuca do homem.

O gigante caiu no chão como um saco de areia.

– Já chega!

O homem com chapéu de feltro se aproximou. Tinha uma arma apontada para o peito de Myron.

– Afaste-se dele. Agora!

Myron franziu os olhos para o sujeito.

– Isso é mesmo um chapéu de feltro?

– Eu disse para se afastar.

– Tudo bem, tudo bem, estou me afastando.

– Você não precisava fazer isso – disse o homem mais baixo, com uma mágoa quase infantil. – Ele só estava fazendo o serviço dele.

– Um jovem mal compreendido – acrescentou Myron. – Agora estou me sentindo péssimo.

– Só fique longe do Chaz Landreaux, certo?

– Certo coisa nenhuma. Avise a Roy O'Connor que eu disse que não está nada certo.

– Não fui contratado para levar resposta. Só estou entregando o recado.

Sem dizer mais nada, o homem com chapéu de feltro ajudou seu colega a levantar. O grandalhão foi cambaleando até o carro deles, uma das mãos no nariz e a outra sobre o pomo de adão. O nariz estava arrebentado, mas o que doeria de verdade seria a garganta, principalmente quando ele tentasse engolir.

Os dois entraram no carro e partiram. Não pararam para trocar o pneu de Myron.

2

Como não era dos mais habilidosos no assunto, Myron havia demorado meia hora para trocar o pneu e, nos primeiros quilômetros que rodou, foi bem devagar, desconfiado de seu trabalho e temendo que o estepe se soltasse. Quando ficou mais confiante, acelerou e partiu pela estrada em direção ao campus, onde Christian morava. Ligou para Chaz Landreaux do telefone do carro.

Assim que Chaz atendeu, Myron explicou rapidamente o que havia acontecido.

– Os *cara* já tiveram aqui – disse Chaz.

Havia milhares de ruídos ao fundo. Um bebê chorava. Alguma coisa caiu e se quebrou. Crianças riram. Chaz gritou pedindo silêncio.

– Quando? – perguntou Myron.

– Tem uma hora. Três caras.

– Machucaram você?

– Não. Só me seguraram e fizeram umas ameaças. Disseram que iam quebrar minhas *perna* se eu não cumprisse o contrato.

Quebrar pernas, pensou Myron. Que original.

Chaz Landreaux era jogador de basquete na Universidade do Estado da Geórgia e provável contratação para uma primeira temporada na NBA. Era um garoto pobre da Filadélfia que morava com seis irmãos, duas irmãs e a mãe numa área que, se melhorasse muito, talvez um dia pudesse chegar a ser chamada de comunidade carente.

No primeiro ano de Chaz na faculdade, o olheiro de um empresário importante chamado Roy O'Connor o havia abordado. O sujeito ofereceu a Chaz um "sinal" de 5 mil dólares, com pagamentos mensais de 250 dólares, para assinar um contrato que tornava O'Connor seu empresário quando ele virasse profissional.

Chaz ficou confuso. Sabia que as regras da liga universitária o proibiam de assinar um contrato enquanto pertencesse a ela. O documento seria declarado inválido. Mas o empregado de Roy garantiu que isso não seria problema. Eles simplesmente colocariam uma data futura no contrato, para parecer que havia sido negociado depois. Aí seria só guardar o documento num cofre até a hora certa. Ninguém ficaria sabendo.

Chaz ficou inseguro. Sabia que aquilo era ilegal, mas também sabia o que o dinheiro significaria para sua mãe e seus oito irmãos que moravam em dois cômodos em um fim de mundo horroroso. Então Roy O'Connor entrou em cena e deu a cartada final: se Chaz mudasse de ideia em algum momento no futuro, poderia pagar o dinheiro de volta e rasgar o contrato.

Quatro anos depois, Chaz mudou de ideia e prometeu pagar cada centavo. De jeito nenhum, disse Roy O'Connor. Você tem um contrato com a gente. Vai cumpri-lo.

Essa não era uma armação incomum. Dezenas de empresários faziam isso. Norby Walters e Lloyd Bloom, dois dos maiores nomes do ramo no país, tinham sido presos por esse motivo. As ameaças também não eram incomuns. Mas a coisa geralmente acabava aí, nas ameaças. Nenhum empresário se arriscaria a ser denunciado. Quando o garoto se mantinha firme, o empresário recuava.

Mas não Roy O'Connor. Roy estava usando força bruta. Myron ficou surpreso.

– Quero você fora da cidade por uns tempos – continuou Myron. – Tem algum lugar para ficar na moita?

– Tenho, posso ir pra casa de um amigo em Washington. Mas o que vamos fazer?

– Eu cuido disso. Só fique fora de cena.

– Tá legal, saquei – respondeu. Depois: – Ah, Myron, mais uma coisa.

– O que é?

– Um dos caras que me segurou disse que conhecia você. Era um armário, cara. Quero dizer, era enorme. Um filho da puta monstruoso.

– Ele disse o nome?

– Aaron. Disse para eu falar que Aaron mandou lembranças.

Os ombros de Myron caíram. Aaron. Um nome do seu passado. E não era um nome bom. Roy O'Connor não estava só usando força bruta – estava usando força bruta barra-pesada.

◆ ◆ ◆

Três horas depois de sair de seu escritório, Myron afastou todos os pensamentos sobre o incidente no estacionamento e bateu à porta de Christian. Apesar de ter se formado dois meses antes, Christian ainda morava no mesmo alojamento do campus que havia ocupado em todo o último ano de faculdade, agora por causa do trabalho como instrutor de futebol americano no acampamento de férias da Universidade Reston. Mas dentro de dois dias o Titans estaria convocando seus jogadores para a concentração e Christian estaria lá. Myron não tinha a menor intenção de deixá-lo de fora.

Christian abriu a porta imediatamente. Antes que Myron tivesse chance de explicar o atraso, o rapaz disse:

– Obrigado por vir tão depressa.

– Ah, que é isso. Imagina.

A cor saudável de sempre do rosto de Christian havia desaparecido. O rosado das bochechas que formavam covinhas quando ele sorria não estava lá. Nem o sorriso largo e tímido que fazia as estudantes perderem o fôlego. Até as famosas mãos firmes estavam nitidamente trêmulas.

– Entre – pediu ele.

– Obrigado.

Myron sentiu-se como se tivesse entrado num cenário de seriado de TV dos anos 1950. Para começar, o lugar era impecavelmente arrumado: cama feita, sapatos enfileirados embaixo dela. Não havia meias no chão, nem cuecas, nem acessórios esportivos. E as paredes tinham flâmulas. Flâmulas de verdade. Myron não podia acreditar. Nada de pôsteres ou calendários com modelos famosas. Só flâmulas antiquadas.

A princípio Christian não disse nada. Os dois ficaram ali, parados, desconfortáveis, como estranhos obrigados a permanecer juntos numa festa e sem um copo de bebida na mão. Christian mantinha o olhar baixo, como uma criança que tivesse levado bronca. Não havia comentado sobre o sangue no terno de Myron. Provavelmente nem o notara.

Myron decidiu usar uma de suas belas e eloquentes frases quebra-gelo:

– O que é que está havendo?

Christian começou a andar de um lado para outro – o que não é fácil num quarto pouco maior que um armário. Myron podia ver que os olhos de Christian estavam vermelhos. Ele estivera chorando, as marcas das lágrimas ainda estavam nas bochechas.

– O Sr. Burke ficou furioso com o cancelamento da reunião? – perguntou ele.

Myron deu de ombros.

– Teve um belo faniquito, mas vai sobreviver. Não foi nada, não precisa se preocupar.

– A concentração começa na quinta-feira?

Myron assentiu e perguntou:

– Está nervoso?

– Um pouco, talvez.

– Foi por isso que você quis me ver?

Christian balançou a cabeça. Hesitou, depois disse:

– Eu... não entendo, Sr. Bolitar.

Toda vez que o chamavam de senhor, Myron tinha a impressão de estarem falando com seu pai.

– Não entende o quê, Christian? O que está acontecendo?

Ele hesitou de novo.

– É... – começou a dizer. Então parou, respirou fundo e tentou de novo: – É a Kathy.

Myron pensou ter ouvido errado.

– Kathy Culver?

– O senhor a conheceu.

Myron não entendeu se era uma afirmação ou uma pergunta.

– Há muito tempo – respondeu Myron.

– Quando estava com a Jessica.

– É.

– Então talvez entenda. Sinto falta da Kathy. Mais do que o senhor imagina. Ela era muito especial.

Myron assentiu, encorajando-o como se fosse um entrevistador experiente.

Christian deu um passo atrás, quase batendo a cabeça numa prateleira de livros.

– O que aconteceu com ela virou sensacionalismo. Foi parar nos tabloides. Fizeram matérias sobre o desaparecimento no *A Current Affair*. Não passou de uma brincadeira para todo mundo, um programa de TV. Ficavam chamando a gente de "sonhadores", de "casal dos sonhos".

Ele fez sinal de aspas no ar com os dedos.

– Como se o que a gente tinha fosse irreal, sem sentimento. Todo mundo ficou dizendo que eu era jovem, que logo ia superar. Que Kathy não passava de uma loura bonita, que existiam milhões iguais a ela para um cara como eu. Esperavam que eu tocasse a vida adiante. Ela sumiu, acabou, já era.

O jeito de garoto de Christian – algo que Myron achava que iria ajudá-lo a se tornar o rei dos patrocínios – havia subitamente assumido uma dimensão nova. Em vez do rapaz tímido, inteligente e modesto do Kansas, Myron viu a realidade: uma criança apavorada encolhida num canto, uma criança cujos pais estavam mortos, que não tinha família e provavelmente não tinha amigos de verdade, só gente que cultuava o herói ou que queria algo dele (como o próprio Myron?).

Myron balançou a cabeça. De jeito nenhum. Outros empresários, sim, mas não ele. Não era desse tipo. Mas, mesmo assim, algo parecido com culpa ficou ali, um dedo afiado cutucando suas costelas.

– Nunca acreditei de verdade que Kathy estivesse morta – continuou Christian. – Acho que isso era parte do problema. Esse negócio de não saber acaba consumindo a gente depois de um tempo. Parte de mim... parte de mim quase esperava que já tivessem encontrado o corpo, qualquer coisa para acabar com isso. Não é uma coisa horrível, Sr. Bolitar, dizer isso?

– Não, acho que não.

Christian olhou-o com solenidade.

– Fico pensando na calcinha. O senhor sabia dela?

Myron assentiu. A única pista do mistério era a calcinha rasgada de Kathy, encontrada em cima de uma lixeira do campus. Segundo boatos, estava coberta de sêmen e sangue. Para muitos, a calcinha era a prova do que se suspeitava havia muito tempo: Kathy Culver estava morta. Era uma história triste, mas não incomum. Fora estuprada e assassinada por um psicopata qualquer. Seu corpo provavelmente nunca seria encontrado – ou talvez um dia alguns caçadores tropeçassem nos restos de seu esqueleto no meio do mato, o que daria à imprensa um grande atrativo para o horário nobre e levaria as câmeras de volta para os parentes da vítima, em busca de alguma imagem de seu sofrimento.

– Eles fizeram parecer indecente – prosseguiu Christian. – Disseram que era cor-de-rosa. De seda. Nunca chamavam de roupa de baixo, roupa íntima, ou mesmo simplesmente calcinha. Era sempre calcinha de seda cor-de-rosa. Como se isso fosse importante. Uma estação de TV chegou a convidar uma modelo da Victoria's Secret para fazer comentários sobre a calcinha. Calcinha de seda cor-de-rosa. Como se isso significasse que ela estava pedindo pelo que aconteceu. Sujar o nome de Kathy daquele jeito...

Sua voz ficou no ar. Myron não disse nada. Christian estava à beira de alguma coisa. Myron só esperava que não fosse um colapso nervoso.

– Acho que preciso ir direto ao assunto – disse Christian finalmente.

– Demore quanto quiser. Não vou a lugar algum.

– Hoje eu vi uma coisa. Eu...

Christian parou e virou os olhos na direção dos de Myron. Estavam suplicantes.

– Talvez Kathy ainda esteja viva.

Suas palavras acertaram Myron como um tapa. Independentemente de para que Myron estivesse se preparando, o que quer que ele imaginasse que Christian diria, nunca poderia pensar que fosse isso.

– O quê?

Christian abriu a gaveta de sua escrivaninha, que também parecia ter saído de um seriado de TV antigo. Totalmente desentulhada. Duas latas, uma com canetas Bic, a outra com lápis número dois apontados. Luminária de haste flexível. Risque e rabisque com calendário. Dicionário tradicional, dicionário de sinônimos e *Elementos de estilo*, tudo enfileirado entre dois suportes de livros em formato de globo terrestre.

– Isto chegou hoje pelo correio.

Ele entregou uma revista a Myron. Na capa havia uma mulher nua. Chamá-la de peituda seria o mesmo que chamar a Segunda Guerra Mundial de briguinha. Os homens costumam ser fascinados por seios. Myron não fugia à regra. Mas aqueles eram definitivamente um absurdo de grandes. O rosto da mulher estava longe de ser bonito, era meio duro. Ela parecia olhar para a câmera querendo dizer algo do tipo "vem cá", mas em vez disso sua expressão era mais como "estou com prisão de ventre". A língua nos lábios, as pernas escancaradas, o dedo chamando o leitor.

Muito sutil, pensou Myron.

A revista se chamava *Mamilos*. De acordo com as palavras impressas sobre o seio direito da mulher, a matéria principal era "Como fazê-la depilar lá embaixo".

Myron ergueu os olhos rapidamente.

– Que negócio é esse?

– O clipe de papel.

– O quê?

Mas Christian parecia fraco demais para repetir. Só apontou. Na parte de cima da revista Myron viu um brilho prateado. Um clipe estava sendo usado como marcador.

– Veio assim – disse Christian, explicando.

Myron folheou a revista, captando rápidos vislumbres de pele nua até chegar ao clipe metálico. Seus olhos se apertaram, em confusão. Era uma página de anúncio, mas tinha tantas fotos eróticas quanto qualquer outra. No topo estava escrito:

Fantasia ao vivo pelo telefone – escolha sua gata!

Havia três fileiras, cada uma com quatro anúncios, preenchendo toda a página. Os olhos de Myron a examinaram. Não podia acreditar no que via. "Orientais esperando por você", "Lésbicas molhadas", "Bate, por favor!", "Cadelas no cio", "Peitinhos duros" (para os que não gostassem da foto da capa, sem dúvida), "Quero você em cima de mim!", "Vem morder minha maçã", "Me faz pedir mais", "Procura-se dotadão", "Ligue agora para a Savannah", "Dona de casa tesuda", "Quero um gordinho". Cada anúncio trazia uma foto: mulheres em poses provocantes com um telefone na mão.

Havia anúncios ainda mais pesados. Travestis. Mulheres com genitais de homem. Alguns Myron nem conseguia entender. Como se fossem experiências científicas. Os números de telefone eram o de esperar. 0900-GATINHA. 0300-69-SEXO. 0300-ME-COME. 0900-DELICIA.

Myron fez uma careta. Sentiu vontade de lavar as mãos.

Então viu.

Na fileira de baixo, o segundo anúncio da direita para a esquerda. Dizia: "Faço tudo!" O telefone era 0900-DESEJOS. Custava 3,99 dólares por minuto, "cobrados discretamente na conta telefônica ou no cartão de crédito". Aceitavam Visa e Mastercard.

A mulher da foto era Kathy Culver.

Myron sentiu um calafrio percorrer seu corpo. Voltou para a capa e verificou a data. Era o número atual da revista.

– Quando você recebeu isto?

– Chegou hoje pelo correio – respondeu Christian, pegando um envelope. – Nisto.

A cabeça de Myron começou a girar. Tentou lutar contra a tontura e conseguir algum equilíbrio, mas a foto de Kathy continuava a nocauteá-lo. O envelope era pardo, comum. Não havia endereço de remetente – teria sido fácil demais. Também não havia carimbo de correio nem selos. Dizia apenas:

Christian Steele
Caixa postal 488

Sem cidade, sem estado. O que significava que fora postado dentro do campus. O endereço fora escrito à mão.

– Você recebe muita correspondência, não é? – perguntou Myron.

Christian assentiu.

– Mas elas vão para outro lugar. Isso veio para a minha caixa postal particular. O número não é público.

Myron manuseou o envelope com cuidado, tentando não estragar qualquer digital que pudesse haver.

– Pode ser uma montagem – acrescentou. – Alguém pode ter colocado o rosto dela no...

Christian o fez parar, balançando a cabeça. Seus olhos estavam de novo virados para o chão.

– Não é só o rosto que é dela, Sr. Bolitar – disse sem graça.

– Ah – reagiu Myron, perspicaz. – Entendi.

– Acha que deveríamos entregar isso à polícia?

– Talvez.

– Quero fazer a coisa certa – disse Christian, as mãos se fechando com força. – Mas não vou deixar que arrastem o nome de Kathy para a lama de novo. O senhor viu o que fizeram quando ela era a vítima. O que vão fazer quando virem isso?

– Vão ficar como urubus na carniça.

Christian assentiu.

– Mas provavelmente é só uma brincadeira de mau gosto – continuou Myron. – Vou verificar antes de fazermos qualquer coisa.

– Como?

– Deixe que eu cuido disso.

– Tem mais uma coisa. A letra no envelope.

Myron olhou a escrita de novo.

– O que é que tem?

– Não posso afirmar com certeza, mas parece bastante com a de Kathy.

3

MYRON PAROU SUBITAMENTE quando a viu.

Tinha acabado de entrar no bar, aonde chegara em meio a uma espécie de devaneio, a mente parecendo uma câmera fora de foco. Tentava analisar o que tinha visto e descoberto com Christian, queria processar os fatos e chegar a uma conclusão plausível, bem elaborada.

Não conseguia.

A revista estava enfiada no bolso direito do sobretudo. Revista pornográfica e sobretudo, pensou Myron. Que combinação! As mesmas perguntas ecoavam sem parar em sua cabeça: será que Kathy Culver poderia estar viva? E, se estivesse, o que havia acontecido com ela? O que poderia ter levado Kathy da inocência de seu quarto no alojamento da faculdade para as páginas de anúncios da revista *Mamilos*?

Foi então que notou a mulher mais linda que já vira.

Estava sentada num banco do bar, as pernas compridas cruzadas, beberi-cando tranquilamente. Usava blusa branca com gola aberta, saia cinza curta e meias pretas. Tudo se encaixava perfeitamente. Por um segundo Myron pensou que ela poderia ser fruto de sua imaginação, uma visão deslumbrante que confundia seus sentidos. Mas o frio na barriga o fez descartar rapidamente essa ideia. Sua garganta ficou seca. Emoções fortes adormecidas se lançaram sobre ele como uma onda que quebra na praia de repente.

Conseguiu engolir em seco e ordenou que as pernas se movessem. Ela era simplesmente de tirar o fôlego. Todas as coisas pareciam perder a cor perto dela, como se fossem apenas objetos de cena arrumados para sua chegada.

Myron se aproximou.

– Você vem sempre aqui?

Ela o encarou como se ele fosse um velho fazendo cooper de sunga.

– Cantada original. Muito criativa.

– A cantada pode não ser – disse Myron. – Mas a abordagem...

Ele sorriu. Um sorriso vitorioso, pensou.

– Que bom que você acha isso – ela disse, virando-se de novo para a bebida.

– Por favor, vá embora.

– Bancando a difícil?

– Vá se catar.

Myron riu e falou:

– Para com isso. Você está pagando mico.

– O quê?

– Está óbvio para todo mundo neste bar.

– Ah, é? Seja mais direto, por favor.

– Você me deseja. Muito.

Ela quase sorriu.

– É tão óbvio assim, é?

– Não se culpe. Eu sou mesmo irresistível.

– Ahã. Me segure se eu desmaiar.

– Claro, doçura.

Ela deu um longo suspiro. Estava linda como sempre, tão linda como no dia em que lhe deu o fora. Fazia quatro anos que ele não a via, mas ainda era doloroso pensar nela. Vê-la doía mais ainda. O fim de semana que tinham passado na casa de Win em Martha's Vineyard voltou à mente. Ainda podia se lembrar de como a brisa do mar soprava o cabelo dela, o modo como ela inclinava a cabeça quando ele falava, o jeito como ficava – e como ele a sentia – usando sua camiseta velha. Simples e frágil felicidade. O frio em sua barriga aumentou.

– Olá, Myron – disse ela.

– Olá, Jessica. Você está ótima.

– O que está fazendo aqui?

– Meu escritório fica neste prédio. Praticamente moro aqui.

Ela sorriu.

– Ah, isso mesmo. Agora você é empresário de atletas, não é?

– É.

– Melhor do que aquele negócio de trabalhar disfarçado?

Myron não respondeu. Ela olhou para ele, mas não sustentou o olhar.

– Estou esperando uma pessoa – disse Jessica subitamente.

– Uma pessoa do sexo masculino?

– Myron...
– Desculpe. Falei sem pensar.
Myron olhou para a mão esquerda dela. Seu coração pulou. Não havia nenhuma aliança.
– Você não se casou com o fulano?
– Doug.
– Isso mesmo. Doug. Ou seria Dougie?
– *Você* está zombando do nome de alguém?
Myron deu de ombros. Ela estava certa.
– O que aconteceu com ele?
Os olhos dela focaram a marca circular que uma tulipa deixara no balcão.
– Não foi por causa dele – disse. – Você sabe.
Ele abriu e fechou a boca. Reviver o passado amargo não ajudaria em nada.
– Então o que a traz de volta à cidade?
– Vou dar aulas durante um semestre na Universidade de Nova York.
O coração dele acelerou de novo.
– Você se mudou de volta para Manhattan?
– No mês passado.
– Lamento muito pelo seu pai...
– Nós recebemos suas flores – interrompeu ela.
– Eu queria fazer mais do que isso.
– Foi melhor não ter feito.
Ela terminou a bebida.
– Preciso ir. Foi bom ver você.
– Achei que ia se encontrar com alguém.
– Me confundi.
– Eu ainda te amo.
Ela se levantou e assentiu.
– Vamos tentar de novo – disse ele.
– Não.
Ela foi se afastando.
– Jess?
– O quê?
Myron pensou em contar sobre a foto da irmã dela na revista.
– Podemos almoçar juntos uma hora dessas? Só para conversar.
– Não.
Jessica se virou e o deixou. Mais uma vez.

◆ ◆ ◆

Windsor Horne Lockwood III ouvia a história de Myron com as pontas dos dedos das duas mãos unidas. O gesto caía bem nele, muito melhor do que em Myron. Quando Myron terminou, Win ficou quieto por alguns instantes, concentrado e mantendo a posição das mãos. Por fim pousou-as na mesa.

– Ora, ora, não é que tivemos um dia especial?

O escritório de Myron era alugado de Win, seu antigo colega de quarto da universidade. Era comum as pessoas dizerem que o nome de Myron não combinava com sua aparência – uma observação que ele entendia como elogio. Mas Windsor Horne Lockwood III era um nome mais do que adequado a seu dono. Cabelo louro, comprimento perfeito, repartido do lado certo. Feições de um nobre clássico, quase bonitas demais, como algo feito de porcelana.

Suas roupas eram sempre no estilo aluno rico de escola de elite: camisa cor-de-rosa, polo ou com monogramas, calça cáqui ou de golfe (leia-se: feia), sapato branco de camurça (do fim de maio ao início de setembro, ou seja, no período das férias de verão) ou lustroso de bico fino (no restante do ano). Até o sotaque de Win era incomum: não parecia se referir a uma localização geográfica específica, mas às escolas preparatórias que ele frequentara.

Win era sinistro no golfe. Sua família era sócia do tradicionalíssimo Merion Golf Club, na Filadélfia, fazia cinco gerações e do Pine Valley, no sul de Nova Jersey, há três. Tinha um eterno bronzeado de golfe, daqueles que formam um V no pescoço por causa da gola polo aberta e dão cor aos braços onde termina a manga da camisa – se bem que a pele branco-lírio de Win nunca se bronzeasse. Ela ficava era vermelha.

Win era a burguesia branca em estado puro. Fazia o *quarterback* astro Christian Steele parecer um empregado doméstico.

Myron o havia odiado à primeira vista. Win estava acostumado. A maioria das pessoas o odiava. Elas pegavam a primeira impressão e a transformavam em única. No caso de Win, viam alguém de uma família tradicional, muito rica e arrogante e o rotulavam: um babaca total. Não havia nada que Win pudesse fazer a respeito. Se as pessoas queriam ficar na primeira impressão, que ficassem. Tanto fazia para ele.

Win indicou a revista sobre sua mesa.

– Você optou por não contar isso a Jessica?

Myron se levantou, andou de um lado para outro e depois sentou-se de novo.

– O que eu iria dizer? "Oi, eu te amo, volte para mim, aqui está uma foto da sua irmã supostamente morta anunciando um disque sexo numa revista pornô"?

Win pensou um momento.

– Eu selecionaria um pouco melhor as palavras.

Em seguida folheou a revista pornográfica, as sobrancelhas arqueadas como se dissesse "Hum". Myron observava. Tinha decidido não contar a Win sobre Chaz Landreaux e o incidente no estacionamento. Win tinha um modo estranho de reagir quando alguém tentava machucar Myron. Nem sempre era bom. Melhor guardar isso para mais tarde, quando Myron soubesse exatamente como cuidar de Roy O'Connor. E de Aaron.

Win largou a revista na mesa.

– Vamos começar?

– Começar o quê?

– A investigação. Foi isso que você planejou para nós, certo?

– Você quer ajudar?

Win sorriu.

– Mas claro.

Em seguida virou o telefone de frente para Myron.

– Ligue.

– Para o número da revista?

– Não, Myron, para a Casa Branca – respondeu Win secamente. – Quem sabe a gente consegue fazer a primeira-dama dizer alguma sacanagem?

Myron pegou o telefone.

– Você já telefonou para alguma coisa dessas?

– Eu? – Win fingiu choque. – O queridinho das debutantes? O garanhão da alta sociedade? Você só pode estar de pilhéria.

– Eu também não.

– Talvez então você queira ficar sozinho – disse Win. – Para afrouxar o cinto, baixar a calça, esse tipo de coisa.

– Muito engraçado.

Myron ligou para o 0900 que estava sob a foto de Kathy. Tinha dado milhares de telefonemas investigativos, tanto durante seus anos no FBI quanto no trabalho particular para donos e diretores de times. Mas era a primeira vez que ficava sem graça.

Uma série de bips esquisitos explodiu em seu ouvido, seguidos por uma gravação:

– Desculpe. Sua ligação está sendo cancelada.

Myron ergueu os olhos.

– Não completa.

Win balançou a cabeça.

– Esqueci. Temos bloqueio para números 0900 no prédio. Os funcionários ligavam e a conta vinha enorme. Não só para disque sexo mas também astrólogos, linhas de esportes, paranormais, receitas, até disque orações.

Ele levou a mão ao bolso de trás e pegou outro telefone.

– Use este. É minha linha particular. Não tem bloqueio.

Myron digitou novamente. O telefone tocou duas vezes antes de ser atendido. Uma voz de mulher, gravada, disse rouca: "Alô. Você ligou para o disque fantasia. Se tem menos de 18 anos ou não deseja pagar por esta ligação, desligue agora, por favor."

Menos de um segundo se passou antes que ela continuasse.

"Bem-vindo ao disque fantasia. Aqui você pode falar com as mulheres mais bonitas, sensuais e cheias de desejo do mundo."

Myron notou que a gravação falava muito mais devagar agora, como se lesse para uma turma de jardim de infância. Cada palavra equivalia ao tempo de uma frase inteira.

Bem. Vindo. Ao. Disque. Fantasia...

A gravação prosseguiu:

"Num instante você falará diretamente com uma das nossas mulheres maravilhosas, lindas, sensuais e voluptuosas, que estão aqui para levar seu prazer até novas fronteiras do êxtase. Conversa particular, individual. Cobrada discretamente em sua conta. Você falará ao vivo com a mulher das suas fantasias."

A voz continuou devagar, como se recitasse versos. Por fim deu instruções:

"Aperte um para conhecer as confissões secretas de uma professora muito levada. Aperte dois para..."

Myron olhou para Win.

– Há quanto tempo estou na ligação?

– Seis minutos.

– Já são 24 dólares. Sabe o que significa "enganação total"?

Win assentiu.

– Isso é que é sacanagem.

Myron apertou um número, qualquer coisa para sair daquela gravação. O telefone tocou dez vezes – realmente sabiam esticar o tempo – antes de ele escutar outra voz feminina dizendo:

– Oi, você aí. Como vai?

A voz era exatamente o que Myron havia esperado. Grave e rouca.

– Ah, oi – respondeu Myron, sem jeito. – Olha, eu gostaria...

– Qual é o seu nome, querido?

– Myron.

Ele deu um tapa na testa e conteve um palavrão. Tinha mesmo sido idiota a ponto de usar o próprio nome?

– Mmmmm, Myron – disse ela como se estivesse provando o gosto da palavra. – Gosto desse nome. É tão sensual!

– É, bem, obrigado...
– Meu nome é Tawny.
Tawny. Ah, tá.
– Como conseguiu meu número, Myron?
– Vi numa revista.
– Que revista, Myron?
O uso constante de seu nome estava começando a irritá-lo.
– *Mamilos*.
– Uuuu. Gosto daquela revista. Ela me deixa tão... você sabe.
A mulher tinha mesmo jeito com as palavras.
– Escuta, ah... Tawny, eu gostaria de perguntar sobre seu anúncio.
– Myron?
– O quê?
– Adoro sua voz. Você parece bem gostoso. Quer saber como eu sou?
– Não, na verdade...
– Tenho olhos castanhos. Cabelo castanho comprido, meio ondulado. Tenho 1,67 metro. E minhas medidas são 91-60-91. Sutiã tamanho G. Às vezes GG.
– Você deve ter muito orgulho disso, mas...
– O que você quer fazer, Myron?
– Fazer?
– Para se divertir.
– Olha, Tawny, você parece muito legal, verdade, mas será que posso falar com a garota do anúncio?
– Eu sou a garota do anúncio.
– Não, quero dizer, a garota cuja foto está na revista junto com esse número de telefone.
– Sou eu, Myron. Eu sou aquela garota.
– A garota da foto é loura de olhos azuis. Você disse que tinha olhos e cabelos castanhos.
Win fez sinal de positivo com o polegar. Ponto para a atenção detalhada de Myron Bolitar, o ás da investigação.
– Disse? – perguntou Tawny. – Eu quis dizer loura de olhos azuis.
– Preciso falar com a garota do anúncio. É muito importante.
A voz dela baixou mais um pouco.
– Eu sou melhor, Myron. Sou a melhor de todas.
– Não duvido, Tawny. Você parece muito profissional. Mas neste momento preciso falar com a garota do anúncio.
– Ela não está aqui, Myron.

– E quando vai voltar?

– Não sei, Myron. Mas sente-se e relaxe. Vamos nos divertir...

– Não quero ser grosseiro, mas realmente não estou interessado. Posso falar com o seu chefe?

– Meu chefe?

– É.

Agora sua voz soava diferente. Mais casual.

– Você está brincando, não está?

– Não. Estou falando sério. Por favor, ponha o seu chefe na linha.

– Certo, então – respondeu ela. – Espere um segundo.

Um minuto se passou. Depois dois. Win disse:

– Ela não vai voltar. Só vai ver quanto tempo o otário fica na linha enfiando dinheiro na calcinha dela.

– Acho que não. Ela gostou da minha voz. Disse que eu parecia gostoso.

– Ah, sendo assim... Provavelmente foi a primeira vez que ela disse isso.

– Foi o que pensei.

Alguns minutos depois, Myron pôs o fone de volta no gancho.

– Quanto tempo demorou a ligação?

Win olhou o relógio.

– Vinte e três minutos.

Ele pegou uma calculadora.

– Vinte e três minutos vezes 3,99 – disse, enquanto digitava os números. – Esse telefonema lhe custou 91,77 dólares.

– Uma pechincha. Quer saber uma coisa estranha? Ela não disse nem uma sacanagem.

– O quê?

– A garota ao telefone. Não disse uma sacanagem sequer.

– E você está desapontado.

– Não acha meio estranho?

Win deu de ombros, folheando a revista.

– Você olhou isto direito?

– Não.

– Metade das páginas é de anúncios de disque sexo. Obviamente é um ótimo negócio.

– Sexo seguro – disse Myron. – O mais seguro de todos.

Houve uma batida à porta.

– Entre – gritou Win.

Esperanza abriu a porta.

– Telefone para você. Otto Burke.

– Diga a ele que já estou indo.

Ela assentiu e saiu.

– Tenho algum tempo livre – disse Win. – Vou tentar descobrir quem pôs o anúncio. Também vamos precisar de uma amostra da caligrafia de Kathy Culver, para comparar.

– Verei o que posso conseguir.

Win juntou de novo as pontas dos dedos, batendo-as suavemente umas contra as outras.

– Você sabe que essa foto talvez não signifique nada – começou ele. – É bastante provável que haja uma explicação para isso.

– Talvez – concordou Myron, levantando-se. Era exatamente o que ele tinha dito a si mesmo duas horas atrás. Mas já não acreditava nisso.

– Myron?

– O quê?

– Você não acha que foi coincidência. Quero dizer, Jessica estar no bar.

– Não. Acho que não.

Win assentiu.

– Tenha cuidado. Para bom entendedor...

4

Desgraçado.

Jessica Culver estava sentada na cozinha da casa de sua família, na mesma cadeira que havia ocupado tantas vezes quando criança.

Ela deveria ter imaginado. Deveria ter pensado direito, estar preparada para qualquer coisa. Mas, em vez disso, o que tinha feito? Tinha ficado nervosa. Tinha hesitado. Tinha parado para tomar uma bebida no bar embaixo do escritório dele.

Idiota, idiota.

Mas não era só isso. Ele a surpreendeu e ela entrou em pânico.

Por quê?

Deveria ter dito a verdade a Myron. Deveria ter contado de forma direta, sem emotividade, a verdadeira razão de estar lá. Mas não contou. Estava distraída bebendo e de repente ele apareceu, tão bonito e ao mesmo tempo tão ferido e...

Ah, merda, Jessie, você é uma fodida!

Assentiu sozinha. É isso aí. Fodida. Autodestrutiva. E algumas outras palavras igualmente ruins que não conseguia lembrar agora. Seu editor e sua agente não viam a coisa desse modo, claro. Os dois adoravam seus "pontos fracos" (expressão deles – Jessie preferia dizer "cagadas"), até mesmo os encorajavam. Eram o que tornava Jessica Culver uma escritora tão excepcional. Eram o que fazia sua escrita tão "afiada" (de novo, palavra deles).

Talvez fosse mesmo. Jesse não sabia. Mas uma coisa era certa: aqueles pontos fracos/cagadas haviam tornado sua vida uma merda.

Ah, coitada da artista sofredora! Teu coração sangra por tamanho tormento!

Balançou a cabeça para afastar a própria zombaria. Estava extraordinariamente introspectiva hoje, mas era de esperar. Tinha visto Myron e isso a levava a um monte de "e se" – uma avalanche considerável de "e se" desabando de todas as direções possíveis.

E se. Pensou mais uma vez.

Com seu jeito tipicamente egocêntrico, tinha imaginado os "e se" apenas em relação a si própria, não a Myron. Agora pensava nele, no que a vida de Myron havia sido desde que o mundo desmoronou em cima dele – não todo de uma vez, mas em pequenos pedaços decadentes.

Quatro anos. Fazia quatro anos que não o via. Ela jogara Myron em algum lugar bem fundo em sua mente e trancara a porta. Havia pensado (tinha esperanças?) que esse seria o fim, que a porta suportaria um pouco de pressão se necessário. Mas ao encontrá-lo hoje – ao ver aquele rosto gentil e bonito e os ombros largos, ao ler a expressão de "por que eu?" em seus olhos – a porta fora arrancada como numa explosão.

Ela foi dominada pelos sentimentos. Quis tanto ficar com ele que precisou ir embora imediatamente.

Faz todo o sentido, já que você é uma fodida.

Olhou pela janela. Estava esperando a chegada de Paul Duncan. Tio Paul, como ela o chamava desde pequena, era tenente da polícia do condado de Bergen e o testamenteiro e melhor amigo de seu pai, Adam Culver. Adam era médico-legista e os dois haviam trabalhado durante mais de 25 anos para a polícia. Paul Duncan agora estava a dois anos de se aposentar.

Paul vinha acertar os detalhes da missa em memória do pai dela. Não houvera um velório para Adam Culver. Ele não queria. Mas Jessica desejava falar com Paul sobre outro assunto. Sozinha. Não gostava do que estava acontecendo.

– Oi, querida.

Ela se virou ao escutar a voz.

– Oi, mamãe.

Sua mãe vinha do porão. Estava usando um avental, os dedos remexendo numa grande cruz de madeira pendurada no pescoço.

– Guardei a cadeira dele – disse ela, num tom forçadamente casual. – Só estava atulhando o espaço aqui.

Pela primeira vez Jessica percebeu que a cadeira do pai – à qual sua mãe estava se referindo – havia sumido da mesa da cozinha. A cadeira simples, sem estofamento, em que seu pai havia se sentado desde que Jessica podia se lembrar, a que ficava mais perto da geladeira, tão perto que o pai podia se virar, abrir a porta e esticar a mão para pegar o leite na prateleira de cima sem ficar de pé, tinha sido levada, guardada em algum canto cheio de teias de aranha no porão.

Mas a de Kathy, não.

O olhar de Jessie baixou para a cadeira à sua direita. A de Kathy. Ainda estava ali. Sua mãe não havia tocado nela. O pai... Bom, ele estava morto. Mas Kathy... Quem sabia? Teoricamente, ela poderia entrar pela porta dos fundos naquele minuto, batendo-a contra a parede como sempre fazia, dar um sorriso luminoso e se juntar a elas para o jantar. Os mortos estavam mortos. Quando se mora com um legista, você acaba entendendo como os mortos são inúteis. Estão mortos e enterrados.

A alma, bem, isso era outra coisa. A mãe de Jessie era católica praticante e ia à missa todas as manhãs. Em momentos difíceis como aquele, sua fé era útil – como alguém que malhasse sempre finalmente descobrisse para que servem os músculos. Ela acreditava, sem sombra de dúvida, que a alma teria outra vida, divina e jubilosa. Tremendo consolo. Jessica desejava poder acreditar nisso também, mas com o passar dos anos sua fé passara de fervorosa a preguiçosa.

Só que, claro, Kathy podia não estar morta. Por isso a mãe mantinha a cadeira – como se fosse um farol aceso que guiaria a filha mais nova de volta para casa.

Jessica acordava na maioria das manhãs sentando-se bruscamente na cama, pensando em – não, inventando novas possibilidades para – sua irmã. Será que Kathy estaria morta num poço em algum lugar? Enterrada sob o mato rasteiro na floresta? Um esqueleto roído por animais e habitado por larvas? Será que o cadáver de Kathy estaria misturado ao cimento de algum alicerce? Estaria com um peso de concreto no fundo de um rio, como o mergulhador de brinquedo dentro do aquário da sala de estar? Teria morrido sem sentir dor? Teria sido torturada? Seu corpo teria sido cortado em pequenos pedaços, queimado, dissolvido em ácido...

Ou ainda estaria viva?

Aquela dúvida eterna.

Kathy teria sido sequestrada? Seria a escrava branca de algum xeique do Oriente Médio? Ou estaria acorrentada em alguma fazenda, como aparece em programas de TV mais *trash*? Poderia ter batido a cabeça e agora viveria nas ruas, sem saber quem era? Ou teria simplesmente fugido para um mundo diferente?

As possibilidades eram infinitas. Não é preciso ter muita criatividade para justificar o desaparecimento repentino de alguém que a gente ama com um milhão de coisas terríveis – ou, mais doloroso até, um milhão de esperanças.

Os pensamentos de Jessica foram afugentados pelo chacoalhar cansado de um motor. Um Chevy Caprice bem conhecido, cheio de pequenas mossas, parou perto. Parecia ter sido comprado em uma loja de usados cujo estacionamento funcionasse dentro de uma área de treinos de golfe. Ela se levantou e saiu correndo pela porta da frente.

Paul Duncan era um homem atarracado, compacto, com cabelo agora se tornando mais branco do que grisalho. Andava a passos decididos, como fazem os policiais. Cumprimentou-a na soleira com um sorriso largo e um beijo na bochecha.

– Oi, linda! Como está?

Ela o abraçou.

– Estou bem, tio Paul.

– Parece ótima.

– Obrigada.

Paul abrigou os olhos do sol.

– Venha, vamos entrar. Está fazendo um calor infernal aqui fora.

– Num minuto – disse ela, pondo a mão no antebraço dele. – Primeiro quero falar com você.

– Sobre o quê?

– O caso do meu pai.

– Eu não estou cuidando disso, querida. Não trabalho mais com homicídios, você sabe. Além do mais, seria conflito de interesses, já que eu era amigo do Adam.

– Mas você deve saber o que está acontecendo.

Paul Duncan assentiu lentamente.

– Sei.

– Mamãe disse que a polícia acha que ele foi morto numa tentativa de assalto.

– Isso mesmo.

– Você não acredita, não é?

– Seu pai foi assaltado. A carteira dele sumiu. O relógio. Até os anéis. O cara o limpou.

– Para fazer com que parecesse um assalto.

Paul sorriu gentilmente – como havia feito, ela se lembrou, em sua cerimônia de crisma, na festa de debutante e na formatura da escola.

– Aonde você quer chegar, Jessica?

– Você não acha essa coisa toda estranha? Não vê uma ligação entre isso e Kathy?

Ele cambaleou um passo atrás, como se as palavras dela o tivessem empurrado.

– Que ligação? Sua irmã sumiu do campus da universidade. Seu pai foi assassinado por um ladrão um ano e meio depois. Onde você está vendo ligação?

– Você acha mesmo que uma coisa não tem nada a ver com a outra? Acredita honestamente que o raio caiu duas vezes no mesmo lugar?

Ele enfiou as mãos nos bolsos.

– Se você está perguntando se eu acho que sua família foi vítima de duas tragédias terríveis mas separadas, a resposta é sim. Isso acontece o tempo todo, Jess. A vida raramente é justa. Deus não anda por aí dividindo o mal em doses iguais. Algumas famílias passam pela vida praticamente sem sofrer um arranhão. Outras ficam com um excesso de tristezas. Como a sua.

– Então é o destino. Essa é sua resposta. O destino.

Ele ergueu as mãos.

– Destino, o raio caindo duas vezes no mesmo lugar, você é que disse isso. Você é a escritora, não eu. Eu só chamo de tragédia. Chamo de coincidência trágica, um tanto bizarra. Já vi muitas mais estranhas do que essa. O seu pai também.

A porta da frente se abriu. Sua mãe parou à soleira.

– O que está acontecendo?

– Nada, Carol. Só estávamos conversando.

Carol olhou para a filha.

– Jessica?

– Só estamos conversando, mamãe – respondeu, os olhos fixos nos de Paul, sondando-os.

Então Jessica se virou e entrou em casa.

Paul Duncan ficou observando-a. Em silêncio, soltou a respiração. Tinha suspeitado de que ela seria um problema – Jessica nunca aceitava as soluções fáceis para nada na vida, mesmo quando a resposta era simples. É, ele esperava que isso não acontecesse, mas definitivamente havia previsto essa possibilidade.

Só não sabia o que fazer a respeito.

◆ ◆ ◆

Meia-noite.

Duas horas antes, Christian Steele havia se arrastado para baixo do cobertor, lido por 10 minutos e depois apagado a luz. Desde então estava deitado no escuro, imóvel, olhando o teto, sem ao menos tentar se enganar de que haveria alguma esperança de dormir logo.

– Kathy – disse em voz alta.

Sua mente flutuava sem objetivo, pousando como uma borboleta apenas por breves instantes antes de continuar. A escuridão o rodeava, mas não o silêncio. Silêncio era algo que não existia num lugar com tantos jovens. Christian ouviu barris de cerveja sendo jogados de um lado para outro, música alta, risos, cantos, palavrões. Podia escutar nitidamente Charles e Eddie, atacantes de seu time, no quarto ao lado. Eles viviam permanentemente no último volume, como um rádio que estivesse na potência máxima quando o controle se quebrou. Christian não deixava de gostar de festas. Também se divertia consumindo álcool até abraçar o deus de louça e vomitar suas oferendas. Mas esta noite, não.

Por Deus, esta noite, não.

– Kathy – repetiu.

Seria possível? Depois de todo esse tempo...

Tantas coisas acontecendo ao mesmo tempo! A faculdade havia terminado. A concentração do Titans começaria em dois dias. O interesse da imprensa havia ficado maior do que nunca. Ele gostava da atenção, gostava de sair na capa da *Sports Illustrated*, gostava da admiração estampada no rosto das pessoas quando falavam com ele. Garoto legal, era o que sempre diziam. Legal de verdade. Como se esperassem que ele fosse grosseiro só porque conseguia lançar uma bola com precisão. Como se de algum modo devesse achar que pertencia a uma espécie mais elevada, muito acima dos outros, porque por acaso era bom atleta.

Christian estava empolgado. Estava com medo. Sabia que precisava pensar no futuro. Myron havia contado sobre os perigos da fama e como ela podia ter vida curta. Afinal de contas, ele próprio era um exemplo clássico. Tinha explicado a Christian a importância de juntar dinheiro agora, porque sua carreira, na melhor das hipóteses, duraria 10 anos. Havia muita coisa em jogo. Muita mesmo. Ele era conhecido, mas ficar famoso como jogador profissional seria muito diferente. Logo ele teria tudo. Competição. Fama. Dinheiro de verdade – não a ajuda que os ex-alunos da universidade lhe davam por baixo dos panos...

Mas e daí?

– Kathy...

O telefone tocou.

Christian pulou da cama, o coração batendo como o de um coelho. Seus reflexos eram rápidos. Às vezes isso agia contra ele. Era só o telefone. Provavelmente Charles ou Eddie dizendo: hora da festa! Os dois tinham sido contratados também. Charles fora chamado pelo Dallas na segunda rodada de contratações. Eddie fora para o Rams na quinta.

Pegou o telefone.

– Alô.

Não houve resposta.

– Alô – disse de novo.

Nada. Mas o telefone não foi desligado. Havia alguém lá, segurando o fone em silêncio junto ao ouvido.

– Quem é?

Nada.

Christian desligou. Começava a se deitar quando o telefone tocou de novo. Ele atendeu.

– Alô.

Mais uma vez, silêncio. Christian tentou escutar com mais atenção. Nada. Ou... ou aquilo seria uma respiração? O pânico o dominou. Não sabia por quê. Era apenas alguém passando um trote para um número que não estava na lista. Até poderia ser Charles ou Eddie fazendo alguma brincadeira. Nada com que se preocupar.

Só que estava preocupado.

Pigarreou.

– O que você quer?

Nada ainda.

– Se ligar de novo, vou chamar a polícia.

Bateu o telefone. Sua mão tremia. Já ia tentar se acomodar de novo quando se lembrou de uma coisa.

Asterisco. Seis. Nove.

A companhia telefônica havia mandado uma propaganda pelo correio. Ele já vira o anúncio na TV – uma mulher grávida andava com dificuldade em direção ao telefone, mas, quando chegava ao aparelho, ele já tinha parado de tocar. Então entrava a voz do narrador dizendo algo do tipo: "Você perdeu a ligação. Ela era importante? Era alguém com quem você queria falar? Só há um modo de descobrir. Aperte o asterisco e depois seis e nove." Eles demonstravam na tela, para o caso de alguém não saber usar um telefone. Em seguida o narrador continuava: "Você vai se conectar com a pessoa que ligou para sua casa, mesmo que o número dela esteja ocupado. Nós continuaremos discando por você e, enquanto isso, sua linha ficará livre para originar ou receber chamadas."

A mulher grávida escutava um toque de telefone e depois falava com o marido aliviado, que estava trabalhando diante de uma prancheta no escritório.

Christian pegou o telefone. Em seguida apertou o asterisco, o seis e o nove.

O telefone tocou.

Ele coçou o queixo. Um instante depois, entrou uma gravação: "No momento este número está ocupado. Ligaremos de volta para você quando a linha estiver livre. Obrigada."

Christian pôs o fone no gancho. Sentou-se e esperou. A festa continuava. Dava para ouvir três ou quatro festas diferentes. Alguém gritou: "Iurruuu!" Uma janela se despedaçou. Pessoas comemoraram. Seus colegas de time apostavam lançamento de barris de cerveja a distância.

O telefone tocou.

Christian puxou o fone como se fosse uma bola perdida no gramado. Estavam repetindo a chamada. Depois do quarto toque, o telefone foi atendido.

Secretária eletrônica. "Oi. Não estamos em casa agora. Por favor, deixe seu recado depois do bip e ligaremos de volta. Obrigada."

O telefone escorregou da mão de Christian. Um calafrio percorreu sua nuca. Um som – algum tipo de ruído engasgado – escapou de seus lábios. Ele tentou formar alguma palavra, mas não conseguiu.

A secretária eletrônica. A voz.

Era de Kathy.

5

MYRON ENTROU CAMBALEANDO no escritório, bêbado de cansaço por não ter dormido. Nem havia se dado o trabalho de ir para a cama na noite anterior. Tentara ler, mas as palavras nadavam diante de seus olhos em ondas sem significado. Ligara a TV. Programação noturna de fácil digestão. Episódios realmente antigos de *F Troop* durante três horas seguidas. Larry Storch no papel de Agarn era, em três palavras, puro gênio interpretativo. Quem imaginaria que bater em alguém repetidamente com um chapéu poderia parecer tão engraçado?

Mas nem mesmo uma diversão de tão alto nível foi capaz de impedir sua mente de voltar a um pensamento: Jess havia voltado. E, como Win dissera, não era coincidência.

À meia-noite sua mãe descera, enrolada em um roupão.

– Querido, você está bem?

– Estou, mãe.

– Você pareceu distraído o tempo todo.

– Não é nada. Só estou com muito trabalho.

Ela o encarara com uma expressão de incredulidade do tipo "sou sua mãe e você não me engana".

– Se você diz...

Aos 31 anos, Myron ainda vivia na casa dos pais. Tudo bem que ele tivesse seu próprio espaço, um quarto com banheiro no porão, mas não havia como negar: morava com mamãe e papai.

Cinco minutos depois de a mãe ter voltado para a cama, Christian Steele ligara para sua linha particular, a que tocava baixinho no porão para não acordar os pais, que tinham sono muito leve. Myron tinha certeza de que eles haviam trabalhado como vigias em alguma vida passada. Christian pôs Myron a par dos telefonemas estranhos.

Myron já conhecia o asterisco-seis-nove. O serviço era cobrado de acordo com a utilização – cerca de 75 centavos a cada vez. O problema é que esse serviço não rastreava o telefone para o qual discava. Isso se conseguia com asterisco-cinco-sete, mesmo que o número fosse meramente informado à companhia telefônica local, que o entregava somente às autoridades competentes.

Mesmo assim, Myron ligaria para algumas de suas antigas fontes na companhia telefônica, para ver o que conseguiria descobrir. Sabia que o asterisco-seis-nove só funcionava para certas áreas locais, então com certeza não havia sido uma chamada de longa distância. Já era um começo. Melhor do que nada. Myron também colocaria um identificador de chamadas no telefone de Christian. Agora era tudo automático, ninguém precisava mais atender o telefone e ficar enrolando na linha – como se via antigamente na televisão – até que o rastreamento se completasse. O identificador mostrava o número antes mesmo de a pessoa atender o telefone.

Mas, claro, nada disso respondia às perguntas mais importantes:

Seria mesmo a voz de Kathy que Christian havia escutado? E, se fosse, o que isso significava?

Muitas perguntas. Não muitas respostas.

Aproximou-se da mesa de Esperanza.

– Como vão as coisas?

Ela cravou um olhar irritado nele, balançou a cabeça, enojada, e voltou a olhar para a mesa.

– Está tomando descafeinado de novo? – perguntou ele.

Outro olhar de irritação. Myron deu de ombros.

– Algum recado?

Um balanço de cabeça. Esperanza murmurou alguma coisa. Myron achou ter entendido algo como "bunda suja" em espanhol.

– Quer dizer por que está tão chateada?

– Certo – respondeu ela em tom cortante. – Como se você não soubesse.

– Não sei.

O olhar de irritação estava de volta. As mulheres tinham um talento para esse tipo de olhar. Esperanza tinha um dom divino.

– Deixe para lá – disse ele. – Só ligue para Otto Burke.

– Agora? – perguntou Esperanza, a voz destilando sarcasmo. – Você não vai estar ocupado?

– Só faça isso, certo? Você está começando a me irritar.

– Uuuu. Estou tremendo.

Myron balançou a cabeça. Não tinha tempo para o mau humor dela. Atravessou a sala e abriu a porta de seu escritório. Parou.

– Oi.

Pigarreou e fechou a porta depois de entrar.

– Olá, Jessica.

◆ ◆ ◆

Para a maioria dos atletas, pensou Jessica, os refletores se apagam lentamente. Mas para uns poucos a luz desaparece tragicamente, como se houvesse uma súbita falta de energia, banhando-os numa escuridão cega.

Era o caso de Myron.

Para a maioria dos atletas, as mudanças em suas perspectivas ajudam a baixar a luz gradualmente. O astro da escola vira o esquenta-banco do time da faculdade. A luz diminui. Um jogador consegue ser titular da equipe universitária, mas logo percebe que nunca será seu maior pontuador. A luz diminui. O ídolo da faculdade entende que jamais chegará a competir profissionalmente no esporte. A luz diminui. E há os eleitos, um em cada milhão, os que têm a quase impossível "coisa certa" e se tornam atletas profissionais.

Para esses a luz é ofuscante, do tipo que causa danos irreversíveis à visão de quem olha diretamente para ela. Por isso era tão importante reduzir a luminosidade aos poucos. Um atleta podia se acostumar a perder a luz vagarosamente. Ele cresceria, começando como calouro inexperiente até chegar a seu ápice como jogador. Então a luz começaria a diminuir à medida que ele passasse a ser um veterano maduro.

Com Myron isso não havia acontecido.

Ele fora um dos poucos iluminados pelos mais potentes watts, como se os refletores apontassem para ele e de dentro dele. Seu talento para o basquete havia se tornado evidente ainda na sexta série. Ele chegara a quebrar todos os recordes de pontos e rebotes do condado de Essex, em Nova Jersey, berço de grandes nomes do basquete. Myron era baixo para um ala. O time o apresentava como tendo 1,98 metro, porém ele na verdade media apenas 1,93 metro, mas era uma criatura de força bruta, um touro, e tinha uma impulsão incrível. Foi tremendamente disputado. Escolheu a Universidade Duke e, em quatro anos, ganhou dois títulos da liga universitária.

O Boston Celtics o havia chamado na primeira rodada de contratações, o oitavo nome da lista. A luz de Myron ficou impossivelmente brilhante.

E então o fusível queimou.

Uma lesão inesperada, foi o que disseram. Era uma partida de pré-temporada contra o Washington Bullets. Dois jogadores que pesavam 270 quilos juntos fizeram sanduíche do calouro Myron Bolitar. Os médicos usaram todo tipo de termos técnicos para o homem-criança que nunca havia se machucado antes, sequer tivera um tornozelo torcido. Fraturas múltiplas, disseram. Esfacelamento de patela. Imobilização. Cadeira de rodas. Muletas. Bengala.

Anos.

Dezesseis meses depois, Myron podia andar, mas continuou mancando por mais dois anos. Nunca voltou. Sua carreira havia acabado. A única vida que ele conhecera tinha sido retirada. A imprensa publicou uma matéria ou duas, mas Myron foi esquecido rapidamente.

Escuridão completa.

Jessica franziu a testa. Refletores. Metáfora ruim. Clichê demais e imprecisa demais. Balançou a cabeça e olhou para ele.

– Isso explica – disse Myron.

– O quê?

– O humor de Esperanza.

– Ah...

Ela sorriu.

– Eu disse que marcamos hora. Ela não pareceu muito satisfeita em me ver.

– Não brinca!

– Ela ainda me mataria por 10 centavos, não é?

– Ou metade disso. Aceita um café?

– Claro.

Ele pegou o telefone.

– Pode me trazer um café puro? Obrigado.

Pôs o fone de volta no gancho e olhou para ela.

– Como vai o Win? – perguntou Jessica.

– Bem.

– A família dele é dona deste prédio?

– É.

– Pelo que soube, o Win virou um tremendo mago das finanças, mesmo sem querer.

Myron assentiu e esperou.

– Então você continua andando com o Win – continuou ela. – Ainda está com Esperanza. As coisas não mudaram muito.

– Mudaram – disse ele.

Esperanza apareceu à porta, com a expressão de desprezo ainda no rosto.

– Otto Burke estava em reunião.

– Tente falar com Larry Hanson.

Ela entregou o café a Jessica, deu um sorriso misterioso e saiu. Jessica examinou a xícara.

– Será que ela cuspiu dentro?

– Provavelmente – respondeu Myron.

Ela pousou a xícara.

– Estou mesmo precisando diminuir o café.

Myron rodeou a mesa e sentou-se. A parede atrás dele era coberta de cartazes de teatro. Todos musicais. Seus dedos tamborilaram na mesa.

– Desculpe por ontem – disse ela. – Eu queria lhe fazer uma surpresa, pegá-lo desprevenido. E não o contrário.

– Ainda quer sair sempre em vantagem?

– Acho que sim. É o hábito.

Ele deu de ombros mas não disse nada.

– Preciso da sua ajuda – continuou ela.

Ele esperou.

Ela respirou e mergulhou fundo:

– A polícia disse que meu pai foi morto num assalto. Não acredito nisso.

– Em que você acredita?

– Acho que o assassinato dele tem algo a ver com Kathy.

Myron não ficou surpreso. Inclinou-se para a frente, o olhar jamais cruzando o dela por muito tempo.

– O que a faz dizer isso?

– A polícia diz que não passa de coincidência – disse ela simplesmente. – Não sou muito de acreditar em coincidências.

– E o amigo de seu pai na polícia... Como é mesmo o nome dele?

– Paul Duncan.

– Isso. Já falou com ele?

– Já.

– E?

Ela começou a bater com o pé, um hábito antigo, inconsciente, irritante. Obrigou-se a parar.

– Paul também diz que foi assalto. Enumerou todos os fatos da cena do crime, a carteira que sumiu, as joias que foram levadas, esse tipo de coisa. Está sendo absolutamente lógico e objetivo, o que não faz o gênero dele.

– Como assim?

– Paul Duncan é um homem passional. Cabeça quente. O melhor amigo dele é assassinado e ele parece quase blasé. Não é o estilo dele.

Ela parou, remexeu-se na cadeira.

– Alguma coisa não se encaixa, não sei como explicar.

Myron coçou o queixo mas ficou quieto.

– Olha, você sabe que eu nunca fui chegada ao meu pai – continuou ela. – Ele não era um homem fácil de se amar. Era muito melhor com os cadáveres do que com os vivos. Gostava do ideal de família, do conceito. Mas o cotidiano disso não era para ele. Mesmo assim, preciso descobrir a verdade. Por Kathy.

– Como Kathy e seu pai se davam?

Ela pensou um momento.

– Quando éramos crianças, os dois não eram muito íntimos. Kathy era a menininha da mamãe, ficava grudada nela, queria ser igual a ela em tudo, essas coisas. Mas, na época em que desapareceu, eu diria que ela estava mais próxima do meu pai do que da minha mãe. Ele ficou muito abalado. Ficou obcecado. Não, "obcecado" não é forte o bastante. Todos nós ficamos obcecados, claro. Mas não como meu pai. Aquilo o consumiu. Tudo nele mudou. Ele sempre havia sido o discreto legista do condado, o homem que não causava problemas. De repente ele estava usando o cargo para pressionar as investigações 24 horas por dia. Ficou paranoico, convencido de que a polícia não estava fazendo tudo que podia para encontrá-la. Começou até a investigar por conta própria.

– E descobriu alguma coisa?

– Não. Não que eu saiba.

Myron desviou o olhar. Para a parede mais distante. Uma foto de um filme dos irmãos Marx. *Uma noite na ópera*. Groucho o encarava, mas não oferecia nenhuma resposta.

– O que foi? – perguntou ela.

– Nada. Continue.

– Não há muita coisa mais. Só posso dizer que meu pai vinha agindo de modo muito estranho nas últimas semanas. Começou a ligar para mim o tempo todo, quando antes nós só nos falávamos umas três vezes por ano, e parecia meio choroso. Era como se estivesse representando o papel de pai perfeito com vigor renovado. Não dava para saber se era uma mudança séria ou só uma fase.

Myron assentiu, desviando o olhar de novo. Não disse nada. Jessica quase chegou a pensar que ele houvesse se desligado totalmente até que, por fim, ele disse, a voz quase inaudível:

– O que você acha que aconteceu com Kathy?

– Não sei.
– Acha que ela está morta?
– Eu... – ela começou a dizer, mas fez uma pausa. – Sinto falta dela. É que... não quero acreditar que ela esteja morta.
Ele assentiu de novo.
– Então o que quer que eu faça?
– Dê uma olhada no caso. Descubra o que está acontecendo.
– Presumindo que algo esteja acontecendo.
– Claro.
– Por que eu?
Ela pensou um momento.
– Não sei bem. Pensei que você acreditaria em mim. Pensei que ajudaria.
– Vou ajudar. Mas entenda uma coisa: eu tenho um grande interesse profissional em resolver isso tudo.
– Christian?
– Sou empresário dele. Sou responsável pelo bem-estar dele.
– Ele ainda sente falta da minha irmã.
– É.
– Ele está bem?
O rosto de Myron permaneceu inalterado.
– Está.
– Christian é um bom garoto. Gosto dele.
Myron assentiu.
Jessica se levantou e foi até a janela. Myron afastou o olhar. Não gostava de ficar olhando para ela por muito tempo. Ela entendia. Isso também a magoava. Ela olhou para a Park Avenue, 12 andares abaixo. Um motorista de táxi com um turbante sacudia o punho para uma senhora de bengala. A senhora bateu nele e saiu correndo. O motorista caiu. O turbante não saiu do lugar.
– Esconder seus sentimentos de mim nunca foi seu forte – disse ela, ainda olhando pela janela. – O que você não quer me contar?
Ele não respondeu.
– Myron...
Esperanza o salvou, entrando pela porta sem bater.
– Larry Hanson não está no escritório – disse ela.
Win entrou em seguida.
– Consegui uma coisa daquela revista...
Sua voz morreu quando viu Jessica.
– Oi, Win – disse ela.

– Olá, Jessica Culver.

Os dois se abraçaram.

– Nossa, você está absolutamente fantástica! Li uma matéria a seu respeito outro dia que a chamava de símbolo sexual literário.

– Você não devia ler esse tipo de lixo.

– Estava na sala de espera do meu dentista. Sério.

Seguiu-se uma pausa desconfortável quebrada por Esperanza, que apontou para Jessica e enfiou o dedo na boca, como se forçasse o vômito. Depois, avançou porta afora.

– Sempre encantadora – murmurou Jessica.

Myron se levantou.

– Onde você está hospedada?

– Na casa de mamãe.

– O telefone é o mesmo?

– É.

– Ligo para você mais tarde. Agora preciso sair com Win.

Jessica olhou para Win. Ele riu para ela. Seu rosto, como sempre, não revelava nada.

– Tenho uma reunião com meu editor esta tarde – disse ela. – Mas estarei em casa a noite toda.

– Ótimo. Ligo para você.

Um impasse incômodo. Ninguém sabia exatamente como se despedir. Um aceno? Um aperto de mão? Um beijo?

– Temos de ir – disse Myron. E passou rapidamente por ela, sem chegar muito perto.

Win abraçou-a daquele jeito, tipo "o que se pode fazer?", e foi atrás. Ela olhou-os sumir na esquina do corredor. Batman e Robin partindo para a ação.

Então foi embora. Já havia se encontrado com Myron duas vezes e os dois ainda não tinham se tocado – nem mesmo esbarrado um no outro.

Era estranho.

6

– O QUE VOCÊ DESCOBRIU? – perguntou Myron.

Win virou o volante bruscamente para a direita. O Jaguar XJR respondeu sem nem cantar pneus. Estavam mudos no carro fazia 10 minutos. O único som vinha do CD player de Win. Dom Quixote fazendo serenata para sua amada Dulcineia.

– A revista *Mamilos* é publicada pela EDA – respondeu Win.

– EDA?

– Editora Desejo Ardente.

Outra batcurva. O Jaguar acelerou para mais de 130 quilômetros por hora.

– Limite de velocidade – disse Myron. – Já ouviu falar?

Win o ignorou.

– O escritório editorial fica em Fort Lee, Nova Jersey.

– "Escritório editorial"?

– Tanto faz o nome. Temos uma reunião com um tal de Sr. Fred Nickler, gerente editorial.

– A mãe dele deve sentir um orgulho e tanto.

– Tom moralizante, hein? – meditou Win. – Legal.

– O que você disse ao Sr. Nickler?

– Nada. Liguei e perguntei se podíamos falar com ele. Ele disse que sim. Pareceu um sujeito muito agradável.

– Tenho certeza de que é um príncipe.

Myron olhou pela janela. Os prédios passavam num borrão. Os dois voltaram a ficar em silêncio.

– Provavelmente você está se perguntando o que Jessica foi fazer no meu escritório.

Win deu de ombros sem muito empenho. Não era do seu estilo se intrometer.

– É o assassinato do pai dela. A polícia diz que foi assalto. Ela acha que não.

– O que ela acha?

– Que há uma ligação entre o assassinato do pai e o desaparecimento de Kathy.

– Então a trama fica mais densa. Vamos ajudá-la?

– Vamos.

– Bom. Então achamos que há uma ligação?

– Achamos.

– Certo – concordou Win.

Pararam na entrada de um prédio que poderia ser um bom armazém ou um espaço para escritórios de aluguel barato. Não havia elevador, mas, afinal de contas, eram apenas três andares. A Editora Desejo Ardente ficava no segundo andar. Quando entraram na antessala, Myron ficou um tanto surpreso. Não sabia ao certo o que esperara, mas tinha imaginado que a sede de um negócio que lidava com pornografia não fosse tão... comum. As paredes eram brancas com reproduções baratas porém de bom gosto – artistas como McKnight, Fanch e

Behrens. Na maioria, paisagens de praias e crepúsculos. Nada de seios à mostra. Surpresa número um. A surpresa número dois foi a recepcionista sem nada de especial. Era de tipo completamente padrão, não uma ex-coelhinha/estrela pornô velha, oxigenada e pelancuda com um risinho encorajador e uma piscadela sedutora.

Myron ficou quase desapontado.

– Em que posso ajudá-los? – perguntou ela.

– Viemos ver o Sr. Nickler – disse Win.

– Seus nomes, por favor?

– Windsor Lockwood e Myron Bolitar.

Ela pegou o interfone, apertou o botão e lhes indicou, um instante depois:

– Por aquela porta.

Nickler os recebeu com um aperto de mão firme. Vestia terno azul, gravata vermelha e camisa branca – tão conservador quanto um candidato republicano ao Senado. Surpresa número três. Myron havia esperado cordões de ouro, brinco ou pelo menos um anel no mindinho. Mas Fred Nickler não usava joias, a não ser uma aliança simples de casamento. O cabelo era grisalho, a pele um pouco desbotada.

– Parece o seu tio Sid – Win sussurrou.

Era verdade. O editor da revista *Mamilos* era a cara de Sidney Griffin, renomado ortodontista.

– Por favor, sentem-se – disse Nickler, voltando para trás da mesa. Ele sorriu para Myron. – Eu assisti às quartas de final quando vocês venceram o Kansas. Você fez 27 pontos. Tremendo desempenho. Incrível.

– Obrigado – respondeu Myron.

– Nunca vi nada igual. O modo como aquele último arremesso beijou a tabela.

– Obrigado.

– Foi simplesmente incrível.

Nickler renovou o sorriso, balançando a cabeça, espantado com a lembrança. Depois se recostou.

– Bom, o que posso fazer pelos senhores?

– Temos algumas perguntas sobre um anúncio numa das suas... é... publicações – disse Myron.

– Qual?

– *Mamilos*.

Era esquisito dizer aquela palavra. Myron tentou não fazer careta.

– Interessante – respondeu Nickler.

– Por que diz isso?

– A *Mamilos* é uma publicação relativamente nova e está vendendo pouco. De longe é a pior venda das revistas mensais da EDA. Vou dar mais um mês ou dois, e depois provavelmente ela vai ser tirada de circulação.
– Quantas revistas vocês publicam?
– Seis.
– Todas como a *Mamilos*?
Nickler deu um risinho.
– Todas são pornográficas, sim. E são todas completamente legais.
Myron lhe entregou a revista que Christian havia lhe dado.
– Quando esta foi impressa?
Fred Nickler praticamente não olhou.
– Há quatro dias.
– Só?
– É a última edição, acabou de chegar às bancas. Estou surpreso por vocês terem encontrado uma.
Myron abriu a página que interessava.
– Gostaríamos de saber quem pagou por este anúncio.
Nickler pôs seus óculos de leitura.
– Qual?
– Na fileira de baixo. Volúpia.
– Ah. Um disque sexo.
– Algum problema?
– Não. Mas esse anúncio não foi pago.
– Como assim?
– Faz parte da natureza do negócio – explicou Nickler. – Alguém me liga para colocar um anúncio para uma linha de disque sexo. Eu digo que custa tanto. Ele diz: "Uau, estou começando agora, não posso pagar." De modo que, se parecer uma boa ideia, eu divido meio a meio com ele. Em outras palavras, cuido do marketing, se é que podemos dizer assim, enquanto meu sócio cuida da parte técnica: telefones, cabos, garotas para atender as ligações, todo o resto. E nós rachamos tudo. Isso limita os riscos dos dois.
– Você faz muito isso?
Ele assentiu:
– Noventa por cento dos meus anúncios são de disque sexo. Eu diria que tenho participação em três quartos deles.
– Pode nos dar o nome do seu sócio nesse empreendimento específico?
Nickler examinou a foto na revista.
– Vocês não trabalham para a polícia, não é?

– Não.
– São investigadores particulares?
– Não.

Ele tirou os óculos.

– Minha editora é bem pequena. Tenho meu próprio nicho. É como eu gosto. Ninguém me incomoda e eu não incomodo ninguém. Não tenho interesse em publicidade.

Myron trocou um olhar com Win. Nickler tinha uma família, provavelmente uma bela casa em Tenafly, e contava aos vizinhos que trabalhava no ramo editorial. Um pouco de pressão talvez surtisse efeito.

– Vou ser franco com você – disse Myron. – Se não nos ajudar, a coisa pode virar algo maior. Jornais, TV e coisa e tal.

– Isso é uma ameaça?

– Absolutamente não – disse Myron. Então enfiou a mão na carteira, pegou uma nota de 50 dólares e colocou-a na mesa. – Só queremos saber quem pôs o anúncio.

Nickler empurrou a nota de volta para Myron, com a expressão subitamente irritada.

– O que é isso? Um filme? Não preciso de suborno. Se o cara fez alguma coisa errada, não quero ter nada a ver com ele. Este negócio já tem problemas suficientes. Eu comando uma operação legítima. Nenhuma garota menor de idade, nenhuma transação ilegal.

Myron olhou para Win.

– Eu disse que ele era um príncipe.

– Pense o que quiser – disse Nickler, o tom de voz deixando claro que ele já havia passado por isso muitas vezes. – Este é um negócio como qualquer outro. Sou só um cara honesto tentando ganhar a vida honestamente.

– Muito patriótico da sua parte.

Ele deu de ombros.

– Olha, sei que as coisas não são perfeitas neste ramo. Mas há empresas muito piores. IBM, Exxon, Union Carbide... Esses são os verdadeiros monstros, os verdadeiros exploradores. Eu não roubo, não minto. Só satisfaço uma necessidade social.

Myron tinha uma resposta pronta, mas Win balançou a cabeça, impedindo-o de dizê-la. Ele estava certo. De que adiantaria comprar briga com o sujeito?

– Pode nos dar o nome e o endereço, por favor? – insistiu Myron.

Nickler abriu uma gaveta atrás de si e tirou uma pasta de papel.

– Ele está em alguma encrenca?

– Só precisamos falar com ele.

– Podem dizer por quê?

Win falou com Nickler pela primeira vez:

– Você não ia querer saber.

Fred Nickler hesitou, viu o olhar firme de Win, depois assentiu.

– A empresa se chama ABC. Eles têm uma caixa postal em Hoboken, número 785. O nome do cara é Jerry. Não sei mais nada sobre ele.

– Obrigado – disse Myron, levantando-se. – Mais uma pergunta, se não se importa: alguma vez já viu a garota do anúncio?

– Não.

– Tem certeza?

– Absoluta.

– Se a vir ou se lembrar mais alguma coisa, poderia ligar para mim? – pediu Myron, entregando-lhe um cartão.

Nickler pareceu que desejava fazer uma pergunta, o olhar voltando continuamente para a foto de Kathy, mas acabou dizendo:

– Claro.

Assim que saíram, Win perguntou:

– O que você acha?

– Ele está mentindo.

❖ ❖ ❖

De volta ao carro, Myron perguntou:

– Posso usar o telefone?

Win assentiu, sem que o pé afrouxasse o pedal. O ponteiro do velocímetro pairava pelos 120. Myron ficou olhando para ele como se fosse um taxímetro numa corrida longa, o olhar longe do borrão da rua.

Myron ligou para o escritório. Esperanza atendeu depois do primeiro toque.

– MB Representações Esportivas.

O M era de Myron e o B, de Bolitar. Ele mesmo havia criado o nome, mas raramente alardeava isso.

– Otto Burke ou Larry Hanson ligaram?

– Não. Mas estou com um monte de recados.

– Nada de Burke nem Hanson?

– Está surdo?

– Chego daqui a pouco.

Myron desligou. Otto e Larry já deviam ter telefonado. Estavam evitando-o. A questão era: por quê?

– Problemas? – perguntou Win.

– Talvez.

– Acho que precisamos de um pouco de energia.

Myron ergueu os olhos. Reconheceu a rua imediatamente.

– Agora não, Win.

– Agora.

– Preciso voltar para o escritório.

– Isso pode esperar. Você precisa de energia. Precisa de concentração. Precisa de equilíbrio.

– Odeio quando você fala assim.

Win sorriu, entrando no estacionamento.

– Venha. Eu odiaria lhe dar uma surra aqui dentro do carro.

A placa dizia ESCOLA MESTRE KWAN DE TAE KWON DO. Mestre Kwan estava com quase 70 anos e agora raramente dava aulas. Em vez disso, tinha funcionários bem treinados e ficava em seu escritório, acompanhando as aulas por quatro televisores. Vez por outra se inclinava sobre um microfone e rosnava para algum pobre aluno, chamando-lhe a atenção. Parecia algo que só poderia acontecer em *O mágico de Oz*.

Se o inglês do mestre Kwan melhorasse um pouquinho, poderia chegar ao nível de um dialeto. Quatorze anos atrás, quando Win tinha só 17, ele o havia trazido da Coreia. Para Myron, parecia que naquela época o mestre Kwan falava inglês melhor.

Win e Myron trocaram suas roupas por *doboks* brancos. Os dois amarraram suas faixas na cintura. Win era faixa preta de sexto dan, praticamente o ranking mais alto de qualquer pessoa nos Estados Unidos. Lutava tae kwon do desde os 7 anos. Myron tinha começado na época de faculdade, o que lhe dava 12 anos de prática e uma faixa preta de terceiro dan.

Aproximaram-se da porta do mestre Kwan, pararam até que ele notasse sua presença, depois dobraram o corpo numa reverência.

– Boa tarde, mestre Kwan – disseram em uníssono.

Kwan sorriu sem dentes.

– Vocês *chega* cedo.

– Sim, senhor – respondeu Win.

– *Precisa* ajuda?

– Não, senhor.

Kwan os dispensou girando de volta para as telas de TV. Myron e Win fizeram mais uma reverência e passaram para o *dojang* destinado aos praticantes mais experientes. Começaram com meditação, algo que Myron nunca havia dominado de todo. Win adorava. Meditava durante pelo menos uma hora por dia.

Win sentou-se em posição de lótus. Myron se contentou em sentar no chão dobrando uma perna em frente à outra. Os dois fecharam os olhos, puseram os polegares na palma das mãos, diretamente abaixo do mindinho, e viraram as palmas para o teto. Então apoiaram as mãos nos joelhos. Instruções começaram a ecoar na mente de Myron como um mantra. Costas eretas. Base da língua enrolada contra os dentes de cima.

Ele respirou pelo nariz durante seis segundos, concentrando-se em empurrar o ar para baixo até a boca do estômago e expandir a barriga sem que o peito se mexesse. Segurou o ar, fazendo uma contagem para que sua mente não perdesse o foco. Depois de sete segundos, expirou contando até 10 e esvaziando por completo o abdome contraído. Então esperou quatro segundos e inspirou novamente.

Win fazia isso sem dificuldade. Não precisava contar. Sua mente ficava vazia. Myron sempre contava. Só assim conseguia impedir que a mente se voltasse para os problemas do dia – em especial num dia como aquele. Mas, sem perceber, começou a relaxar. A tensão saía de seu corpo com cada expiração profunda. Quase fazia cócegas.

Meditaram durante 10 minutos, até que Win abriu os olhos e disse:
– *Barro*.

Significava "parar", em coreano.

Fizeram exercícios de alongamento nos 20 minutos seguintes. Win era flexível como um bailarino, fazia abertura total das pernas sem qualquer esforço. Myron havia ganhado bastante flexibilidade desde que começara no tae kwon do. Acreditava que isso lhe permitira saltar 15 centímetros mais alto na época da faculdade. Quase conseguia fazer abertura total das pernas, mas não a sustentava por muito tempo.

Resumindo, Myron era flexível; Win era um boneco de massinha.

Então passaram ao *poom-se*, uma série de movimentos complicados que mais parecia um passo de dança violento. O que muitos fanáticos por academia jamais percebem é que as artes marciais são ótimos exercícios aeróbicos. A pessoa fica em movimento constante – pulando, virando-se, girando – mexendo braços e pernas durante meia hora sem parar. Bloqueio baixo e chute frontal, bloqueio alto e soco, bloqueio médio e chute giratório. Bloqueios internos, bloqueios externos, cutilada, punhos, golpes de palma da mão, joelhos e cotovelos. Era uma malhação exaustiva e empolgante.

Win fazia sua sequência sem falhas. Quem o visse pela rua poderia dizer que se tratava de um almofadinha de classe alta incapaz de arranhar um pêssego com seu melhor soco. Mas num *dojang* ele provocava medo e espanto. Não era por acaso que o tae kwon do era considerado uma *arte* marcial. Win era um artista, o melhor que Myron já vira.

Myron se lembrou da primeira vez que vira Win demonstrar seu talento. Eram calouros na faculdade. Um grupo de jogadores de futebol americano decidiu raspar os cachos louros de Win porque não gostavam da aparência dele. Cinco deles se esgueiraram para dentro de seu quarto tarde da noite – um com creme e aparelho de barbear e quatro para segurar os braços e as pernas de Win.

Encurtando a história, o time de futebol teve uma temporada ruim naquele ano. Muitos atletas lesionados.

Por último, Myron e Win lutaram juntos um pouco. Depois se jogaram no tatame e fizeram 100 flexões – Win contando alto em coreano. Feito isso, sentaram-se de novo para meditar, desta vez durante 15 minutos.

– *Barro* – disse Win.

Os dois abriram os olhos.

– Está mais concentrado? – perguntou Win. – Sentindo o fluxo de energia? O equilíbrio?

– Sim, Gafanhoto. Quer que eu pegue a pedrinha na sua mão agora?

Win se levantou da posição de lótus num único movimento, gracioso e sem esforço.

– E então? Chegou a alguma decisão?

– Cheguei – respondeu Myron, tentando se levantar de uma vez só, balançando-se de um lado para outro enquanto erguia o corpo. – Vou contar tudo a Jessica.

7

Recados em papeizinhos adesivos amarelos cobriam o telefone de Myron como uma praga de gafanhotos. Ele os descolou e folheou. Nada de Otto Burke, Larry Hanson ou qualquer pessoa do Titans.

Não era um bom sinal.

Pôs o fone de ouvido com microfone. Tinha resistido a usá-lo por muito tempo, achando que era mais adequado a controladores de tráfego aéreo, mas logo aprendera que, em seu trabalho, ele era como um bebê dentro do útero do escritório. O telefone era indispensável, seu cordão umbilical. Aquele aparelho facilitava as coisas. Ele podia andar, ficava com as mãos livres e evitava as cãibras no pescoço que segurar o fone contra o ombro causavam.

Seu primeiro telefonema foi para o diretor de marketing da BurgerCity, uma nova rede de lanchonetes. Eles queriam assinar um contrato com Christian e estavam oferecendo um bom dinheiro, mas Myron não tinha certeza. A Burger-City era regional. Uma rede nacional poderia fazer uma oferta melhor. Às vezes a parte mais difícil do serviço era dizer não. Discutiria os prós e contras com Christian, deixaria que ele decidisse. Afinal, o nome era dele. O dinheiro era dele.

Myron já havia conseguido vários contratos de patrocínio bastante lucrativos para o rapaz. Os cereais Wheaties estampariam a imagem de Christian em suas caixas a partir de outubro. A Diet Pepsi teria um comercial em que ele jogaria uma garrafa de dois litros para um grupo de jovens, em uma espiral perfeita. A Nike estava desenvolvendo uma linha de agasalhos e chuteiras que teriam seu sobrenome.

Christian poderia ganhar milhões em patrocínios, muito mais do que jogando para o Titans, por melhor que fosse a oferta de Otto Burke. De certa forma isso era estranho. A torcida fazia um estardalhaço enorme se um jogador pedisse alto na hora da contratação. Chamavam-no de insensível e egoísta quando o dinheiro vinha de um rico dono de time – mas não tinham problema quando a grana preta vinha da Pepsi, da Nike ou da Wheaties em troca de o jogador promover produtos que provavelmente nunca usava e dos quais talvez nem gostasse. Não fazia sentido. Christian ganharia mais dinheiro gravando um comercial hipócrita por três dias do que trombando com marmanjos suados e superdesenvolvidos durante toda a temporada – e era assim que os torcedores queriam.

Nenhum empresário se incomodava com esse esquema. A maioria recebia entre 3% e 5% do salário negociado para os jogadores (Myron cobrava 4%) e ficava com 20% a 25% do dinheiro que vinha de patrocínios (a parte de Myron era de 15% – bem, ele era novo no ramo). Em outras palavras, em um contrato de um milhão de dólares com um time, o empresário recebia uns 40 mil. Fechando um contrato de publicidade de um milhão de dólares, o empresário podia ganhar até 250 mil.

O segundo telefonema de Myron foi para Ricky Lane, um *running back* do New York Jets e ex-colega de time de Christian na faculdade. Ricky era um dos seus clientes mais importantes e Myron tinha quase certeza de que fora ele quem convencera Christian a contratá-lo.

– Tenho uma apresentação numa colônia de férias infantil para você – começou Myron. – Estão oferecendo 5 mil.

– Parece bom. Quanto tempo tenho de ficar lá?

– Umas duas horas. É só falar um pouco, dar uns autógrafos, esse tipo de coisa.

– Quando?

– No outro sábado.

– E a apresentação no shopping?
– É domingo. No Livingston Mall. Morley's Sporting Goods.
Ricky receberia mais 5 mil dólares para sentar-se a uma mesa durante duas horas dando autógrafos.
– Maneiro.
– Quer que eu mande uma limusine pegar você?
– Não, eu vou de carro. Já sabe alguma coisa sobre o contrato do ano que vem?
– Estamos chegando lá, Ricky. Mais uma semana, no máximo. Escute, quero que você venha falar com o Win o quanto antes, certo?
– Certo, claro.
– Você está em forma?
– Na melhor da minha vida. Quero aquela vaga.
– Continue trabalhando. E não deixe de falar com Win.
– Pode deixar. Falou, Myron.
– Falou.

Os telefonemas continuaram, cada um se fundindo no seguinte. Ele retornou ligações da imprensa. Todos queriam saber sobre o contrato pendente entre o Titans e Christian. Myron dizia educadamente que não tinha comentários a fazer. Às vezes usar a mídia como alavanca numa negociação era bom, mas não com Otto Burke. Dizia apenas que as coisas estavam se encaminhando e que poderiam chegar a um acordo a qualquer momento.

Em seguida ligou para Joe Norris, um ex-jogador dos Yankees que aparecia quase todo fim de semana em algum evento ligado a cartões de beisebol. Joe ganhava mais em um mês hoje em dia do que em toda uma temporada no auge da carreira.

Em seguida foi Linda Regal, uma tenista profissional que tinha acabado de entrar para as 10 primeiras do ranking. Linda estava preocupada com a idade, ofendida porque um locutor havia se referido a ela como "conhecida veterana". Linda tinha quase 20 anos.

Eric Kramer, estudante do último ano na Universidade da Califórnia e que provavelmente entraria na segunda lista de contratações da liga nacional, estava na cidade. Myron conseguira marcar um jantar com ele. Isso significava que Myron era finalista – ele e um zilhão de outros empresários. A concorrência era acirrada. Exemplo: existem 1.200 empresários credenciados pela liga nacional disputando os 200 jogadores universitários que são convocados em abril. Algo tem de ser posto de lado. Geralmente é a ética.

Myron ligou para o gerente geral do New York Jets, Sam Logan, para falar sobre o contrato de Ricky Lane.

– O garoto está na melhor forma da carreira – alardeou Myron. Levantou-se e andou de um lado para outro. Myron tinha um escritório grande, bastante imponente, na Park Avenue, entre as ruas 46 e 47. Isso impressionava as pessoas, e a aparência era importante naquele negócio. – Nunca vi nada igual. Estou dizendo, Sam, o garoto é o novo Gayle Sayers. É incrível. Estou falando sério.

– Ele é baixo demais – disse Logan.

– Do que você está falando? Barry Sanders é baixo demais? Emmitt Smith é baixo demais? Ricky é mais alto que eles. E tem levantado peso. Estou dizendo, ele vai ser dos grandes.

– Ahã. Olha, Myron, ele é um garoto legal. Trabalha duro. Mas não posso oferecer mais do que...

A quantia ainda era muito baixa. Mas tinha subido.

Os telefonemas continuaram sem interrupção. Em algum momento ao longo do dia, Esperanza trouxe um sanduíche, que ele engoliu.

Às oito da noite Myron deu seu último telefonema do escritório.

Jessica atendeu.

– Alô?

– Vou passar na sua casa em uma hora. Precisamos conversar.

◆ ◆ ◆

Myron observou o rosto de Jessica procurando uma reação. Ela continuava olhando a revista como se fosse apenas um exemplar da *Newsweek*, numa passividade apavorante. De vez em quando assentia, olhava o resto da página e a capa da revista, sempre retornando à foto de Kathy. Estava tão indiferente que Myron quase esperou que ela assobiasse.

Apenas os nós dos dedos revelavam alguma coisa. Estavam brancos, totalmente sem sangue, as páginas sendo amassadas em seu aperto mortal.

– Você está bem? – perguntou ele.

– Estou – respondeu ela, a voz calma, quase tranquilizadora. – Você disse que Christian recebeu isto pelo correio?

– Foi.

– E você e Win falaram com o homem que publica esta... – ela tentou falar, mas hesitou, o rosto finalmente demonstrando algum sinal de nojo – ... esta coisa?

– Falamos.

Ela assentiu.

– Ele deu o endereço de quem pôs o anúncio?

– Só uma caixa postal. Vou investigar amanhã, ver quem pega a correspondência.

Ela ergueu os olhos pela primeira vez.
– Vou com você.
Ele quase protestou, mas se conteve. Não tinha chance contra ela.
– Certo.
– Quando Christian lhe deu esta coisa?
– Ontem.
Isso atraiu a atenção dela.
– Você sabia disso ontem?
Ele assentiu.
– E não me contou? – reagiu ela rispidamente. – Eu abri meu coração para você, me senti como uma esquizofrênica paranoica, e você sabia disso o tempo todo?
– Não sabia direito como contar.
– Há mais alguma coisa que você não me contou?
– Christian recebeu um telefonema ontem à noite. Ele acha que era de Kathy.
– O quê?
Myron contou rapidamente. Quando chegou à parte em que Christian escutou a voz de Kathy, o rosto dela ficou totalmente sem cor.
– A sua amiga da companhia telefônica descobriu alguma coisa?
– Não. Mas sabemos que o serviço que Christian usou só funciona para algumas cidades dentro do código de área 201.
– Quantas?
– Uns três quartos delas.
– Então são 75% da parte norte de Nova Jersey, o estado com maior densidade populacional dos Estados Unidos? Isso limita a busca a quê? Dois, três milhões de pessoas?
– Não é uma grande ajuda – admitiu ele – mas é alguma coisa.
O olhar dela pousou de novo na revista.
– Eu não queria pegar pesado com você. É só que...
– Tudo bem.
– Você é a melhor pessoa que eu já conheci – disse ela. – Sério.
– É você é o maior pé no saco.
– É difícil negar isso – respondeu ela, um quase sorriso no rosto.
– Quer ir à polícia? – perguntou ele. – Ou falar com Paul Duncan?
Ela pensou por um momento.
– Não sei bem.
– A imprensa vai alucinar. Vai arrastar Kathy pela lama.
– Não ligo a mínima para o que a imprensa fizer.
– Só estou avisando.

– Eles podem chamá-la de vagabunda de um milhão de modos diferentes. Não me importa.

– E sua mãe?

– Também não ligo a mínima para o que ela quer. Só quero que Kathy seja encontrada.

– Então você quer contar a eles – disse Myron.

– Não.

Ele olhou para Jessica, confuso.

– Poderia ser mais clara?

As palavras saíram lentas, medidas, as ideias chegando ao mesmo tempo que ela falava.

– Kathy já sumiu há mais de um ano – começou. – Em todo esse tempo a polícia e a imprensa não conseguiram xongas. Absolutamente nada. Ela simplesmente desapareceu sem deixar rastro.

– E?

– Mas agora temos esta revista. Alguém a enviou para Christian, o que significa que alguém, talvez Kathy, talvez não, está tentando fazer contato. Pense só. Pela primeira vez em mais de um ano, há algum tipo de comunicação. Não quero perder isso. Não quero que o caso ganhe nova repercussão e assuste essa pessoa. Kathy pode desaparecer de novo. Este – ela levantou a revista – este negócio é nojento, mas também dá ânimo. É alguma coisa. Não me entenda mal. Eu estou chocada. Mas é um fio de esperança. Tremendamente embolado, mas, ainda assim, um fio. Se a polícia e a imprensa forem avisadas, quem fez isso pode ficar com medo e sumir de novo. E desta vez para sempre. Não posso arriscar. Temos de manter isso em segredo.

Myron confirmou com a cabeça.

– Faz sentido.

– E agora? – perguntou ela.

– Vamos ao correio em Hoboken. Pego você de manhã cedo, às seis.

8

O PERFUME DE JESSICA era maravilhoso.

Estavam na Uptown Station, em Hoboken. Ela estava muito perto dele. O cabelo tinha aquele cheiro de recém-lavado que ele tentava esquecer fazia anos. Senti-lo o deixava tonto.

– Então é assim que se banca o detetive – disse ela.

– Empolgante, não é?

Haviam chegado às seis e meia e estavam ali fazia quase uma hora, tentando não chamar atenção – o que não era fácil quando o homem tinha 1,93 metro e a mulher era incrivelmente bonita. Por enquanto ninguém havia tocado a caixa postal 785.

O tédio chegou logo. Jessica olhou o preço de várias caixas para encomendas. Não era muito interessante. Leu os anúncios dos classificados. Achou um pouquinho mais interessante. Classificados em uma agência dos correios. Como se quisessem uma resposta por carta.

– Sem dúvida você sabe fazer uma mulher se divertir – disse ela.

– É por isso que me chamam de Capitão Diversão.

Ela riu. Um som melódico. Myron sentiu um frio na barriga.

– Gosta de trabalhar como empresário de atletas, Capitão Diversão?

– Muitíssimo.

– Sempre achei que os empresários eram um bando de sacanas.

– Obrigado.

– Você sabe o que eu quero dizer. Sanguessugas. Víboras. Gananciosos, famintos por dinheiro, parasitas. Caras que enganam atletas ingênuos e almoçam no Le Cirque enquanto destroem tudo o que há de bom no esporte...

– Os problemas do Oriente Médio também são nossa culpa – interrompeu ele. – E o déficit no orçamento do governo.

– Tá, mas você não é nada disso.

– Não sou sanguessuga, víbora nem parasita. É um elogio e tanto.

– Você entendeu.

Ele deu de ombros.

– Há muitos empresários sacanas. Também há um monte de médicos sacanas, advogados sacanas...

Ele parou, sentindo que as palavras pareciam familiares. Fred Nickler não havia usado o mesmo argumento para justificar suas revistas?

– Os empresários são um mal necessário – continuou Myron. – Sem eles, os atletas seriam explorados.

– Por quem?

– Pelos donos dos times, pelos dirigentes. Os empresários fizeram bem para a carreira dos atletas. Ajudaram a aumentar os salários, a garantir que o atleta escolheria em que equipe ficar, conseguiram patrocínios em dinheiro.

– Então qual é a parte ruim?

Myron pensou um momento.

– Duas coisas. Em primeiro lugar, tem empresário que é mau-caráter. Pura e simplesmente. Vê um garoto novo, rico e se aproveita. Mas à medida que os atletas ficarem mais esclarecidos, à medida que houver mais histórias como a de Kareem Abdul-Jabbar, a maioria desses bandidos vai ser posta para fora do mercado.

– E em segundo?

– Os empresários têm de fazer muitas coisas diferentes. Somos negociadores, contadores, consultores financeiros, babás, agentes de viagem, conselheiros familiares, conselheiros matrimoniais, moleques de recado, lacaios, o que for necessário para fazer o negócio.

– E como você faz tudo isso?

– Repasso duas das tarefas principais ao Win: contador e consultor financeiro. Eu sou o advogado. Ele é o administrador. Além disso temos Esperanza, que é capaz de fazer quase tudo. A coisa funciona bem. Cada um de nós equilibra e completa o outro.

– Como os três poderes do governo.

Ele assentiu.

– Você seria o orgulho dos grandes estadistas.

Alguém levou a mão até a caixa 785 e a abriu.

– Hora do show – disse Myron.

Jessica girou a cabeça para olhar. O homem era magro. Tudo nele era comprido demais, alongado de modo fantasmagórico, como se ele tivesse passado por uma máquina de tortura medieval. Até o rosto parecia comprido, como uma imagem carimbada em massa de modelar.

– Reconhece o cara? – perguntou Myron.

Ela hesitou.

– Há algo nele... mas acho que não.

– Venha, vamos sair daqui.

Desceram rapidamente os degraus e entraram no carro. Myron havia estacionado em uma área proibida em frente ao prédio e colocado uma placa de emergência policial no para-brisa. Presente de um amigo da polícia. A placa era muito útil – principalmente nas épocas em que os shoppings entravam em liquidação.

O homem magro saiu dois minutos depois. Entrou num Oldsmobile amarelo. Placa de Nova Jersey. Myron engrenou o carro e foi atrás. O homem pegou a Rota 3 em direção à Garden State Parkway, seguindo para o norte.

– Estamos rodando de carro há quase 20 minutos – disse Jessica. – Por que ele alugaria uma caixa de correio tão longe de casa?

– Talvez não esteja indo para casa. Talvez esteja indo trabalhar.
– O escritório do disque sexo?
– Talvez. Ou pode ser que ele vá tão longe para que ninguém o veja.

Deixou a pista na saída 160, entrou na Rota 208 para o norte e saiu na Lincoln Avenue, em Ridgewood.

Jessica se endireitou no banco.
– É a saída para a minha casa – disse ela.
– Eu sei.
– O que é que está acontecendo aqui?

O Oldsmobile amarelo virou à esquerda no fim da rampa. Agora estavam a menos de cinco quilômetros da casa de Jessica. Se ele pegasse a Lincoln Avenue até a Godwin Road, estariam...

Não!

O Sr. Magro virou na Kenmore Road, 800 metros antes do limite de Ridgewood. Ainda estavam no coração suburbano – o subúrbio em questão era Glen Rock, Nova Jersey. Glen Rock tinha esse nome por causa de uma rocha gigante que ficava na Rock Road. Tudo parecia ter "rock" no nome.

O Oldsmobile amarelo pegou uma entrada de veículos. Kenmore Road, 78.
– Aja com naturalidade – disse ele. – Não fique olhando para lá.
– O quê?

Ele não respondeu. Passou direto pela casa, virou na rua seguinte e estacionou atrás de alguns arbustos. Pegou o telefone do carro e ligou para o escritório. Foi atendido na metade do primeiro toque.
– MB Representações Esportivas – disse Esperanza.
– Consiga tudo que puder sobre este endereço: Kenmore Road, 78, Glen Rock, Nova Jersey. O nome do dono, verificação de crédito, a coisa toda.
– Entendido.

Clique.

Ele discou outro número.
– Minha amiga da companhia telefônica – explicou a Jessica. E depois: – Lisa? É o Myron. Olha, preciso de um favor. Kenmore Road, 78, Glen Rock, Nova Jersey. Não sei quantas linhas o cara tem, mas preciso que verifique todas. Quero saber de cada número para o qual ele telefonar nas próximas horas. Certo. O que você descobriu sobre aquele 0900? O quê? Ah, certo, entendo. Obrigado.

Desligou.
– O que ela disse?
– O 0900 não é operado pela companhia telefônica daqui. É de uma empresa pequena, da Carolina do Sul. Ela não tem acesso.

– E o que vamos fazer agora? Só vigiar a casa?
– Não. Eu entro. Você fica aqui.
Ela ergueu uma sobrancelha.
– O quê?
– Era você que não queria assustar ninguém. Se esse cara tem alguma coisa a ver com sua irmã, como acha que ele vai reagir vendo você?
Ela cruzou os braços diante do peito e fumegou. Sabia que ele estava certo, mas nem por isso ficaria feliz.
– Vai logo – disse.
Ele saiu do carro. Era um daqueles bairros sem variação, cada casa construída com o mesmo projeto de vários níveis, em terrenos de três mil metros quadrados. Às vezes a casa era invertida, a frente ficava nos fundos e a cozinha mudava de lado. A maioria tinha forração de alumínio nas paredes. A rua fedia a classe média.
Myron bateu. O homem magro abriu a porta.
– Jerry?
O rosto do magro demonstrou que ele havia ficado confuso. De perto sua aparência era melhor, mais pensativo do que esquisito. Com uma blusa de gola rulê e um cigarro, era o tipo que poderia facilmente estar lendo poemas num café.
– Em que posso ajudá-lo?
– Jerry, eu...
– Você deve ter se enganado. Meu nome não é Jerry.
– Você se parece com o Jerry.
Algo sombrio atravessou o rosto dele.
– Sinto muito – disse, fechando a porta. – Realmente não tenho tempo.
– Tem certeza, Jer?
– Eu já lhe disse...
– Você conhece Kathy Culver?
Foi um ataque furtivo. E certeiro.
– Que... que negócio é esse? – reagiu ele bruscamente.
– Acho que conhece.
– Quem é você?
– Meu nome é Myron Bolitar.
– E eu deveria conhecê-lo?
– Bom, se você fosse um grande fã de basquete... Na verdade, não. Mas eu gostaria de fazer umas perguntas.
– Não tenho nada a dizer.

Hora de usar o ás de espadas. Myron pegou a revista.

– Tem certeza, Jerry?

Os brancos dos olhos do magro cresceram 10 vezes, parecendo pratos de louça no rosto alongado.

– Você me confundiu com outra pessoa. Adeus.

Ele bateu a porta.

Myron deu de ombros e voltou ao carro.

– E então? – perguntou Jessica.

– Nós o sacudimos. Agora é ver o que cai dos bolsos.

◆ ◆ ◆

A banca de jornais do bairro.

Win se lembrava de um tempo em que ela estava associada a nostalgia e a imagens dos Estados Unidos de verdade feitas por Norman Rockwell. Já não era assim. Agora era igual em qualquer rua, qualquer esquina, qualquer cidadezinha do interior: doces, jornais, cartões de comemoração – e revistas pornográficas. As crianças podiam pegar uma barra de chocolate e dar uma espiadinha, tudo ao mesmo tempo. A pornografia tinha se tornado um elemento básico da vida americana. Pornografia pesada. Do tipo que fazia a *Penthouse* parecer uma revista de decoração.

Win se aproximou do homem que estava atrás das cartelas de bilhetes de loteria.

– Com licença – disse.

– Sim?

– Poderia dizer se o senhor tem os exemplares mais recentes de *Climaxx, Esporro, Orgasmo Hoje, Lambidas, Xotta* e *Mamilos*?

Uma mulher idosa ofegou e lhe deu um olhar gelado. Win sorriu para ela.

– Deixe-me adivinhar – disse ele. – Coelhinha do mês em junho de 1926?

Ela fez um ruído tipo humpf e se virou.

– Verifique ali – respondeu o homem. – Entre as revistas em quadrinhos e os vídeos da Disney.

– Obrigado.

Win encontrou três: *Climaxx, Orgasmo Hoje* e *Xotta*. Tentou mais três bancas e conseguiu a *Lambidas*, mas não havia sinal da *Esporro* ou da *Mamilos*. Finalmente encontrou exemplares delas numa loja de pornografia pesada na Rua 42, a Palácio Pornô do Rei Davi. Havia uma grande placa na frente dizendo ABERTO 24 HORAS. Isso é que era conveniência! Win se considerava um sujeito bastante conhecedor do mundo, mas os itens e as fotografias no "palácio" provaram que tanto suas experiências de vida quanto sua imaginação eram, na melhor das hipóteses, limitadas.

Era quase meio-dia quando saiu da loja. Uma manhã produtiva e quase educativa.

Com oito revistas enfiadas debaixo do braço, Win pegou um táxi para a área central de Manhattan. Ainda no banco de trás, foi folheando algumas.

– Até agora, tudo bem – disse em voz alta.

O motorista olhou-o pelo retrovisor, deu de ombros e se virou de volta para a rua.

Quando chegou ao escritório, Win espalhou as revistas sobre sua mesa. Examinou-as atentamente, comparando-as. Incrível. Exatamente como suspeitara. Ele estava certo.

Cinco minutos depois, colocou as revistas na gaveta da mesa e interfonou para Esperanza.

– Faça a gentileza de mandar o Myron à minha sala assim que ele chegar.

9

– TENHO UMA CONFISSÃO A FAZER – disse Jessica.

Estavam saindo do estacionamento Kinney na Rua 52, o cheiro de urina e fumaça de carburador se dissipando à medida que chegavam ao ar relativamente puro da calçada. Viraram na Quinta Avenida. A fila para obtenção de passaportes passava da estátua de Atlas. Um negro com *dreadlocks* compridos espirrava repetidamente, o cabelo balançando como dúzias de cobras. Uma mulher reclamou com um tsc-tsc. Muitas pessoas à espera olhavam para a Catedral de St. Patrick, do outro lado da rua, como se implorassem pela intervenção divina, o rosto marcado de angústia. Turistas japoneses tiravam fotos da estátua e da fila.

– Estou ouvindo – respondeu Myron.

Continuaram andando. Jessica não se virou para ele. Encarava o caminho adiante, o olhar fixo em nada.

– Nós não éramos mais tão unidas. Na verdade, Kathy e eu mal nos falávamos.

Myron ficou surpreso.

– Desde quando?

– Os últimos três anos, mais ou menos.

– O que aconteceu?

Ela balançou a cabeça, mas continuou sem olhá-lo.

– Não sei direito. Ela mudou. Ou talvez só tenha crescido e eu não consegui lidar com isso. Simplesmente nos afastamos. Quando nos víamos, era como se ela não suportasse ficar no mesmo cômodo que eu.

– Sinto muito.

– É, bem, não é grande coisa. Só que Kathy me ligou na noite em que desapareceu. Foi a primeira vez em não sei quanto tempo.

– O que ela queria?

– Não sei. Eu estava saindo. Disse que estava com pressa e desliguei.

Ficaram em silêncio pelo resto do caminho até o escritório de Myron.

Quando saíram do elevador, Esperanza lhe entregou um pedaço de papel e disse:

– Win quer ver você imediatamente.

Em seguida ela encarou Jessica como um boxeador olharia um oponente mancando e com a guarda aberta.

– Otto Burke ou Larry Hanson ligaram? – perguntou Myron.

Ela virou para ele o olhar furioso.

– Não. Win quer ver você imediatamente.

– Eu escutei da primeira vez. Diga que vou daqui a cinco minutos.

Entraram na sala de Myron. Ele fechou a porta e examinou a folha. Jessica sentou-se diante dele e cruzou as pernas de um modo que poucas mulheres são capazes, transformando um movimento comum numa armadilha sexual. Myron tentou não olhar explicitamente. Também tentou não se lembrar da luxúria que aquelas pernas despertavam na cama. Foi malsucedido nas duas tarefas.

– O que diz aí? – perguntou ela.

Ele voltou a si.

– Nosso amigo magro da Kenmore Road, em Glen Rock, se chama Gary Grady.

Jessica franziu os olhos.

– O nome parece familiar.

Ela balançou a cabeça.

– Mas não consigo me lembrar de onde.

– É casado há sete anos, a mulher se chama Allison. Sem filhos. Tem uma hipoteca da casa no valor de 110 mil dólares, paga em dia. Mais nada por enquanto. Devemos descobrir mais daqui a pouco. – Ele pôs o papel na mesa. – Acho que temos de começar a atacar isso por diversas frentes.

– Como?

– Precisamos voltar à noite em que sua irmã desapareceu. Começamos aí e vamos em frente. O caso todo precisa ser reinvestigado. O assassinato do seu pai também. Não estou dizendo que os policiais não foram meticulosos. Provavelmente foram. Mas agora sabemos algumas coisas que eles não sabem.

– A revista.

– Exato.

– Como posso ajudar?

– Comece a levantar tudo o que puder sobre o que Kathy estava fazendo quando sumiu. Fale com os amigos dela, as colegas de quarto, as colegas da irmandade universitária, as outras líderes de torcida, qualquer pessoa.

– Certo.

– Além disso, consiga os registros escolares dela. Vamos ver se há alguma coisa lá. Quero ver que cursos ela fazia, em que atividades estava envolvida, qualquer coisa.

Esperanza escancarou a porta.

– Vale-refeição. Linha dois.

Myron olhou o relógio. Christian devia estar no meio do treino. Pegou o telefone.

– Christian?

– Sr. Bolitar, não sei o que está acontecendo.

Myron mal conseguia ouvir. Parecia que Christian estava num túnel de vento.

– Onde você está?

– Num telefone público do lado de fora do estádio do Titans.

– Qual é o problema?

– Não querem me deixar entrar.

◆ ◆ ◆

Jessica ficou no escritório para dar alguns telefonemas. Myron saiu às pressas. O caminho da Rua 57 até a West Side Highway estava estranhamente livre. Ligou para Otto Burke e Larry Hanson do carro. Nenhum dos dois atendeu. Myron não ficou surpreso.

Então ligou para um telefone em Washington que não estava na lista. Poucas pessoas tinham o número.

– Alô – atendeu a voz educadamente.

– Oi, P.T.

– Ah, merda, Myron, que porra você quer?

– Preciso de um favor.

– Perfeito. Estava agora mesmo dizendo a uma pessoa: puxa, como eu queria que o Bolitar me ligasse pedindo um favor. Poucas coisas me dão tanta alegria.

P.T. trabalhava no FBI. As chefias do FBI mudavam constantemente. P.T. permanecia. A imprensa não sabia da existência dele, mas todo presidente, desde Nixon, tivera seu número na discagem rápida.

– O caso Kathy Culver – disse Myron. – Quem é o melhor cara para falar sobre isso?

– O policial local – respondeu P.T. sem hesitar. – Ele é xerife, ou algo assim. Um cara fantástico, amigo meu. Esqueci o nome.

– Pode me arrumar uma reunião com ele?

– Por que não? Servir às suas necessidades dá um propósito à minha vida.

– Eu lhe devo uma.

– Você já me deve várias. Mais do que pode pagar. Ligo quando tiver alguma coisa.

Myron desligou. O trânsito continuava livre. Incrível. Atravessou a ponte Washington e chegou a Meadowlands em tempo recorde.

O Complexo Esportivo de Meadowlands fora erguido em East Rutherford, uma região pantanosa sem utilidade perto da New Jersey Turnpike. Ali ficavam a pista de atletismo de Meadowlands, o estádio do Titans e a arena Brendan Byrne, que homenageava um ex-governador quase tão querido quanto um velhote num baile de formatura. Protestos dignos de Revolução Francesa irromperam contra o nome, mas não adiantou. A revolta do povo não é um adversário à altura do ego de um político.

– Ah, meu Deus.

O carro de Christian – ou ele presumiu que fosse o carro de Christian – estava praticamente invisível sob o cobertor de repórteres. Myron já previra que isso pudesse acontecer. Tinha dito a Christian para se trancar no carro e não dizer nenhuma palavra. Ir embora seria inútil. A imprensa teria simplesmente ido atrás e Myron não estava a fim de uma perseguição de carro.

Parou ali perto. Os repórteres se viraram para ele como leões cheirando um cordeiro ferido.

– O que está acontecendo, Myron?

– Por que Christian não está treinando?

– Você está segurando o contrato ou o quê?

– O que está acontecendo com o contrato dele?

Myron disse que não tinha comentários, foi nadando pelo mar de microfones, câmeras e gente, espremendo-se para dentro do carro sem permitir que a onda entrasse com ele.

– Saia dirigindo – disse Myron.

Christian ligou o carro e foi acelerando. Os repórteres se afastaram a contragosto.

– Sinto muito, Sr. Bolitar.

– O que aconteceu?

– O segurança não me deixou entrar. Disse que tinha ordens para me manter do lado de fora.

– Filho da puta – murmurou Myron. Otto Burke e sua estratégia desgraçada. Sujeitinho ardiloso. Myron deveria estar preparado para algo assim. Mas barrar a entrada de um jogador? Isso parecia uma atitude extrema, mesmo para os padrões de Otto Burke. Apesar da pose, eles estavam bastante perto de assinar. Burke havia expressado forte interesse em colocar Christian nos treinos o mais rápido possível, para prepará-lo para a temporada.

Então por que iria deixar Christian do lado de fora?

Myron não gostou daquilo.

– Você tem telefone no carro? – perguntou.

– Não, senhor.

Não importava.

– Dê meia volta. Pare perto do portão C.

– O que o senhor vai fazer?

– Venha comigo.

O segurança tentou impedi-los, mas Myron seguiu adiante, empurrou Christian estádio adentro.

– Ei, vocês não têm permissão de entrar! – gritou o sujeito. – Parem aí!

– Atire em nós – disse Myron, seguindo em frente.

Entraram no campo. Jogadores se chocavam com força contra os bonecos de treino. Com muita força. Ninguém embromava. Era uma seletiva. A maioria dos atletas brigava por um lugar no time. Tinham sido as estrelas da escola e da faculdade, todos acostumados à pura grandeza do campo de jogo. A maior parte não seria selecionada. A maior parte não permitiria que o sonho terminasse aí, procuraria outros times, esperaria, tentaria incessantemente, morrendo devagar a cada minuto.

Uma profissão glamourosa.

Treinadores sopravam apitos. *Running backs* davam piques de corrida. *Kickers* mandavam a bola para as traves do gol do lado oposto. *Punters* chutavam a bola alto, em arcos lentos e preguiçosos. Vários jogadores se viraram e viram Christian. Um zum-zum começou. Myron o ignorou. Tinha visto seu alvo, sentado na primeira fila, diante da linha de 50 jardas.

Otto Burke estava como César no Coliseu, aquele sorriso imbecil ainda grudado no rosto, os braços apoiados nas cadeiras ao lado da sua. Atrás dele estavam Larry Hanson e alguns outros dirigentes. O Senado de César. De vez em quando Otto se recostava e premiava o séquito com comentários que provocavam ataques de riso dignos de aneurismas.

– Myron! – gritou Otto em tom agradável, acenando com sua mão minúscula. – Venha cá. Sente-se.

– Espere aqui – disse Myron a Christian. E subiu os degraus. O séquito, liderado por Larry Hanson, se levantou num único movimento e marchou para longe.

Myron prestou continência a eles.

– Um, dois, três, quatro. Direita, volver!

Ninguém riu. Que surpresa!

– Sente-se, Myron – disse Otto, rindo de orelha a orelha. – Vamos bater um papinho.

– Você não tem respondido aos meus telefonemas – disse Myron.

– Você ligou?

Otto balançou a cabeça.

– Terei de falar sobre isso com minha secretária – zombou Otto.

Myron expirou lentamente e se sentou.

– Por que Christian ficou do lado de fora?

– Ora, Myron, na verdade é bem simples. Christian ainda não assinou o contrato. O Titans não tem tempo para investir em alguém que talvez não faça parte do nosso futuro.

Ele moveu a cabeça, indicando o campo.

– Está vendo quem está aqui para um teste? Neil Decker, de Cincinnati. Um ótimo *quarterback*.

– É, ele é fantástico. É quase capaz de fazer um lançamento em espiral.

Otto soltou um risinho.

– Engraçado, Myron. Você é um sujeito muito divertido.

– Fico feliz por você achar isso. Poderia me dizer o que está acontecendo?

Otto Burke assentiu.

– É justo, Myron. Então vamos falar francamente, certo?

– Racionalmente, francamente, o que você quiser.

– Ótimo. Gostaríamos de renegociar o contrato do seu cliente. Para menos.

– Sei.

– Achamos que seu cliente perdeu valor de mercado.

– Ahã.

Burke o observou.

– Você não parece surpreso, Myron.

– Então o que vai ser desta vez?

– Como assim o que vai ser desta vez?

– Bom, vamos começar com Benny Keleher. Você o convidou à sua casa, fez o cara encher a cara, depois mandou um policial ir atrás dele e ele foi preso por dirigir embriagado.

Otto pareceu adequadamente em choque.

– Não tive nada a ver com isso.

– Foi incrível como ele assinou o contrato no dia seguinte. E teve o Eddie Smith. Você mandou um investigador particular tirar fotos comprometedoras dele e ameaçou mostrá-las à esposa.

– Outra mentira.

– Ótimo, mentira. Então vamos ao que interessa. O que causou essa súbita desvalorização de Christian?

Otto se recostou. Pegou um cigarro numa cigarreira de ouro com um emblema do Titans.

– Foi algo que eu vi numa revista muito imoral. Algo que me deixou realmente consternado.

Ele não parecia consternado. Parecia bastante satisfeito.

– Isso é que é baixar o nível – disse Myron. – Você devia se orgulhar.

– O quê?

– Você armou isso. A revista.

Otto sorriu.

– Ah, então você sabia.

– Como conseguiu aquela foto?

– Que foto?

– A do anúncio.

– Não tive nada a ver com ela.

– Claro. Você é um simples assinante da *Mamilos*.

– Não tive nada a ver com aquele anúncio, Myron. Honestamente.

– Então como conseguiu a revista?

– Alguém me mostrou.

– Quem?

– Não tenho permissão para falar sobre isso.

– Muito conveniente.

– Não sei se gosto do seu tom, Myron. E deixe-me dizer outra coisa: foi você que agiu errado nesse caso. Se sabia sobre a revista, tinha a responsabilidade ética de me contar.

Myron olhou para o céu.

– Você usou a palavra "ética". E nenhum raio caiu. Deus não existe.

O sorriso vacilou mas permaneceu onde estava.

– Por mais que desejemos, Myron, não podemos simplesmente desconsiderar isso. A revista existe e isso deve ser levado em conta. Então deixe-me apresentar minha proposta.

– Sou todo ouvidos.

– Você vai pegar nossa oferta atual e baixá-la em 30%. Se não aceitar, a foto da Srta. Culver será divulgada. Pense nisso. Você tem três dias para decidir.

Otto observou enquanto Neil Decker fazia um passe. A bola pareceu um pato de asa quebrada. Caiu bem antes do receptor. Otto franziu a testa e acariciou o cavanhaque.

– Digamos dois dias.

10

Harrison Gordon, o vice-reitor de graduação, certificou-se de que a porta de sua sala estivesse fechada. Fechada e trancada, na verdade. Não iria se arriscar. Não com isso.

Sentou-se de novo e olhou pela janela. A respeitada Universidade Reston em toda a sua glória. Ela não estava no seleto grupo das oito melhores do país, mas deveria. A vista de sua sala era uma mistura de grama verde e prédios de tijolos vermelhos. Os alunos haviam saído para as férias de verão, mas as áreas comuns ainda tinham algumas pessoas – estudantes treinando futebol ou tênis, pessoas das redondezas que usavam o campus como parque, eternos hippies que faziam peregrinações a instituições liberais como muçulmanos iam a Meca. Um monte de lenços vermelhos, ponchos e granola. Um homem barbudo lançou um *frisbee*. Um menininho o pegou.

Harrison Gordon não viu nada disso. Não tinha girado a cadeira para desfrutar a paisagem. Tinha feito isso para afastar o olhar da... da coisa em sua mesa. Queria simplesmente destruir aquela porcaria e esquecê-la. Mas não podia. Algo o impedia. E algo o atraía para lá, para uma página perto do final...

Destrua isso, seu idiota. Se alguém descobrir...

O que poderia acontecer?

Ele não sabia. Girou a cadeira de volta, mantendo o olhar longe da revista. Uma pasta onde estava escrito CULVER, KATHERINE, estava à direita. Ele engoliu em seco. Com a mão trêmula, folheou as pilhas de transcrições e cartas de recomendação. Eram realmente impressionantes, mas agora Harrison não tinha tempo para isso.

A campainha do interfone – um som horrendo – deu-lhe um susto.

– Reitor Gordon?

– Sim – disse ele, quase gritando. Seu coração batia como o de um coelho.

– Há alguém aqui que deseja vê-lo. Ela não marcou hora, mas achei que o senhor talvez quisesse vê-la.

A voz de Edith estava baixa, um sussurro de igreja.
– Quem é? – perguntou ele.
– Jessica Culver. É irmã de Kathy.
O pânico vazou o coração dele como uma lança de gelo.
– Reitor Gordon?
Ele cobriu a boca, com medo de gritar.
– Reitor Gordon? O senhor ainda está aí?
Não havia opção. Ele teria de recebê-la e descobrir o que ela desejava. Agir de qualquer outro modo geraria suspeita.
Abriu a gaveta de baixo e jogou dentro o que estava sobre a mesa. Fechou-a, pegou as chaves e a trancou. Melhor prevenir do que remediar. Por fim, destrancou a porta.
– Mande a Srta. Culver entrar – disse.
Jessica era no mínimo tão bonita quanto a irmã, ou seja, absolutamente incrível. Ele pensou em como deveria cumprimentá-la e acabou optando pelo estilo dono de funerária – simpatia distanciada, profissionalismo caloroso.
Apertou a mão dela de modo firme e gentil.
– Srta. Culver, lamento termos de nos conhecer em tais circunstâncias. Nossas orações estão com sua família neste momento difícil.
– Obrigada por me receber sem ter marcado hora.
Ele balançou a mão como se respondesse "Não é nada!".
– Por favor, sente-se. Posso lhe oferecer alguma coisa? Café, refrigerante?
– Não, obrigada.
Ele voltou à cadeira. Sentou-se e cruzou as mãos sobre a mesa.
– Em que posso ajudá-la?
– Preciso da pasta da minha irmã – respondeu Jessica.
Harrison sentiu os dedos se apertarem, mas manteve o rosto firme.
– A pasta com os registros escolares de sua irmã?
– Sim.
– Posso perguntar o motivo?
– Tem a ver com o desaparecimento dela.
– Sei – disse ele devagar. Sua voz, ele próprio ficou surpreso ao ouvir, continuava calma. – Creio que a polícia foi bastante meticulosa com a pasta. Eles fizeram cópia de tudo o que há nela.
– Eu sei. Mas gostaria de ver a pasta pessoalmente.
Vários segundos se passaram. Jessica se remexeu na cadeira.
– Seria um problema? – perguntou.
– Não, não. Bom, talvez. Infelizmente, talvez não seja possível lhe entregar a pasta.
– Como assim?

– O que quero dizer é que não sei se a senhorita tem direito legal de examiná-la. Os pais certamente têm. Mas não sei quanto a irmãos. Preciso verificar isso com um advogado da universidade.

– Eu espero – disse Jessica.

– Ah, ótimo. Poderia aguardar na outra sala, por favor?

Ela assentiu, virou-se e parou. Olhou para ele por cima do ombro.

– O senhor conhecia minha irmã, não é, reitor Gordon?

Ele conseguiu dar um sorriso.

– Conhecia. Uma jovem maravilhosa.

– Kathy trabalhava para o senhor.

– Arquivando, atendendo o telefone, esse tipo de coisa – respondeu ele rapidamente. – Era muito eficiente. Todos sentimos muita falta dela.

– Ela lhe parecia bem?

– Bem?

– Antes de desaparecer – continuou Jessica, os olhos se demorando nos dele. – Estava agindo de algum modo estranho?

Gotas de suor brotaram na testa do vice-reitor, mas ele não ousou enxugar.

– Não, não que eu tenha notado. Ela parecia perfeitamente bem. Por que pergunta?

– Só estou verificando. Vou esperar lá fora.

– Obrigado.

Harrison soltou o ar. E agora? Teria de lhe dar a pasta. Recusar seria mais do que suspeito. Mas, claro, não podia simplesmente abrir a gaveta de baixo, sacar a pasta dali e entregá-la a Jessica. Não, esperaria alguns minutos, iria até o arquivo para cuidar do caso "pessoalmente" e retornaria com o que ela pedira.

Por que Jessica Culver precisava daquilo? Haveria algo que ele deixara de ver? Não. Tinha certeza disso.

Havia passado o ano inteiro esperando, rezando para que tudo acabasse. Mas deveria saber que não seria assim. Coisas como aquela nunca morrem de verdade. Elas se escondem, criam raízes, ficam mais fortes e se preparam para um novo ataque.

Kathy Culver não estava morta e enterrada. Havia retornado, como um fantasma, assombrando-o, gritando de algum outro mundo.

Clamando por vingança.

◆ ◆ ◆

Myron retornou à sala.

– Win chamou pelo interfone duas vezes. Quer ver você. Agora.

– Estou indo.

– Myron?

– O quê?

Os olhos lindos e escuros de Esperanza estavam solenes.

– Ela voltou? A Jessica.

– Não. Só está de visita.

Esperanza pareceu não acreditar muito. Myron não insistiu. Nem ele sabia mais o que pensar.

Subiu a escada de dois em dois degraus. O escritório de Win ficava dois andares acima, mas era como se fosse em outra dimensão. Assim que abriu a grande porta de aço, o alarido incessante atacou com tudo. O amplo espaço sem divisórias vivia em constante movimento. Umas 200, talvez 300 mesas cobriam o piso como se fossem tapetes, cada uma delas com pelo menos dois terminais de computador. Havia centenas de homens, sentados ou de pé, todos de camisa social branca, gravata e suspensórios, os paletós pendurados no encosto das cadeiras. O número de mulheres era dolorosamente pequeno. Os homens estavam ao telefone, a maioria cobrindo o bocal com a mão para gritar com outra pessoa. Todos pareciam iguais. Eram praticamente a mesma pessoa.

Bem-vindo à Lock-Horne Seguros e Investimentos.

Todos os seis andares eram exatamente iguais. Na verdade, frequentemente Myron suspeitava de que a Lock-Horne tinha apenas um andar e que, para criar a ilusão de que a empresa era maior, o elevador era ajustado para parar nele independentemente do número que se apertasse, do 14 ao 19.

Uma sequência de salas fechadas delimitava o perímetro. Eram reservadas aos figurões, os mandachuvas, os "número um". Quem tinha uma sala ganhava janelas e luz do sol, diferentemente dos peões do lado de dentro, que perdiam a saúde e a cor com as lâmpadas frias.

Win tinha uma sala de canto com vista para a Rua 47 e a Park Avenue – um privilégio que, por si só, indicava dinheiro. A decoração informava mais: dinheiro de família rica e tradicional. Paredes forradas com madeira escura. Tapete verde-floresta. Poltronas de encosto alto. Quadros de caça à raposa na parede. Como se Win já tivesse visto uma raposa alguma vez na vida.

Quando Myron entrou, Win ergueu o olhar de sua gigantesca mesa de carvalho. A mesa pesava pouco menos que um caminhão. Ele estivera examinando um relatório, um daqueles intermináveis formulários contínuos com linhas verdes e brancas. A mesa estava coberta deles. Até que combinavam com o tapete.

– Como foi seu encontro matinal com nosso amigo Jerry, o rei da disqueanagem? – perguntou Win.

– Disqueanagem?

Win sorriu.

– Passei a manhã inteira bolando isso.

– Valeu a pena.

Myron contou seu encontro com Gary "Jerry" Grady. Win se recostou e juntou as pontas dos dedos das duas mãos. Em seguida Myron o colocou a par do encontro com Otto Burke. Win se inclinou para a frente e separou os dedos.

– Otto Burke é um bandido – disse Win, com a voz comedida. – Talvez eu devesse fazer uma visita particular a ele.

Olhou para Myron cheio de esperança.

– Não. Ainda não. Por favor.

– Tem certeza?

– Tenho. Prometa, Win. Nada de visitas.

Ele ficou claramente desapontado.

– Tudo bem – respondeu contrariado.

– E por que você queria me ver?

– Ah!

O rosto de Win se iluminou de novo.

– Dê uma olhada nisso.

Ele puxou os relatórios e, sem cerimônia, os jogou no chão. Embaixo havia uma pilha de revistas. A de cima se chamava *Climaxx*. O subtítulo dizia "Um X a mais para marcar seu prazer". Bela estratégia de vendas. Win as espalhou em leque sobre a mesa como se estivesse fazendo um truque com cartas de baralho.

– Seis revistas – disse.

Myron leu os títulos: *Climaxx, Lambidas, Esporro, Xotta, Orgasmo Hoje* e, claro, *Mamilos*.

– São as publicações do Nickler?

– Nossa, você é bom mesmo – disse Win.

– Anos de treinamento. O que há nelas?

– Dê uma olhada nas páginas que eu marquei.

Myron começou com a *Climaxx*. A capa mostrava outra mulher com seios gigantescos, desta vez lambendo o próprio mamilo. Conveniente. Win tinha usado marcadores de livro, de couro, para indicar as páginas. Marcadores de couro em revistas pornôs. O mesmo que cigarros numa aula de aeróbica.

A página marcada já era conhecida. Myron sentiu o estômago revirar.

Fantasia ao vivo pelo telefone – escolha sua gata!

Ainda havia três fileiras, cada uma com quatro anúncios. Seu olhar desceu imediatamente para a de baixo, o segundo anúncio da direita para a esquerda.

Ainda dizia: "Faço tudo!" O número de telefone ainda era 0900-DESEJOS. O preço ainda era 3,99 dólares por minuto. Ainda cobrados discretamente na conta telefônica ou no cartão de crédito, Visa ou Mastercard.

Mas a mulher da foto não era Kathy Culver.

Ele examinou rapidamente o resto da página. Mais nada estava diferente. As orientais continuavam esperando. Alguém ainda pedia "Bate, por favor!" e "Peitinhos duros" ainda não tinha chegado à puberdade.

– Essa mesma página de anúncios está nas seis revistas – explicou Win. – Mas só a *Mamilos* tem a foto de Kathy Culver.

– Interessante.

Myron pensou um momento.

– Nickler provavelmente vende pacotes para os anunciantes: compre espaço em seis pelo preço de três, esse tipo de coisa.

– Exato. Eu diria que todas as seis revistas têm exatamente os mesmos anúncios.

– Mas alguém colocou a foto de Kathy na *Mamilos*.

Myron estava se acostumando a dizer o nome da revista. Já não parecia repugnante nos seus lábios, o que o fez sentir-se repugnante.

– Você se lembra do Nickler dizendo que a *Mamilos* vendia pouco? – perguntou Win.

Myron assentiu.

– Bom, eu tive uma tremenda dificuldade em encontrá-la. A maioria das outras foi bem fácil de achar em bancas de esquina. Mas precisei ir a uma loja de pornografia pesada na Rua 42 para conseguir a *Mamilos*.

– No entanto – acrescentou Myron –, Otto Burke conseguiu um exemplar.

– Exato. Tenho certeza de que você considerou a possibilidade de o senhor Burke estar por trás disso.

– A ideia me passou pela cabeça.

Uma batida à porta. Esperanza entrou.

– Seu especialista em caligrafia está ao telefone – disse ela. – Passei a ligação para a linha do Win.

Win pegou o fone e entregou a Myron.

– Alô.

– Oi, Myron, é o Swindler. Acabo de examinar as duas amostras que você me deu.

Myron tinha enviado a Swindler o envelope onde viera a *Mamilos* e uma carta escrita por Kathy.

– E então?

– Combinam. É ela ou um falsário profissional.

Myron sentiu um aperto no estômago.
– Tem certeza?
– Absoluta.
– Obrigado por ligar.
– De nada.
Myron devolveu o fone a Win.
– Combinam? – perguntou Win.
– É.
Win se recostou de novo na poltrona e sorriu.
– Maravilha.

11

MYRON ESBARROU COM RICKY LANE no corredor. Fazia três meses que não o via. Ricky parecia bem maior. O New York Jets ia gostar disso.
– O que está fazendo aqui? – perguntou Myron.
– Marquei hora com o Win – respondeu Ricky com um sorriso largo. – Como o meu empresário aconselhou.
– É bom saber que você ouve seu empresário.
– Sempre. O cara é brilhante.
– E nunca contesta um cliente.
Ricky gargalhou.
– Escuta, ouvi dizer que o Christian foi impedido de entrar no estádio.
As notícias corriam depressa.
– Onde ouviu disso?
– Na WFAN.
A WFAN era a estação de rádio esportiva de Nova York.
– Tem falado com ele ultimamente?
Ricky fez uma careta.
– Com o Christian?
– É.
– Não falo desde meu último jogo de futebol universitário, o quê... há um ano e meio.
– Achei que vocês fossem amigos.
Na verdade, Myron tinha presumido que Ricky havia recomendado seus serviços a Christian.

– Fomos colegas de time – respondeu Ricky com firmeza. – Nunca fomos amigos.

– Você não gosta dele?

Ricky deu de ombros.

– Na verdade, não. Nenhum de nós gostava.

– "Nós", quem?

– Os caras do time.

– O que há de errado com ele?

– É uma longa história, cara. Não vale a pena contar.

– Eu gostaria de ouvir.

– Digamos o seguinte: Christian era um pouquinho perfeito demais para a maioria de nós, certo?

– Egocêntrico?

Ricky fez uma pausa, pensando.

– Na verdade, não. Quero dizer, para ser honesto, acho que a maior parte era ciúme. Christian não era só bom, era mais do que ótimo. Era incrível. O melhor que já vi.

– E daí?

– E daí que ele esperava o mesmo de todo mundo.

– Ele pegava no pé das pessoas quando elas erravam?

Ricky fez outra pausa, balançou a cabeça.

– Não, também não é isso.

– Você não está sendo muito claro, Ricky.

Ricky Lane olhou para cima, olhou para baixo, olhou para a esquerda, olhou para a direita, parecia muito inquieto.

– Não sei explicar – disse. – Vai parecer picuinha, mas os caras não adoravam toda a atenção que ele recebia. Quero dizer, nós ganhamos dois campeonatos nacionais, e o único cara com quem a imprensa falava era o Christian.

– Eu acompanhei as entrevistas. Ele sempre dava todo o crédito aos colegas de time.

– É, um perfeito cavalheiro – respondeu Ricky com mais do que um leve sarcasmo. – Toda aquela baboseira de "é um trabalho de equipe" só fazia a imprensa amá-lo ainda mais. Os caras do time achavam que ele só queria promoção, sabe? Ele era sua própria empresa de relações públicas. Eles o culpavam por ser popular demais.

– E você?

– Não sei. Talvez. A verdade é que eu simplesmente não gostava muito dele. Não tínhamos nada em comum, a não ser o futebol. Ele é um garoto branco do

Meio-Oeste. Eu sou um negro da cidade grande. Não é uma combinação das melhores.

– Era só isso?

Ele encolheu de leve os ombros.

– Acho que sim. Mas, cara, tudo isso é história antiga. Não sei por que puxei o assunto. Não importa mais. O Christian simplesmente não se encaixava, tudo bem. Ele era um cara legal, acho. Sempre foi educado. Mas isso não bate muito bem no vestiário, sabe?

Myron sabia. Brincadeiras adolescentes, sexistas e homofóbicas: esse era o cerne da popularidade no vestiário.

– Preciso ir, cara. Win deve estar se perguntando onde estou.

– Certo. Vejo você por aí.

Antes de Ricky virar e sair, Myron se lembrou de outra coisa.

– E Kathy Culver?

O rosto de Ricky ficou branco.

– O que é que tem ela?

– Você a conhecia?

– Um pouco. Quero dizer, ela era líder de torcida e namorava o *quarterback*. Mas nós nunca saímos nem nada – disse. Agora parecia muito infeliz. – Por que está perguntando?

– Ela era popular? Ou também era odiada?

Os olhos de Ricky saltaram de um lado para outro como pássaros tentando encontrar um local seguro para pousar.

– Olha, Myron, você sempre foi correto comigo, eu sempre fui correto com você, certo?

– Certo.

– Não quero falar mais nada. Ela está morta. É melhor deixar como está.

– O que isso significa?

– Nada. Só não gosto de falar sobre ela, certo? É meio arrepiante. A gente se vê depois.

Ricky se apressou pelo corredor como se um adversário de 2 metros de altura estivesse querendo tomar-lhe a bola. Myron o observou. Pensou se deveria ir atrás dele, mas decidiu que não. Ricky não diria mais nada hoje.

12

Esperanza enfiou a cabeça pela porta.

– Alguém, ou alguma coisa, está aqui para ver você.

Myron ergueu a mão, silenciando-a. O fone de ouvido com microfone não tivera um descanso desde que ele retornara ao escritório.

– Olha, preciso desligar – disse ele. – Veja se consegue passá-lo para a primeira classe. Ele é um cara grande. Obrigado.

Tirou o fone da cabeça.

– Quem é?

Ela fez uma careta.

– Aaron. Não disse o sobrenome.

Não precisava.

– Mande entrar.

Ver Aaron era como cair numa dobra temporal. Ele estava tão grande quanto Myron lembrava, grande como o palerma que o encontrara no estacionamento. Vestia um terno branco recém-passado, mas sem camisa, exibindo um bom pedaço do peito bronzeado. Também não usava meias. Cabelo estiloso, penteado para trás à la Pat Riley. Andar bamboleante. Óculos escuros de grife. Perfume de grife que tinha cheiro de repelente de insetos. Aaron era a própria definição de "refinado" – era só perguntar a ele.

– Que bom vê-lo, Myron! – disse, com um sorriso largo.

Apertaram-se as mãos. Myron não apertou com força. Era experiente. Se fizesse isso, Aaron provavelmente apertaria mais forte ainda.

– Sente-se.

– Maravilhoso.

Aaron o fez em um gesto elaborado, abrindo os braços como se usasse uma capa. Depois tirou os óculos com um estalo.

– Gosto do seu escritório. É fantástico mesmo.

– Obrigado.

– Fantástico endereço. Vista fantástica.

A senha é "fantástico".

– Está procurando uma sala para alugar?

Aaron riu como se isso fosse a pérola das pérolas.

– Não – respondeu. – Não gosto de ficar trancado numa sala. Não faz meu gênero. Gosto da minha liberdade. Gosto de estar por conta própria, na estrada. Não me daria bem acorrentado a uma mesa.

– Uau, isso é fascinante, Aaron. Verdade.

Ele riu de novo.

– Ah, Myron, você não mudou nem um pouco. Fico feliz em ver.

Não se viam desde o ensino médio. Myron tinha estudado na Livingston High, em Nova Jersey. Aaron estudara na escola arqui-inimiga, a West Orange. Os times jogavam um contra o outro duas vezes por ano, e raramente era um encontro agradável.

Na época, o melhor amigo de Myron era um touro enorme chamado Todd Midron. Todd era um garoto grande e simples, de coração mole e que não pronunciava direito o S. Eles eram como George e Lenny em *Ratos e homens*, de Steinbeck. Além disso, Todd era o garoto mais forte que Myron conhecia.

Todd nunca perdia uma briga. Nunca. Ninguém jamais chegava perto dele. Era simplesmente forte demais. Durante um jogo no último ano de escola, Aaron atacou por baixo e quase machucou Myron. Todd tomou as dores. Partiu para cima de Aaron. Aaron acabou com ele. Myron tentou ajudar o amigo, mas Aaron o empurrou para longe como se ele fosse de papel. Continuou a surrar Todd, sem parar, metodicamente, o tempo todo encarando Myron, sem ao menos olhar para a vítima.

A surra foi das grandes. Quando acabou, o rosto de Todd era uma massa irreconhecível. Ele passou quatro meses num hospital. Sua boca ficou fechada, o maxilar preso com fios de aço, durante quase um ano.

– Ei – disse Aaron, apontando para o cartaz de um filme na parede. – É o Woody Allen e aquela fulana.

– Diane Keaton.

– Isso mesmo, Diane Keaton.

– Posso fazer alguma coisa por você, Aaron? – perguntou Myron.

Aaron virou o corpo inteiro para Myron. A visão de seu peito depilado era quase ofuscante.

– Acho que pode, Myron. Na verdade, acho que podemos fazer uma coisa um pelo outro.

– É?

– Eu represento um concorrente seu. Surgiu uma certa disputa entre vocês dois. Meu cliente deseja resolvê-la pacificamente.

– Agora você é advogado, Aaron?

Ele sorriu.

– Não exatamente.

– Ah...

– Estou me referindo a um rapaz chamado Chaz Landreaux. Ele assinou recentemente um contrato com a sua empresa, a MB Representações Esportivas.

– Eu mesmo pensei no nome.
– O quê?
– MB Representações Esportivas. Fui eu que bolei o nome.
Aaron renovou o sorriso. Era um sorriso bom. Com um monte de dentes.
– Há um problema com o contrato.
– Diga.
– Veja bem, o senhor Landreaux também assinou um contrato com Roy O'Connor, da TruPro Empreendimentos. O contrato é anterior ao seu. Portanto, há um problema: seu contrato é inválido.
– Por que não deixamos um tribunal decidir isso?
Ele deu um suspiro fundo.
– Meu cliente acha que é do interesse de todos evitar o litígio.
– Ora, que surpresa! E o que o seu cliente sugere?
– O senhor O'Connor estaria disposto a pagar pelo seu tempo.
– É muita generosidade dele.
– É.
– E se eu recusar?
– Esperemos que não chegue a isso.
– Mas e se chegar?
Aaron suspirou, levantou-se, apoiou seu peso na mesa de Myron.
– Serei obrigado a fazer com que você desapareça.
– Como num truque de mágica?
– Como na morte.
Myron pôs a mão no peito.
– Oh! Oh! Oh!
Aaron riu de novo, desta vez sem vontade.
– Já estou sabendo da sua demonstração de tae kwon do no estacionamento. Mas aquele cara era um musculoso idiota. Eu, não. Lutei boxe profissionalmente. Sou faixa preta em jiu-jítsu e grande mestre em aikido. Eu já matei.
– Aposto que isso fica ótimo no currículo.
– Deixe-me colocar em termos bem simples, Myron: se sacanear a gente, eu mato você.
– Estou tremendo.
Myron não tinha tanta confiança quanto sarcasmo, mas sabia que era melhor não demonstrar medo. Caras como Aaron são como cães. Quando sentem cheiro de medo, atacam.
Aaron riu de novo. Estava rindo um bocado hoje. Ou estava se divertindo muito ou tinha inalado algum tipo de gás. Deu as costas e foi para a porta.

– Este é o último aviso – disse. – Ou Landreaux honra o contrato com o senhor O'Connor ou vocês dois viram comida de vermes.

Comida de vermes. Primeiro aveia. Agora comida de vermes.

– Gosto de você, Myron. Realmente odiaria que alguma coisa ruim acontecesse. Mas você entende.

– Negócios são negócios.

– Exato.

Esperanza apareceu à porta.

Aaron deu-lhe um sorriso de tubarão.

– Ora, ora – observou ele. Depois deu sua melhor piscadela de homem forte.

Esperanza conseguiu não arrancar as roupas. Isso é que era autocontrole.

– Atenda a linha dois – disse ela.

– Ouça esse telefonema atentamente, Myron – completou Aaron com um riso final. – Aprecie a seriedade da situação. E lembre-se: comida de vermes.

– Comida de vermes. Pode deixar. Não vou esquecer.

Aaron piscou para Esperanza de novo, jogou-lhe um beijo e foi embora.

– Charmoso – disse ela.

– Quem é, ao telefone?

– Chaz Landreaux.

Myron pegou o aparelho.

– Alô.

– Os escrotos foram na casa da minha mãe! – gritou Chaz. – Disseram que iam cortar o meu saco e mandar para ela numa caixa! Minha mãe, cara! Disseram isso à minha mãe!

Myron sentiu os dedos se apertarem, fechando os punhos.

– Vou cuidar disso – respondeu lentamente. – Eles não vão incomodá-la de novo.

Chega de brincadeira. Agora era pra valer.

Era hora de contar a Win sobre Roy O'Connor.

♦ ♦ ♦

Win sorriu como uma criança num dia de neve que tivesse acabado de ouvir no rádio que as escolas estariam fechadas.

– Roy O'Connor – disse ele.

– Não quero que ele se machuque. Prometa.

Os olhos de Win se perderam, sonhadores. Talvez ele tivesse balançado a cabeça confirmando, mas Myron não teve certeza.

13

O BAUMGART'S NA PALISADES AVENUE. O antigo ponto de encontro deles.

Peter Chin os recebeu à porta, os olhos arregalados de prazer e surpresa ao ver Jessica.

– Srta. Culver! Que maravilhoso vê-la outra vez!

– É bom ver você, Peter.

– A senhorita está linda como sempre. Embeleza o meu restaurante.

– Oi, Peter – disse Myron.

– É, oi.

Ele descartou Myron com um gesto. Toda a sua atenção estava em Jessica. Se um crocodilo mordesse seu pé naquele momento, ele nem notaria.

– Está meio magra, senhorita Culver.

– A comida não é tão boa em Washington.

– Engraçado – disse Myron. – Achei que ela havia engordado um pouco.

Jessica olhou-o fixamente.

– Você é um homem morto.

O Baumgart's era uma instituição em Englewood, Nova Jersey. Durante 50 anos havia sido uma delicatéssen judaica conhecida pelos fantásticos sorvetes e sobremesas. Quando Peter Chin o comprou, oito anos atrás, manteve a tradição e ainda acrescentou a melhor culinária *nouvelle* chinesa do estado. A combinação foi um sucesso. Um pedido normal poderia consistir em pato à Pequim, macarrão com gergelim, milk-shake de chocolate, batata frita e um sundae "morte por chocolate" de sobremesa. Quando Myron e Jessica moravam juntos, comiam no Baumgart's pelo menos uma vez por semana.

Myron continuava aparecendo uma vez por semana. Geralmente com Win ou Esperanza. Às vezes sozinho. Nunca com uma namorada.

Peter foi com eles, passando pela máquina de refrigerantes e colocando-os num reservado sob uma pintura enorme. Arte moderna. Era um retrato de Cher ou Barbara Bush. Talvez das duas. Difícil dizer.

Myron e Jessica sentaram-se frente a frente, em silêncio. O momento pareceu pesado, avassalador. Estar ali juntos, outra vez. Haviam esperado que isso gerasse alguma leve nostalgia. Mas o efeito foi mais parecido com o de uma trombada.

– Senti falta deste lugar – disse ela.

– É.

Jessica estendeu a mão por cima da mesa e segurou a dele.

– Senti falta de você.

O rosto dela estava iluminado, como acontecia quando o olhava como se ele fosse a única pessoa em todo o mundo. Myron sentiu um aperto no coração – era quase impossível respirar. O resto do mundo se desfez em pedaços. Só havia eles dois.

– Não sei bem o que dizer.

Ela sorriu.

– O quê? Myron Bolitar está sem palavras?

– Acredite se quiser.

Peter apareceu. Sem preâmbulos, anunciou:

– Vocês vão começar com aperitivo de pato crocante e codorna com pinhões. O prato principal vai ser siri-mole num molho especial e a lagosta Baumgart com camarão.

– Podemos escolher a sobremesa? – perguntou Myron.

– Não. Myron, você vai comer torta de pecã à moda. E para a senhorita Culver...

Ele parou, fazendo suspense como um apresentador de TV que anunciasse os prêmios da rodada.

Ela sorriu cheia de expectativa.

– Você não vai dizer...

Peter assentiu.

– Bolo pudim de banana com wafer de baunilha. Só temos mais um pedaço, mas vou separar para você.

– Deus o abençoe, Peter.

– A gente faz o que pode. Vocês não trouxeram vinho?

No Baumgart's, cada um levava a própria bebida.

– Esquecemos – disse Jessica.

Ela estava deixando Peter ofuscado com seu sorriso. Não era justo. O olhar de Jessica era como um laser de *Jornada nas estrelas* posto no nível de atordoamento. Mas o sorriso era fatal.

– Vou mandar alguém buscar uma garrafa. Chardonnay Kendall-Jackson?

– Você tem boa memória – disse ela.

– Não. Só lembro o que é importante.

Myron revirou os olhos. Peter fez uma ligeira reverência e saiu.

Ela virou o sorriso para Myron. Ele se sentiu apavorado, desamparado e numa felicidade delirante.

– Sinto muito – disse ela.

Ele balançou a cabeça. Estava com medo de abrir a boca.

– Eu não queria...

Jessica não sabia direito como continuar.

– Cometi um monte de erros na vida. Sou idiota. Autodestrutiva.
– Não. Você é perfeita.
A voz dela ficou dramática, a mão encostada no peito.
– "Tire a venda dos olhos e me veja como realmente sou."
Ele pensou um momento.
– Dulcineia para Dom Quixote em *O homem de La Mancha*. E é "tire as nuvens", não a venda.
– Estou impressionada.
– Win estava escutando no carro.
Aquela era uma antiga brincadeira dos dois, adivinhar citações.
Ela pôs a ponta do dedo dentro da taça, desenhando pequenos círculos de água e depois observando-os como se buscasse uma resposta. Por fim criou um logotipo aquático das Olimpíadas.
– Não sei o que estou tentando dizer – observou enfim. – Não sei o que quero que aconteça aqui.
Então ergueu os olhos.
– Uma última confissão, certo?
Ele assentiu.
– Vim procurá-lo porque achei que você ajudaria. Isso era verdade. Mas não foi o único motivo.
– Eu sei. Tento não pensar muito a respeito. Fico apavorado.
– Então o que fazemos agora?
Era a chance dele. Esperava que houvesse outras.
– Conseguiu a pasta da sua irmã?
– Consegui.
– Já examinou?
– Não. Acabei de pegar.
– Então, por que não a abrimos agora?
Ela concordou, mexendo a cabeça. O aperitivo de pato crocante e codorna com pinhões apareceu. Jessica pegou um envelope de papel pardo e cortou o lacre.
– Por que você não olha primeiro?
– Certo – disse ele. – Mas deixe um pouco de comida para mim.
– Está correndo risco.
Ele começou a folhear os papéis. A página de cima era a ficha do ensino médio. Depois do primeiro ano, ela estava em 12º lugar num grupo de 300 alunos. Nada mau. Porém no fim do último ano sua colocação havia caído consideravelmente: para 58º.
– As notas dela caíram no último ano do ensino médio – disse Myron.

– As de quem não caem? Ela provavelmente ficou voando demais.

– É, provavelmente.

Mas em geral isso significava que os alunos que costumavam tirar A cairiam para B ou C. Kathy havia tirado um A, três D e um F no último semestre. Sua ficha, antes irrepreensível, também ganhara várias anotações por detenção – todas no último ano. Estranho. Mas provavelmente não significava nada.

– Vai me contar o que aconteceu hoje? – perguntou Jessica entre uma mordida e outra.

Ela era linda até quando estava comendo feito uma leitoa. Incrível. Ele começou a contar sobre a descoberta do Win nas seis revistas.

– E o que significa a foto dela estar apenas numa revista?

– Não sei ao certo.

– Mas tem alguma ideia?

Myron tinha. Mas era cedo demais para dizer qualquer coisa.

– Ainda não.

– Alguma novidade da sua amiga da companhia telefônica?

Ele assentiu.

– Gary Grady deu dois telefonemas depois que nós saímos. Um foi para o escritório de Fred Nickler na Editora Desejo Ardente. O segundo foi para algum outro lugar na cidade. Ninguém atendeu quando tentamos o número. Já era fim de tarde quando recebemos a informação.

– E o especialista em caligrafia?

Era melhor ser direto.

– A letra combina. Ou é de Kathy ou de um falsário muito bom.

Isso fez com que ela diminuísse a velocidade dos *hashis*.

– Meu Deus!

– É.

– Então ela está viva?

– Ainda é só uma possibilidade. Nada mais. Aquele envelope pode ter sido escrito antes de ela morrer. Ou, como eu disse, pode ser uma falsificação muito boa.

– Você está chutando.

– Não sei bem. Se ela estiver viva, onde está? Por que está fazendo tudo isso?

– Talvez tenha sido sequestrada. Talvez esteja sendo obrigada.

– Obrigada a endereçar envelopes? Quem é que está chutando agora?

– Você tem alguma explicação melhor?

– Ainda não. Mas estou trabalhando nisso – disse. Ele começou a examinar a pasta de novo. – Já ouviu falar de um cara chamado Otto Burke?

– O dono de gravadora que agora é o mandachuva do Titans?

– Isso. Ele também sabia sobre a revista.

Myron resumiu rapidamente sua visita ao estádio do Titans.

– Então você acha que Otto Burke pode estar por trás disso?

– Otto tem um motivo: derrubar a quantia que Christian está pedindo. Ele certamente tem recursos: muito dinheiro. E isso explicaria por que Christian recebeu um exemplar pelo correio.

– Ele estava mandando um recado a Christian – acrescentou ela.

– Certo.

– Mas como Burke iria falsificar a letra da minha irmã?

– Ele pode ter contratado um perito.

– Onde ele conseguiu uma amostra da letra?

– Não sei, mas não pode ser tão difícil assim.

Os olhos dela perderam o brilho.

– Então isso tudo era uma fraude? Era uma trama para obter vantagem numa negociação?

– É possível. Mas não acho.

– Por quê?

– Alguma coisa simplesmente não bate. Por que Burke teria tanto trabalho? Ele poderia ter nos chantageado só com a foto. Não precisava colocá-la numa revista. A foto bastava.

Ela se agarrou à esperança dele como se fosse uma tábua de salvação.

– Bem pensado – disse.

– Assim a questão fica sendo: como Otto conseguiu um exemplar da revista?

– Talvez alguém da organização dele tenha comprado numa banca.

– É muito improvável. A *Mamilos* – a palavra soou esquisita de novo, o que era bom – tem uma taxa de circulação muito baixa. As chances de alguém do Titans ter comprado aquela revista em especial, ter tido tempo de lê-la com cuidado, de algum modo ter visto a foto de Kathy na última fileira de uma página de anúncios na parte de trás... é muito remota, na melhor das hipóteses.

Jessica estalou os dedos.

– Alguém mandou para ele pelo correio, também.

Myron assentiu.

– Por que Christian seria o único? Até onde sabemos, a revista pode ter sido enviada para várias pessoas.

– Como vamos descobrir?

– Estou trabalhando nisso.

Ele conseguiu salvar um pedacinho de pato crocante antes que fosse sugado pelo buraco negro. Estava delicioso. Voltou a atenção de novo para a pasta de

Kathy. As notas ruins continuaram no primeiro semestre na Reston. No segundo, as notas haviam melhorado consideravelmente. Ele perguntou sobre isso a Jessica.

– Kathy se ajustou à vida universitária, acho – respondeu ela. – Entrou para o grupo de teatro, virou líder de torcida, começou a namorar o Christian. O primeiro semestre deve ter sido um choque cultural. Não é incomum isso acontecer.

– É. Acho que não.

– Você não parece convencido.

Ele deu de ombros. Myron Bolitar, Sr. Incredulidade.

Em seguida vinham as cartas de recomendação de Kathy. Três. O orientador da escola de ensino médio dizia que ela era "excepcionalmente talentosa". A professora de história afirmava: "Seu entusiasmo pela vida é contagiante." O professor de inglês completava: "Kathy Culver é inteligente, espirituosa e divertida. Terá muito com que contribuir para qualquer instituição de ensino." Belos comentários. Leu até o fim da página.

– Epa – disse.

– O que foi?

Ele lhe passou a vibrante carta de recomendação do professor de inglês da Ridgewood High. Um tal Sr. Grady.

Um tal Sr. Gary "Jerry" Grady.

14

MYRON ACORDOU NUM SUSTO com o som do telefone. Estava sonhando com Jessica. Tentou se lembrar do sonho, mas os detalhes se desfizeram em pó e foram soprados para longe, deixando apenas pequenos fragmentos de frustração. O relógio na mesinha de cabeceira marcava sete horas. Alguém estava ligando para sua casa às sete da manhã. Myron tinha uma boa ideia de quem era.

– Alô.

– Bom dia, Myron. Espero que não tenha acordado você.

Myron reconheceu a voz. Sorriu e perguntou:

– Quem é?

– Roy O'Connor.

– O Roy O'Connor?

– Bem, creio que sim. Roy O'Connor, o empresário.

– O superempresário – corrigiu Myron. – A que devo a honra, Roy?

– Seria possível nos encontrarmos hoje? – perguntou, a voz com um tom esganiçado perceptível.
– Claro, Roy. No meu escritório, certo?
– Ah, não.
– No seu escritório, Roy?
– Ah, não.
Myron sentou-se na cama.
– Devo continuar adivinhando lugares enquanto você diz quente ou frio?
– Conhece o bar Reilly's, na Rua 14?
– Conheço.
– Vou estar no reservado do canto da direita, no fundo. Uma da tarde. Para o almoço. Se você concordar.
– Beleza, Roy. Quer que eu use alguma roupa em especial?
– Ah, não.
Myron desligou e sorriu. Uma visita noturna de Win, geralmente enquanto você estava num sono profundo em seu quarto, seu santuário mais íntimo. Sempre funcionava.
Saiu da cama. Ouviu sua mãe em cima, na cozinha, e o pai na sala vendo televisão. Manhã na casa dos Bolitar. A porta do porão se abriu.
– Está acordado, Myron? – gritou sua mãe.
Myron. Que droga de nome horroroso. Ele o odiava com todas as forças. Tinha nascido com todos os dedos das mãos e dos pés, não mancava, não tinha lábio leporino nem orelha de abano – assim, para compensar a falta de infortúnios, os pais lhe deram o nome de Myron.
– Estou – respondeu.
– Seu pai trouxe pão fresco. Está na mesa.
– Obrigado.
Ele saiu da cama e subiu a escada. Com uma das mãos sentiu a barba áspera que teria de raspar, com a outra tirou a remela do canto dos olhos. Seu pai estava esparramado no sofá. Usava um casaco Adidas e comia um pãozinho do qual escorria patê. Exatamente como fazia todas as manhãs, estava assistindo a um vídeo de ginástica. Entrando em forma por osmose.
– Bom dia, Myron. Tem pão fresco na mesa.
– Ah, obrigado – disse.
Era como se os pais nunca ouvissem um ao outro.
Entrou na cozinha. Sua mãe tinha quase 60 anos, mas parecia muito mais nova. Digamos... 45. E agia como se fosse muito mais nova, também. Digamos... 16.
– Você chegou tarde ontem – disse ela.

Myron soltou um grunhido.

– A que horas, afinal, você chegou?

– Bem tarde. Eram quase 10.

Myron Bolitar, aquele que atrapalhava o sono de pessoas indefesas.

– E então? – começou a mãe, lutando para parecer casual. – Com quem você estava?

A sutileza em pessoa.

– Com ninguém.

– Ninguém? Você ficou fora a noite toda com ninguém?

Myron olhou para a esquerda e para a direita.

– Quando você vai trazer as luzes ofuscantes e os fios de eletricidade?

– Ótimo, Myron. Se não quer contar...

– Não quero contar.

– Ótimo. Era uma garota?

– Mãe...

– Certo, esqueça que eu perguntei.

Myron pegou o telefone e digitou o número de Win. Depois do oitavo toque já ia desligar quando uma voz fraca, distante, tossiu.

– Alô.

– Win?

– É.

– Tudo bem?

– Alô.

– Win?

– É.

– Por que demorou tanto para atender?

– Alô.

– Win?

– Quem é?

– Myron.

– Myron Bolitar?

– Quantos Myrons você conhece?

– Myron Bolitar?

– Não, Myron Rockefeller.

– Tem alguma coisa errada – disse Win.

– O quê?

– Terrivelmente errada.

– Do que você está falando?

– Algum escroto está me ligando às sete da manhã fingindo ser meu melhor amigo.

– Desculpe, esqueci a hora.

Win não era o que se poderia chamar de pessoa matinal. Durante os anos que os dois passaram na Universidade Duke, Win nunca saía da cama antes do meio-dia – mesmo quando tinham aula de manhã. Na verdade, ele era a pessoa de sono mais pesado que Myron conhecia ou poderia imaginar. Os pais de Myron, por outro lado, acordavam quando alguém peidava em uma cidade vizinha. Antes de ele se mudar para o porão, todo dia era a mesma coisa.

Por volta das três da madrugada, Myron levantava da cama para ir ao banheiro. Enquanto passava na ponta dos pés pelo quarto dos pais, seu pai despertava tranquilamente – como se alguém tivesse deixado cair um picolé no seu saco.

"Quem é?", gritava o pai.

"Eu, pai."

"É você, Myron?"

"Sou, pai."

"Tudo bem, filho?"

"Tudo ótimo, pai."

"O que está fazendo acordado? Está passando mal ou sentindo alguma coisa?"

"Só estou indo ao banheiro, pai. Vou ao banheiro sozinho desde os 14 anos."

Durante o segundo ano na universidade, Myron e Win dividiram o menor quarto do campus, com um beliche que Win dizia que "rangia ligeiramente" e Myron dizia que "parecia um pato sendo atropelado por uma retroescavadeira".

Um dia de manhã, quando a cama estava silenciosa e ele e Win dormiam, uma bola de beisebol despedaçou a janela. O barulho foi tão alto que todo o alojamento pulou da cama e correu para ver se Myron e Win tinham sobrevivido à fúria do meteorito que atravessara o teto.

Myron correu até a janela xingando. Outros moradores do alojamento saíram em disparada pelo piso coberto de roupas íntimas e se juntaram aos gritos de Myron. O barulho foi tamanho que chegou a incomodar uma garçonete que estava fazendo uma pausa para o café.

E Win simplesmente continuou dormindo, com uma colcha de cacos de vidro sobre o cobertor.

Na noite seguinte, Myron gritou no escuro, de sua cama de baixo:

"Win?"

"O quê?"

"Como é que você consegue ter um sono tão pesado?"

Mas Win não respondeu, porque havia adormecido.

Ao telefone, Win perguntou:
– O que você quer?
– Foi tudo bem ontem à noite?
– O Sr. O'Connor ainda não ligou para você?
– Ligou.
Fim de papo. Myron não queria detalhes.
– Sei que você não me acordou para questionar minha eficiência.
– Kathy Culver recebeu somente uma nota A no último ano que passou na Ridgewood High. Adivinha quem era o professor?
– Quem?
– Gary Grady.
– Hum. Dono de disque sexo e professor de inglês do ensino médio. Mistura vocacional interessante.
– Pensei em irmos visitar o Sr. Grady agora cedo.
– Na escola?
– Claro. Podemos fingir que somos pais preocupados.
– Com o mesmo filho?
– Verificando se a escola é "aberta a diferenças".
Win gargalhou.
– Vai ser divertido.

15

– Como vamos encontrá-lo? – perguntou Win.
Chegaram à Ridgewood High às nove e meia. Era um dia quente de junho, do tipo que você ficava olhando pela janela e torcendo para a aula acabar. Não havia muito movimento – como se toda a escola, até mesmo o prédio, estivesse se entregando às férias de verão.
Myron se lembrou de como aqueles dias eram sofridos. Isso lhe deu uma ideia.
– Vamos acionar o alarme de incêndio – disse.
– O quê?
– Todo mundo terá de sair. Vai ser mais fácil vê-lo.
– Estupidamente engenhoso.
– Além disso, eu sempre quis acionar um alarme de incêndio.
– Vivendo perigosamente.
Ninguém notou quando entraram na escola. Não havia guardas, nem tran-

cas na porta, nem monitores de corredor. Não era uma escola de área urbana. Myron encontrou um alarme de incêndio não muito longe da entrada.

– Crianças, não tentem isso em casa – disse ele. E puxou.

Campainhas dispararam. Em seguida vieram os gritos de comemoração da garotada. Myron se sentiu bem com seu feito. Pensou em acionar alarmes com mais frequência, mas decidiu que poderia parecer imaturidade.

Win manteve a porta aberta e fingiu ser da brigada de incêndio.

– Fila indiana – disse aos alunos. – E lembrem-se: só vocês podem evitar os incêndios.

Myron viu Grady.

– Bingo.

– Onde?

– Virando a esquina. À esquerda. O próprio Sr. Na Moda.

Gary Grady estava usando um blazer amarelo em estilo loja de departamentos e calça justa de cintura baixa com listras laranja. Win pareceu sentir dor com essa visão.

Win e Myron foram até o professor.

– Oi, Jerry.

A cabeça de Grady girou em direção a eles.

– Esse não é o meu nome.

– É, você já disse. É o seu apelido, certo? Quando faz negócios com Fred Nickler. Seu nome verdadeiro é Gary Grady.

Alunos que estavam perto pararam de andar.

– Andando! – disse Gary rispidamente.

Os alunos voltaram a caminhar, mas a contragosto.

– Professores impacientes – observou Myron.

– Coisa triste – concordou Win.

O rosto fino de Gary pareceu se esticar ainda mais. Chegou mais perto, para que ninguém escutasse.

– Talvez possamos continuar esta conversa mais tarde – sussurrou.

– Acho que não, Gary.

– Estou no meio de uma aula.

– Que peninha – disse Myron.

Win ergueu uma sobrancelha.

– Que peninha?

– Deve ter a ver com estar de volta à escola – respondeu Myron. – Além disso, achei apropriado, considerando a situação.

Win pensou por um momento.

– Certo, posso aceitar isso.

Myron se virou de novo para Gary.

– O treinamento de incêndio vai durar um pouquinho. Depois vai demorar mais um pouquinho para a garotada voltar. Depois eles vão querer ficar embromando um tempo nos corredores. Até lá teremos terminado.

Gary cruzou os braços sobre o peito.

– Não.

– Opção dois, então – disse Myron, pegando um exemplar da *Mamilos*. – Podemos chamar o diretor e brincar de adivinha o que é isso.

Grady tossiu no punho fechado. Um apito de bombeiro soou alto. Sirenes chegaram mais perto.

– Não sei do que vocês estão falando – disse, dando mais alguns passos para longe dos alunos.

– Eu segui você.

– O quê?

Myron suspirou, exasperado.

– Você esteve em Hoboken ontem de manhã. Pegou a correspondência num endereço usado para anunciar linhas de disque sexo em revistas pornográficas. Depois foi para casa em Glen Rock, me viu, entrou em pânico e ligou para Fred Nickler, o editor das tais revistas.

– Amador – acrescentou Win, com repulsa.

– Nós podemos discutir isso com você ou com o conselho escolar. Você é que sabe.

Gary olhou para o relógio.

– Vocês têm dois minutos.

– Ótimo.

Myron fez um sinal, indicando a direita.

– Por que não vamos para o banheiro dos professores? Imagino que você tenha a chave.

– Tenho.

Ele abriu a porta. Myron sempre quisera ver um banheiro de professores, saber como vive a outra metade. Era comum em todos os sentidos.

– Bom, aqui estou – disse Gary. – O que vocês querem?

– Fale sobre esse anúncio.

Gary engoliu em seco. Seu pomo de adão subiu e desceu como a cabeça de um boxeador evitando *jabs*.

– Não sei nada a respeito disso.

Myron e Win trocaram um olhar.

– Posso enfiar a cabeça dele no vaso sanitário? – perguntou Win.

Gary enrijeceu.

– Se estão querendo me assustar, não vai dar certo.

A voz de Win quase implorava.

– Uma enfiadinha rápida?

– Ainda não.

Myron voltou a atenção para Gary.

– Não tenho interesse em arrebentar você, Gary. Você é um pervertido, mas isso é problema seu. Quero saber qual é sua ligação com Kathy Culver.

O suor brotou acima do lábio superior de Gary.

– Ela foi minha aluna.

– Eu sei. Por que a foto dela está na *Mamilos*? No seu anúncio?

– Não faço ideia. Vi pela primeira vez ontem.

– Mas o anúncio é seu, certo?

Ele hesitou, meio encolhendo os ombros em silêncio, para ninguém.

– Certo – disse. – Admito. Eu anuncio nas revistas do Sr. Nickler. Não há leis contra isso. Mas não pus aquela foto de Kathy no anúncio.

– Quem fez isso?

– Não sei.

– Mas você admite que opera linhas de disque sexo?

– Sim. Isso é inofensivo. Faço para ganhar um dinheiro extra. Ninguém se machuca.

– Outro príncipe – disse Myron. – Quanto dinheiro extra?

– No auge do negócio, eu conseguia 20 mil dólares por mês.

Myron não teve certeza se ouvira direito.

– Vinte mil dólares por mês com disque sexo?

– Em meados dos anos 1980, sim. Antes de o governo começar a ficar em cima das linhas 0900. Agora tenho sorte quando tiro 8 mil.

– Burocratas desgraçados – disse Myron. – E como Kathy Culver se encaixa em tudo isso?

– Como assim?

– Ora, Garry, uma foto dela nua saiu no seu anúncio deste mês. Talvez seja isso o que eu queira dizer.

– Já falei. Não tive nada a ver com isso.

– Então acho que é coincidência, já que ela foi sua aluna e coisa e tal.

– É.

– Não vou segurar o cara embaixo d'água por muito tempo – prometeu Win.

– Por favor.

Myron balançou a cabeça.

– Você escreveu uma carta de recomendação fantástica para ela entrar na faculdade, correto?

– Kathy era uma ótima aluna.

– E o que mais?

– Se está sugerindo que meu relacionamento com Kathy ia além do contato professor-aluno...

– É exatamente o que estou sugerindo.

De novo ele cruzou os braços sobre o peito.

– Não vou me dignar a responder isso. E estou encerrando esta conversa.

Gary estava falando como um professor. Às vezes os professores se esquecem que a vida não é uma sala de aula.

– Enfie a cabeça dele na água – disse Myron.

– Com todo o prazer.

Gary era uns cinco centímetros mais alto do que Win. Ele encheu o peito e lançou ao outro seu olhar mais fulminante.

– Não tenho medo de você – disse Gary.

– Erro número um.

O movimento de Win foi tão rápido que não poderia ser captado por câmeras de vídeo. Segurou a mão de Gary, torceu-a e puxou-a para baixo. Movimento *hapkido*. Gary tombou no chão de ladrilhos. Win apertou o joelho na ponta do cotovelo de Gary. Gentilmente. Sem exagerar na dor. Só o bastante para ele saber quem mandava.

– Droga – disse Win.

– O quê?

– Todos os vasos estão limpos. Odeio quando isso acontece.

– Alguma coisa a acrescentar antes do mergulho? – perguntou Myron.

O rosto de Gary estava branco.

– Prometam que não vão contar a ninguém – conseguiu dizer.

– Vai dizer a verdade?

– Vou. Mas vocês têm de jurar que não vão contar a ninguém. Nem ao diretor nem a ninguém.

– Certo.

Myron fez um sinal com a cabeça e Win o soltou. Gary segurou a mão, acariciando-a como se fosse um cachorrinho machucado.

– Kathy e eu tivemos um caso – disse ele.

– Quando?

– No último ano de escola. Só durou alguns meses. Não a vi mais. Juro.

– E é só isso?

Ele assentiu.
– Não sei de mais nada. Alguém colocou aquela foto no anúncio.
– Se você estiver mentindo, Gary...
– Não estou. Juro por Deus.
– Certo – admitiu Myron. – Pode ir.
Gary saiu correndo. Nem parou para olhar o cabelo no espelho.
– Lixo – disse Myron. – O sujeito é puro lixo. Seduz alunas, tem um serviço de disque sexo.
– Mas se veste como ninguém – contrapôs Win. – E agora?
– Vamos terminar a investigação. Depois procuramos o conselho escolar e contamos tudo sobre as atividades extracurriculares do Sr. Grady.
– Você não prometeu a ele que não iríamos contar?
Myron deu de ombros.
– Eu menti.

16

Numa espécie de transe, Jessica agradeceu a Myron e desligou o telefone. Entrou meio cambaleando na cozinha e sentou. Sua mãe e o irmão mais novo, Edward, ergueram os olhos.
– Querida – começou Carol Culver. – Tudo bem?
– Tudo – balbuciou.
– Quem era, ao telefone?
– Myron.
Silêncio.
– Estávamos falando sobre Kathy – continuou ela.
– O que é que tem ela? – perguntou Edward.
Seu irmão sempre havia sido Edward, não Ed, Eddie ou Ted. Fazia apenas um ano que havia saído da faculdade e já era um empreendedor de sucesso, dono de um escritório que desenvolvia softwares para várias empresas de renome.
Mesmo no escritório, Edward só usava jeans e camisas de malha horrorosas, do tipo com decalques grudados a ferro quente que diziam coisas como "Vai fundo". Não possuía nenhuma gravata. Tinha um rosto largo, quase feminino, com feições delicadas. Qualquer mulher mataria para ter cílios como os dele. Só o cabelo cortado à escovinha e a frase enérgica na camiseta sugeriam o orgulho de Edward: os feras da informática têm as melhores ferramentas.

Jessica respirou fundo. Não podia mais se preocupar em ser sutil e não magoar as pessoas. Abriu a bolsa e tirou um exemplar da *Mamilos*.

– Esta revista chegou às bancas há alguns dias – disse.

Jogou-a na mesa com a capa para cima. Um misto de perplexidade e nojo cobriu o rosto de sua mãe.

Edward permaneceu inalterado.

– Que merda é essa? – perguntou ele.

Jessica foi até a última página.

– Aí – disse simplesmente, apontando para a foto de Kathy na fileira de baixo.

Os dois demoraram alguns instantes para compreender o que estavam vendo, como se a informação se perdesse em algum lugar entre o olho e o cérebro. Depois Carol Culver soltou um gemido. Sua mão foi até a boca, abafando um grito. Os olhos de Edward se estreitaram.

Jessica não lhes deu tempo de se recuperar.

– Tem mais – disse.

Sua mãe espiou-a com olhos vazios e assombrados. Não existia mais vida atrás deles, como se um último sopro de vento frio tivesse apagado a chama trêmula.

– Um especialista em caligrafia analisou o envelope em que a revista chegou. A letra é igual à de Kathy.

Edward puxou o ar com força. As pernas de Carol finalmente cederam. Ela caiu pesadamente na cadeira fazendo o sinal da cruz. Lágrimas surgiram em seus olhos.

– Ela está viva? – conseguiu perguntar.

– Não sei.

– Mas há uma chance? – perguntou Edward.

Jessica assentiu.

– Sempre houve uma chance.

Silêncio atordoado.

– Mas preciso de informações – continuou Jessica. – Preciso saber o que aconteceu com Kathy. O que a fez mudar.

Os olhos de Edward se estreitaram de novo.

– Como assim?

– Kathy teve um caso com o professor de inglês no ensino médio. No último ano.

Mais silêncio. Jessica não teve certeza se era um silêncio atordoado.

– O professor admitiu, um verme chamado Gary Grady.

– Não – disse a mãe sem forças. Em seguida baixou a cabeça, com o crucifixo balançando como um pêndulo. Começou a chorar. – Jesus. Meu bebê, não...

Edward se levantou.
– Já basta, Jess.
– Não basta.
Edward pegou seu casaco.
– Estou saindo.
– Espere. Aonde você vai?
– Tchau.
– Precisamos falar sobre isso.
– Precisamos coisa nenhuma.
– Edward...
Ele saiu correndo pela porta dos fundos, batendo-a ao passar.
Jessica se virou de novo para a mãe. Os soluços dela eram de cortar o coração. Jessica esperou um minuto ou dois. Depois se virou e saiu da cozinha.

◆ ◆ ◆

Roy O'Connor já estava no reservado dos fundos quando Myron chegou. Seu copo estava vazio e ele chupava um cubo de gelo. O barulho que fazia lembrava um tamanduá na frente de um formigueiro.
– Oi, Roy.
O'Connor indicou o lugar do outro lado da mesa, sem se incomodar em ficar de pé. Usava anéis de ouro que desapareciam nas dobras de carne das imaculadas mãos gorduchas. As unhas eram benfeitas na manicure. Estava entre os 45 e os 55 anos, mas era impossível dizer onde. Era meio careca e usava o famoso penteado que esticava os fios remanescentes até o outro lado da cabeça, o cabelo partido tão baixo que parecia sair da axila.
– Belo lugar, Roy – disse Myron. – Mesa reservada, luz baixa, música romântica ao fundo. Se eu não soubesse...
O'Connor balançou a cabeça.
– Olha, Bolitar, sei que você se acha um cara engraçado, mas dá um tempo, certo?
– Então acho que não vou ganhar flores, vou?
– Precisamos conversar.
– Sou todo ouvidos.
Uma garçonete se aproximou.
– Posso servir algo para os senhores beberem?
– Outro – respondeu Roy, apontando para o copo.
– E para o senhor?
– Vocês têm algum achocolatado? – perguntou Myron.
– Acho que sim.

– Ótimo. Vou querer um.

Ela saiu. Roy balançou a cabeça.

– Uma porra de um achocolatado – resmungou.

– Disse alguma coisa?

– Seu capanga me visitou ontem à noite.

– Os seus me visitaram primeiro – disse Myron.

– Não tive nada a ver com isso.

Myron lhe deu seu melhor olhar estilo "corta essa", de pura incredulidade. A garçonete serviu as bebidas. Roy pegou seu uísque como se fosse o antídoto que salvaria sua vida. Myron, em contrapartida, bebericou o achocolatado com elegância. Sempre um cavalheiro.

– Olha, Myron – prosseguiu O'Connor. – É o seguinte. Eu assinei com o Landreaux. Dei dinheiro adiantado. Dei dinheiro todos os meses. Mantive meu lado do acordo.

– Você assinou com ele ilegalmente.

– Não sou o primeiro a fazer isso.

– Nem o último. Aonde quer chegar, Roy?

– Olha, você me conhece. Sabe como eu opero.

Myron assentiu.

– Você é um bandido, titica de galinha.

– Posso ter ameaçado o garoto. Ótimo. Já fiz isso antes. Mas é só. Nunca machuquei ninguém de verdade.

– Ahã.

– Se os atletas ficassem sabendo, eu estaria arruinado.

– Seria uma pena!

– Bolitar, você não está facilitando as coisas.

– Não estou tentando.

O'Connor segurou a bebida de novo. Engoliu-a e sinalizou para a garçonete pedindo outra.

– Eu me envolvi com gente errada – disse ele.

– Como assim?

– Arranjei uma dívida de jogo enorme. Que não podia pagar.

– Por isso eles ficaram com uma parte da sua empresa.

Roy assentiu.

– Agora eles me controlam. O seu... o seu amigo de ontem à noite.

Um contador Geiger poderia ter registrado o tremor em sua voz quando ele mencionou Win.

– Quero fazer o que ele disse, mas não tenho mais poder para isso.

Myron tomou outro gole da bebida, torcendo para não ficar com bigode de chocolate.

– Meu amigo não ficaria satisfeito em saber disso.

– Você precisa dizer a ele que não sou eu.

– Então, quem é?

Roy se recostou no banco, balançando a cabeça.

– Não posso dizer quem. Mas posso dizer que eles jogam pesado. E não entendem nada desse negócio. Acham que podem controlar qualquer um pelo medo. Querem alguém para servir de exemplo para os outros.

– E esse alguém seria o Landreaux?

– Landreaux. E você. Querem machucar Landreaux. Querem matar você. Estão colocando sua cabeça a prêmio.

Outro gole tranquilo. Myron não disse nada.

– Você nem parece preocupado – disse Roy.

– Eu dou gargalhada na cara da morte. Bom, talvez não gargalhada. É mais um risinho. Um risinho silencioso.

– Meu Deus, você é maluco.

– E não faria isso diretamente na cara da morte. De modo que é mais como um risinho silencioso pelas costas dela.

– Bolitar, isso não tem graça.

– Não – concordou Myron. – Não tem. Sugiro veementemente que você os mande parar.

– Você não ouviu uma palavra do que eu disse? Não tenho nenhum controle sobre isso.

– Se alguma coisa me acontecer, meu amigo vai ficar muito chateado. Vai se vingar em você.

Roy engoliu em seco.

– Mas eu estou impotente. Você precisa acreditar.

– Então me diga quem manda.

– Não posso.

Myron deu de ombros.

– Talvez possamos ser enterrados um ao lado do outro. Como uma cena de tragédia romântica.

– Eles vão me matar se eu disser alguma coisa.

– O que acha que meu amigo vai fazer com você?

Roy estremeceu. Chupou o gelo de novo, tentando aproveitar as últimas gotas da bebida.

– Onde está aquela vaca idiota com meu drinque?

– Quem é que manda, Roy?
– Você não ficou sabendo por mim, certo?
– Juro pela minha mãe mortinha.
Mais uma chupada no gelo. Em seguida Roy disse:
– Ache.
– Herman Ache? – perguntou Myron, surpreso. – É Herman Ache quem está por trás disso?
Roy balançou a cabeça, negando.
– O irmão mais novo dele. Frank. Ele está descontrolado. Não sei o que aquele psicopata pode fazer.

Frank Ache. Fazia sentido. Herman Ache era um dos maiores criminosos de Nova York, responsável pelo sofrimento de muita gente. Mas, perto de seu irmão mais novo, Frank, Herman parecia o bom samaritano. Aaron adoraria trabalhar para alguém como Frank.

Não era uma boa notícia. Myron parou de sorrir.
– Mais alguma coisa que você possa me contar?
– Não. Só não quero que ninguém se machuque.
– Você é um cara incrível, Roy. Tão altruísta!
O'Connor se levantou.
– Não tenho mais nada a dizer.
– Achei que iríamos almoçar.
– Almoce sozinho. É por minha conta.
– Não vai ser o mesmo sem a sua companhia.
– Mas você vai conseguir dar um jeito.
Myron pegou o cardápio.
– Vou tentar.

17

PARA QUEM MAIS poderia ligar?

A resposta era óbvia, percebeu Jessica.

Nancy Serat. Colega de quarto e amiga mais íntima de Kathy.

Jessica estava sentada à mesa do pai. As lâmpadas estavam apagadas, as cortinas, fechadas, mas a luz do sol ainda era suficientemente forte para se esgueirar e formar sombras.

Adam Culver fizera todo o possível para que seu escritório de casa levasse a uma sensação radicalmente diferente da que se tinha no do necrotério do condado, macabra, institucional, feita de cimento. O resultado era misto. O cômodo tinha paredes de um amarelo vivo, várias janelas, flores de seda, mesa de fórmica branca. E ursos de pelúcia por todos os lados. Ursócrates, Frank Ursinatra com Ursammy Davis Jr., Ursula Andress, Pete Ursampras, Ursophia Loren. A atmosfera era alegre, ainda que de uma alegria forçada, como um palhaço de quem a gente ri mesmo achando-o meio assustador.

Pegou a agenda telefônica na bolsa. Nancy havia mandado um cartão para a família de Jessica algumas semanas antes. Tinha conseguido uma bolsa e estava no campus. Jessica pegou o número dela e discou.

No terceiro toque a secretária eletrônica atendeu. Jessica deixou um recado e desligou. Já ia começar a mexer nas gavetas quando uma voz a fez parar.

– Jessica.

Ergueu os olhos. Sua mãe estava junto à porta. Tinha olheiras fundas, o rosto era a máscara da morte. O corpo oscilava como se estivesse prestes a cair.

– O que está fazendo aqui? – perguntou Carol.

– Só dando uma olhada.

Carol assentiu, a cabeça balançando no fio que era seu pescoço.

– Encontrou alguma coisa?

– Ainda não.

Carol sentou-se. Olhava para a frente, mas sem foco.

– Ela sempre foi uma criança tão feliz! – disse devagar. Os dedos brincavam com um terço, o olhar ainda distante. – Kathy nunca parava de sorrir. Tinha um sorriso maravilhoso, feliz. Iluminava tudo ao redor. Você e Edward, bom, os dois eram mais pensativos. Mas Kathy... ela sempre sorria para tudo e para todos. Você se lembra?

– É – respondeu Jessica. – Lembro.

– Seu pai costumava brincar dizendo que ela tinha a personalidade de uma líder de torcida que encontrou a luz – acrescentou Carol, rindo da lembrança. – Nada a deixava por baixo.

Parou, e o riso foi se desbotando.

– A não ser, acho, eu.

– Kathy adorava você, mamãe.

Ela deu um suspiro fundo, arfando como se mesmo suspirar exigisse um esforço enorme.

– Eu fui uma mãe rígida com vocês duas. Rígida demais, acho. Era antiquada.

Jessica não respondeu.

– Só não queria que você e sua irmã...

Ela baixou a cabeça.

– O quê? – perguntou Jessica.

Ela balançou a cabeça. Seus dedos passavam pelas contas do terço num ritmo mais ardoroso. Durante muito tempo nenhuma das duas falou. Então Carol disse:

– Você estava certa, Jessica. Kathy mudou.

– Quando?

– No último ano antes da faculdade.

– O que aconteceu?

Lágrimas brotaram nos olhos de Carol. Sua boca tentou formar palavras, as mãos se movendo em gestos de impotência.

– O sorriso – respondeu ela como se desse de ombros. – Um dia ele sumiu.

– Por quê?

Sua mãe enxugou os olhos. O lábio inferior estremeceu. Jessica sentiu que seu coração abria espaço para a mãe, mas, por algum motivo, o restante do corpo não o seguiu. Ela permaneceu sentada vendo-a sofrer, estranhamente alheia, como se estivesse assistindo a uma lacrimosa novela de TV.

– Não estou tentando magoar você – disse Jessica. – Só quero encontrar Kathy.

– Eu sei, querida.

– Acho – continuou Jessica – que o que mudou Kathy está ligado ao desaparecimento dela.

Os ombros da mãe se afrouxaram.

– Deus misericordioso.

– Eu sei que isso dói, mas se pudermos achar Kathy, se pudermos descobrir quem matou papai...

A cabeça de Carol se levantou bruscamente.

– Seu pai foi morto num assalto.

– Não acredito nisso. Acho que está tudo ligado. O desaparecimento de Kathy, o assassinato de papai, tudo.

– Mas... como?

– Ainda não sei. Myron está me ajudando a descobrir.

A campainha da porta tocou.

– Deve ser o tio Paul – disse a mãe, indo para a porta.

– Mãe?

Carol parou mas não se virou.

– O que está acontecendo? O que você está com medo de me contar?

A campainha tocou de novo.

– É melhor eu atender – disse Carol. E desceu correndo a escada.

◆ ◆ ◆

– Então Frank Ache quer matar você – começou Win.

Myron confirmou com a cabeça.

– É o que parece.

– Que vergonha.

– Se ele ao menos me conhecesse. Se tivesse contato com meu eu verdadeiro!

Estavam sentados na primeira fila do estádio do Titans. Por pura bondade, Otto havia concordado em deixar que Christian treinasse. Isso e o fato de que Neil Decker, o veterano *quarterback*, estava jogando para lá de mal.

O treino da manhã tinha sido de piques de corrida e jogadas ensaiadas. A parte da tarde, no entanto, foi uma certa surpresa. Os jogadores estavam com equipamento completo, coisa que praticamente não se via tão cedo no ano.

– Frank Ache não é um cara legal – disse Win.

– Gosta de torturar animais.

– O quê?

– Tenho um amigo que o conheceu quando era criança – explicou Myron. – A diversão predileta de Frank Ache era perseguir gatos e cachorros e arrebentar a cabeça deles com um taco de beisebol.

– Aposto que isso impressionava as garotas.

Myron assentiu.

– Então presumo que você vá precisar de meus serviços especiais.

– Pelo menos durante uns dias – respondeu Myron.

– Beleza. Posso presumir também que você tem um plano?

– Estou trabalhando nisso. Arduamente.

Christian saiu correndo pelo campo. Movia-se sem esforço, ao estilo dos grandes atletas. Entrou na roda para combinar a jogada, saiu dela e se posicionou no campo.

– Contato total! – gritou um treinador.

Myron olhou para Win.

– Não gosto disso.

– Do quê?

– Contato total no primeiro dia.

Christian começou a gritar números. Depois disse um "vamos lá" antes que a bola fosse passada. Recuou alguns passos para fazer o lançamento.

– Ah, merda – disse Myron.

Tommy Lawrence, o *linebacker* profissional do Titans, avançou livre. Christian o viu tarde demais. Tommy arremeteu contra Christian, batendo com o capacete no esterno dele e jogando-o no chão – o tipo de impacto que dói como o diabo mas não causa dano permanente. Os outros defensores se empilharam por cima.

Christian se levantou, encolhendo-se com a mão no peito. Ninguém o ajudou. Myron ficou de pé.

Win o impediu, balançando a cabeça.

– Sente-se, Myron.

Otto Burke desceu a escada rebocando seu séquito.

Myron olhou furioso para ele. Otto deu um sorriso luminoso. Fez tsc-tsc.

– Troquei um bocado de veteranos populares para poder ficar com ele – disse. – Parece que alguns rapazes não gostaram muito da ideia.

– Sente-se, Myron – repetiu Win.

Myron hesitou, depois obedeceu.

Christian voltou mancando para a roda de jogadores. Anunciou a jogada seguinte e se posicionou novamente. Avaliou a defesa, gritou números e "vamos lá", depois pegou a bola no centro. Recuou. Tommy Lawrence disparou de novo pela esquerda, completamente livre. Christian se imobilizou. Tommy partiu para cima dele. Saltou como uma pantera, os braços esticados para uma trombada capaz de esmagar ossos. Christian se moveu no último instante. Não foi um movimento amplo. Na verdade, só um leve desvio. Tommy passou voando por ele e despencou no chão. Christian inspirou fundo e lançou uma bomba.

Passe completo.

Myron se virou, rindo.

– Ei, Otto!

– O quê?

– Pode lamber meu sapato.

O sorriso de Otto não se desfez. Myron se perguntou como ele conseguia. Talvez sua boca tivesse congelado daquele jeito. Otto assentiu e foi andando. Seu cortejo o seguiu em fila, como uma família de patos selvagens.

– Escuta, andei pensando – disse Myron.

– É mesmo?

– Sobre Gary Grady.

– O que é que tem?

– Ele teve um caso com uma aluna. Ela desaparece mais ou menos um ano depois. O tempo passa e a foto dela vai parar num anúncio pornô que ele publica.

– E você quer dizer que...

– É uma maluquice.

– Tudo nesse caso é maluquice.

Myron balançou a cabeça.

– Pense bem. Grady admitiu que teve um caso com Kathy, certo? Assim, qual seria a última coisa que ele iria querer?

– Divulgá-lo.
– No entanto a foto dela foi parar no anúncio dele.
– Ah! – assentiu Win. – Você acha que alguém está armando para cima dele.
– Exato.
– Quem?
– Fred Nickler seria minha aposta.
– Hum. Ele realmente entregou o número da caixa postal de Grady sem muita relutância.
– E tem o poder de trocar as fotos em sua própria revista.
– E o que você sugere? – perguntou Win.
– Gostaria que você investigasse o senhor Fred Nickler muito meticulosamente. Talvez devesse falar com ele outra vez. *Falar* – repetiu Myron. – Não *visitar*.

No campo, Christian estava recuando de novo. Pela terceira vez seguida Tommy Lawrence passou intocado pelo lado esquerdo. Na verdade, o jogador que deveria impedi-lo de avançar ficou parado com as mãos nos quadris, olhando.

– O próprio colega de equipe de Christian está aprontando contra ele – disse Myron.

Christian se desviou de Tommy Lawrence, dobrou os braços e lançou a bola com uma velocidade sideral, diretamente contra a virilha do tal colega de equipe. Houve um som curto, *uuump*. O rapaz despencou como uma cadeira dobrável.

– Ui – disse Win.

Myron quase bateu palmas.

– Igual àquele filme, *Golpe baixo*.

O jogador, claro, estava usando um protetor de virilha. Mas um protetor de virilha não era suficiente contra um míssil em alta velocidade. Ele rolou no chão em posição fetal, os olhos arregalados. Todos os homens por perto pareceram sentir a dor e soltaram um "Uuu" coletivo.

Christian foi até o jogador – um sujeito que pesava mais de 125 quilos – e ofereceu a mão para que ele se levantasse. Ele a aceitou. Depois, mancando, voltou para a roda de jogadores.

– Christian tem colhões – disse Myron.

Win confirmou com a cabeça.

– Mas será que podemos dizer o mesmo do outro rapaz?

18

Assim que Myron entrou no campus da Universidade Reston, o telefone de seu carro tocou.

– Consegui o que você quer, seu mala – disse P.T. – O nome do meu amigo é Jake Courter. É o xerife da cidade.

– Xerife Jake – respondeu Myron. – Você está brincando, não é?

– Não se deixe enganar pelo cargo. Jake trabalhou em delegacias de homicídios na Filadélfia, em Boston e em Nova York. É um bom sujeito. Disse que receberia você hoje às três horas.

Myron olhou o relógio. Era uma hora. A delegacia ficava a cinco minutos dali.

– Obrigado, P.T.

– Posso perguntar uma coisa, Myron?

– Manda ver.

– Por que está vendo isso?

– É uma longa história.

– Tem a ver com a irmã dela, aquele filezão que você andou comendo?

Ele deu uma gargalhada.

– Você é pura elegância, P.T.

– Myron, um dia desses quero que você me conte. A história toda.

– Prometo.

Myron parou o carro e foi para o antigo centro atlético. O estado do corredor era um pouco mais precário do que Myron esperava. As paredes eram cobertas por três fileiras de fotos emolduradas mostrando equipes do passado – algumas de até 100 anos atrás. Myron se aproximou de uma porta de vidro ondulado que parecia ter saído de um filme antigo do detetive Sam Spade. A palavra futebol estava pintada em preto. Ele bateu.

A voz foi como um pneu velho correndo por uma estrada de chão.

– O que é?

Myron enfiou a cabeça.

– Está ocupado, treinador?

Danny Clarke, o treinador de futebol americano da Universidade Reston, levantou o olhar de seu computador.

– Quem é você, merda? – perguntou ríspido.

– Vou bem, obrigado. Mas vamos pular as amenidades.

– Era para eu achar graça?

Myron inclinou a cabeça.

– E não achou?
– Vou perguntar mais uma vez: quem é você?
– Myron Bolitar.
A careta do treinador não mudou.
– E eu deveria conhecê-lo?
Era um dia quente de verão, o campus estava praticamente vazio e ali estava o lendário treinador de futebol universitário usando terno e gravata, assistindo a videotapes de candidatos do ensino médio. Terno e gravata sem ar condicionado. Se o calor incomodava Danny Clarke, ele não deixava isso transparecer. Tudo nele era bem cortado e arrumado. Estava descascando amendoins e comendo, mas não havia sujeira visível. Os músculos do maxilar se avolumavam enquanto ele mastigava, fazendo pequenos relevos se formar e desaparecer perto das orelhas. Tinha uma veia proeminente na testa.
– Sou empresário de atletas.
Ele moveu os olhos rapidamente, como um nobre dispensando um lacaio.
– Saia daqui. Estou ocupado.
– Precisamos conversar.
– Fora daqui, seu escroto. Agora!
– Eu só...
– Escuta, cabeça de merda – começou, apontando o dedo para Myron num gesto característico de treinador. – Eu não falo com a ralé. Nunca. Estou à frente de um programa limpo com jogadores limpos. Não recebo suborno de supostos empresários nem merda nenhuma desse tipo. Portanto, se você veio aqui com um envelope cheio de verdinhas, pode enfiá-lo no rabo.
Myron bateu palmas.
– Lindo, lindo. Uma performance maravilhosa, emocionante, inesquecível!
Danny Clarke ergueu os olhos rapidamente. Não estava acostumado a ter suas ordens questionadas, mas parte dele pareceu achar isso quase divertido.
– Dê o fora daqui – resmungou, mas agora com mais gentileza. Virou-se de novo para a televisão. Na tela, um jovem *quarterback* lançava uma espiral longa, apertada. Um jogador pegou. *Touchdown*.
Myron decidiu desarmá-lo taticamente.
– O garoto parece bastante bom – disse.
– É, sorte sua você ser um sanguessuga e não um caça-talentos. O garoto é horrível. Agora se manda.
– Quero falar sobre Christian Steele.
Isso atraiu a atenção de Clarke.
– O que é que tem?

— Sou o empresário dele.

— Ah... — reagiu Danny Clarke. — Agora lembro. Você é o antigo jogador de basquete. O que machucou o joelho.

— A seu dispor.

— Christian está bem?

Myron tentou parecer casual.

— Soube que ele não se dava muito bem com os colegas de time.

— E daí? Você é assistente social responsável por ele?

— Qual era o problema?

— Não sei por que isso poderia importar agora.

— Mas, mesmo assim, me faça esse favor.

O treinador demorou um tempo para relaxar o olhar feroz.

— Era um monte de coisas — disse. — Mas acho que o principal problema era Horty.

— Horty?

Técnica avançada de interrogatório. Preste atenção.

— Junior Horton — explicou. — Ele jogava na defesa. Velocidade, tamanho, talento. Mas inteligente como uma lata de refrigerante.

— E o que esse tal de Horty tinha a ver com o Christian?

— Eles não se cruzavam.

— Como assim?

Danny Clarke pensou um momento.

— Não sei. Tinha algo a ver com uma garota que sumiu.

— Kathy Culver?

— Isso. Ela.

— O que é que tem?

Ele se virou para o videocassete e trocou de fita. Depois digitou algo no computador.

— Acho que talvez ela tenha namorado o Horty antes do Christian. Algo assim.

— E o que aconteceu?

— Horty era a maçã podre do cesto desde o início. No último ano dele, descobri que vendia drogas aos meus jogadores: cocaína, anabolizantes, Deus sabe o que mais. Por isso o expulsei. Mais tarde fiquei sabendo que fazia três anos que ele fornecia esteroides ao time.

Que "mais tarde" porra nenhuma, pensou Myron. Mas pela primeira vez não expressou seu pensamento.

— E o que isso tem a ver com o Christian?

— Começaram a circular boatos de que Christian tinha feito o Horty ser expulso do time. Horty alimentou os boatos, você sabe, dizendo aos caras que o Christian estava dedurando todos eles por usarem anabolizantes, coisas assim.

– E era verdade?

– Não. Dois dos meus melhores jogadores apareceram tão doidões num dia de jogo que mal conseguiam enxergar. Foi então que agi. Christian não teve nada a ver com isso. Mas sabe como é. Todos achavam que Christian era o astro, que, se quisesse limpar a bunda, qualquer treinador iria correndo buscar papel higiênico perfumado.

– Você disse aos caras que Christian não tinha nada a ver com isso?

Ele fez uma careta.

– Acha que isso ajudaria? Eles iam pensar que eu o estava encobrindo, protegendo. Iam odiá-lo ainda mais. Desde que isso não afetasse os resultados dos jogos, e não afetou, não era da minha conta. Deixei pra lá.

– Você investe mesmo no desenvolvimento do caráter dos atletas, treinador.

Ele deu a Myron seu melhor olhar de intimidar calouro. A veia da testa começou a pulsar.

– Você está passando do ponto, Bolitar.

– Não seria a primeira vez.

– Eu me importo com meus garotos.

– É, deu pra ver. Você deixou o Horty ficar enquanto ele bombava seus garotos com substâncias que eram perigosas mas aumentavam a capacidade deles de jogar. Quando ele pegou mais pesado e partiu para coisas que tinham impacto negativo no campo, de repente você virou um legítimo militante da luta contra as drogas.

– Não preciso ficar ouvindo essa baboseira – arengou Danny Clarke. – Principalmente vindo de um vampiro imprestável, sugador de sangue. Dê o fora da minha sala. Agora!

– Quer assistir a um filme comigo uma hora dessas? – disse Myron. – Ou talvez um show da Broadway?

– Fora!

Myron saiu. Mais um dia, mais um amigo. O segredo era o charme.

Tinha tempo suficiente antes de visitar o xerife Jake, por isso decidiu dar um passeio. O campus parecia uma cidade fantasma, só faltava o feno sendo levado pelo vento. Os alunos haviam partido para as férias de verão. Os prédios estavam tristes e sem vida. A distância um aparelho de som tocava Elvis Costello. Duas garotas apareceram. Típicas estudantes, usando miniblusas e shorts que só iam até a virilha. Levavam um cachorro pequeno e peludo para passear – um shih-tzu. Parecia o primo It, da família Addams, depois de ter girado muito tempo na secadora. Myron sorriu e as cumprimentou com a cabeça enquanto passavam. Nenhuma das duas desmaiou nem arrancou a roupa. Espantoso. Mas o cachorrinho rosnou para ele.

Estava quase no carro quando viu a placa:

Correio do campus

Parou, olhou ao redor, não viu ninguém. Hum... Valia a pena tentar.

O interior do correio era pintado de verde institucional, a mesma cor do banheiro da escola. As paredes do comprido corredor em forma de V estavam cobertas de caixas postais. Ouviu o som distante de um rádio. Não conseguiu identificar a música, um baixo com batida monótona.

Myron se aproximou da janelinha de vidro. Havia um garoto sentado com os pés para cima. A música vinha dos ouvidos dele. Estava escutando um daqueles aparelhos com fones que parecem entrar pelo ouvido e se conectar diretamente ao cérebro. Os tênis pretos de cano alto pousavam numa mesa, o boné de beisebol abaixado como um sombreiro na hora da sesta. Havia um livro em seu colo. *Operação Shylock*, de Philip Roth.

– Bom livro – disse Myron.

O garoto não ergueu os olhos.

– Bom livro – repetiu Myron, desta vez gritando.

O garoto tirou os fones dos ouvidos com um estalo de sucção. Era pálido e ruivo. Quando tirou o boné, o cabelo era afrorrevolto. Igual ao Bernie do seriado *Geração indomável*.

– O quê?

– Eu disse: bom livro.

– Já leu?

Myron assentiu:

– Sem dúvida.

O garoto se levantou. Era alto e desengonçado.

– Você joga basquete? – perguntou Myron.

– Jogo. Acabei de concluir o primeiro ano. Não joguei muito.

– Sou Myron Bolitar.

O garoto olhou-o inexpressivo.

– Joguei basquete na Duke.

Nada.

– Sem autógrafos, por favor.

– Há quanto tempo você jogou? – perguntou o garoto.

– Me formei há 10 anos.

– Ah... – respondeu o garoto, como se isso explicasse tudo.

Myron fez contas rápidas na cabeça. O garoto teria 7 ou 8 anos quando Myron ganhou o campeonato nacional. De repente se sentiu muito velho.

– Na época a gente usava cestas de colher pêssegos.

– O quê?

– Deixa pra lá. Posso fazer umas perguntas?

O garoto deu de ombros.

– Tudo bem.

– Qual a sua carga horária aqui, no correio?

– Cinco dias por semana no verão, de nove às cinco.

– E é sempre tão calmo assim?

– Nesta época do ano, é. Sem alunos, quase não há correspondência.

– É você quem separa as correspondências?

– Claro.

– E faz coleta?

– Coleta?

– Da correspondência do campus.

– Faço, mas só tem aquela caixa perto da porta da frente.

– É a única caixa de correio do campus?

– É.

– Tem pegado muita correspondência do campus ultimamente?

– Quase nada. Três, quatro cartas por dia.

– Conhece Christian Steele?

– Só de nome. Quem não conhece?

– Ele recebeu um envelope pardo, grande, há alguns dias. Não havia carimbo de correio, de modo que tem de ter sido mandado do campus.

– É, eu lembro. O que é que tem?

– Você viu quem postou?

– Não. Mas foram as únicas correspondências que recebi naquele dia inteiro.

Myron inclinou a cabeça.

– Foram?

– O quê?

– Você disse "foram". Que foram as únicas correspondências.

– Certo. Dois envelopes grandes. Exatamente iguais, a não ser pelo endereço.

– Você se lembra de quem recebeu o outro?

– Claro. Harrison Gordon. O vice-reitor de graduação.

19

Nancy Serat largou sua mala no chão e rebobinou a secretária eletrônica. A fita voltou correndo, guinchando o tempo todo. Ela havia passado o fim de semana em Cancún, as últimas férias antes de começar a bolsa na Universidade Reston, sua *alma mater*.

O primeiro recado era de sua mãe.

"Não quero atrapalhar suas férias, querida, mas acho que você gostaria de saber que o pai de Kathy Culver faleceu ontem. Foi esfaqueado por um assaltante. Uma coisa horrível. De qualquer modo, achei que você gostaria de saber. Ligue para a gente quando voltar. Seu pai e eu queremos levá-la para jantar no seu aniversário."

As pernas de Nancy cambalearam. Ela se deixou cair na cadeira, mal ouvindo os outros dois recados – um do consultório do dentista lembrando uma limpeza de dentes na sexta-feira, o outro de uma amiga planejando uma festa.

Adam Culver estava morto. Não dava para acreditar. Sua mãe tinha dito que fora num assalto. Nancy ficou pensando. Seria mesmo? Ou teria algo a ver com a visita dele na...

Nancy calculou os dias da semana.

O pai de Kathy havia morrido no dia em que a visitara.

Uma voz na secretária a trouxe de volta de seus pensamentos.

"Alô, Nancy. Aqui é Jessica Culver, irmã de Kathy. Quando chegar, por favor, me ligue. Preciso falar com você assim que possível. Estou na casa da minha mãe. O número aqui é 555-1477. É importante. Obrigada."

De repente Nancy sentiu muito frio. Ouviu o restante dos recados. Depois ficou sentada imóvel durante vários minutos, avaliando as opções. Kathy estava morta, ou pelo menos era o que todo mundo acreditava. E agora o pai, horas depois de falar com Nancy, também estava morto.

O que isso significava?

Continuou imóvel. O único som na sala era sua respiração curta, ofegante. Então pegou o telefone e ligou para Jessica.

◆ ◆ ◆

A sala do vice-reitor de graduação estava fechada, por isso Myron foi direto à casa dele. Era uma velha construção vitoriana com cobertura de cedro que ficava na extremidade oeste do campus. Tocou a campainha. Uma mulher muito atraente abriu a porta.

– Em que posso ajudá-lo? – perguntou, com um sorriso solícito.

Usava um terninho creme. Não era jovem, mas tinha uma graça, uma beleza e uma sensualidade que deixaram a boca de Myron meio seca. Ele tiraria o chapéu para uma mulher daquelas, se tivesse um.

– Boa tarde – disse. – Estou procurando o reitor Gordon. Meu nome é Myron Bolitar e...

– O jogador de basquete? – interrompeu ela. – Claro. Eu deveria tê-lo reconhecido imediatamente.

Que se acrescente conhecimento de basquete a graça, beleza e sensualidade.

– Vi seus jogos pelo campeonato nacional. Torci por você o tempo todo.

– Obrigado...

– Aí você se machucou...

Ela parou, balançando a cabeça que coroava seu pescoço de Audrey Hepburn.

– Eu chorei. Parecia que uma parte de mim tinha se machucado também.

Graça, beleza, sensualidade, conhecimento de basquete e, ah!, sensibilidade. Além disso, tinha pernas longas e era cheia de curvas. No todo, um belo conjunto.

– É muita gentileza sua, obrigado.

– É um prazer conhecê-lo, Myron.

Até seu nome soava bem naqueles lábios.

– E a senhora deve ser a esposa do reitor Gordon. A adorável "reitoresa".

Ela riu da tirada à la Woody Allen.

– É, sou Madelaine Gordon. E não, meu marido não está em casa.

– E ele vai demorar?

Ela sorriu como se a pergunta tivesse duplo sentido. Depois lhe deu uma olhada que fez Myron corar.

– Vai – respondeu lentamente. – Vai demorar horas.

Destaque na pronúncia de "horas".

– Bom, então não vou incomodá-la mais.

– Não é incômodo algum.

– Volto em outra hora.

Madelaine (ele gostava daquele nome) assentiu, recatada.

– Estarei esperando.

– Foi um prazer conhecê-la.

Com Myron, cada frase era uma armadilha para mulheres.

– Foi um prazer conhecê-lo também – murmurou ela. – Tchau, Myron.

A porta se fechou lenta e provocantemente. Ele ficou ali mais um instante, respirou fundo algumas vezes e voltou quase correndo para o carro. Ufa!

Olhou o relógio. Hora de encontrar o xerife Jake.

◆ ◆ ◆

Jake Courter estava sozinho na delegacia, que parecia um cenário de seriado dos anos 1960, do tipo que mostrava a vida em uma cidadezinha do interior. Só que, neste caso, Jake, o xerife, era negro. Nunca havia negros nesses seriados. Nem judeus, latinos, asiáticos, nada do tipo. Teria sido um belo toque. Talvez um restaurante grego ou um cara chamado Abdul trabalhando na mercearia.

Myron avaliou que Jake teria 50 e tantos anos. Usava roupas civis, sem paletó, com a gravata afrouxada. Uma pança enorme se derramava dele como se pertencesse a outra pessoa. Pastas de cor parda se espalhavam na mesa de Jake, junto com um miolo de maçã e os restos do que poderia ter sido um sanduíche. Jake deu de ombros, cansado, e limpou o nariz com o que parecia um pano de prato.

– Recebi um telefonema – disse ele, no lugar da apresentação. – Dizendo para ajudá-lo.

– Eu agradeceria – respondeu Myron.

Jake se recostou e pôs os pés na mesa.

– Você jogou contra o time do meu filho. Gerard. Da Michigan.

– Claro. Lembro. Garoto durão. O monstro das tabelas. Muito bom na defesa.

Jake assentiu, orgulhoso.

– O próprio. Os arremessos não valiam nada, mas a gente sempre sabia que ele estava ali.

– Um cara que põe ordem na casa.

– É. Agora trabalha para a polícia, em Nova York. Já é detetive. Um policial dos bons.

– Como o pai.

Jake sorriu.

– É.

– Mande lembranças. Melhor ainda, lhe dê uma cotovelada nas costas. Ainda devo umas a ele.

Jake jogou a cabeça para trás e gargalhou.

– Esse é o Gerard. Delicadeza nunca foi o forte dele – completou o xerife, assoando o nariz no pano de prato. – Mas tenho certeza de que você não veio aqui para falar de basquete.

– É, acho que não.

– Então por que não me diz do que se trata, Myron?

– É o caso Kathy Culver. Estou dando uma olhada nele. Muito sub-repticiamente.

– Sub-repticiamente – repetiu Jake, levantando uma sobrancelha. – Palavra enorme, Myron.

– Estou investindo no meu vocabulário. Comprei umas fitas de autoaperfeiçoamento para ouvir no carro.

– É mesmo?

Jake assoou o nariz de novo. Parecia o grito de acasalamento de um carneiro.

– E qual é o seu interesse nisso, além do fato de representar Christian Steele e ter tido uma queda pela irmã de Kathy?

– Você é meticuloso.

O xerife deu uma mordida no pedaço de sanduíche que estava na mesa. Sorriu.

– A gente adora um elogio.

– É como você disse. Christian Steele. Ele é meu cliente. Estou tentando ajudá-lo.

Jake o observou, novamente esperando. Era um truque antigo. Fique quieto por tempo suficiente e a testemunha começa a falar de novo, explicando melhor o assunto. Myron não mordeu a isca.

Depois que um minuto inteiro se passou, Jake disse:

– Então deixe-me entender direito. Christian Steele assina com você. Um dia vocês começam a bater papo. Ele diz: "Sabe, Myron, já que você vive babando meu ovinho branco e coisa e tal, quero que banque a porra do Dick Tracy e encontre a mulher que eu estava pegando e que sumiu há um ano e meio e os canas e os federais não conseguem achar." Foi assim, Myron?

– Christian não fala palavrão – respondeu Myron.

– Certo, ótimo, quer deixar a lenga-lenga de lado? Vamos deixar. Mas, se quer alguma coisa de mim, precisa colaborar também.

– É justo. Mas não posso. Pelo menos por enquanto.

– Por quê?

– Poderia ferir um bocado de gente. E provavelmente não é nada.

Ele fez uma careta.

– Como assim, ferir?

– Não posso ser mais claro.

– Não pode é o caralho.

– Estou dizendo, Jake. Não posso dizer nada.

Jake o observou de novo.

– Deixe-me dizer uma coisa, Bolitar. Eu não fico correndo atrás de fama e glória. Sou como meu filho era em quadra. Não chamo atenção, mas trabalho feito um condenado. Não quero sair no jornal para tentar subir na carreira. Tenho 53 anos. Minha carreira não irá mais tão longe. Bom, isso pode parecer meio antiquado para você, mas acredito na justiça. Gosto de ver a verdade prevalecer. Vivi com o desaparecimento de Kathy Culver durante 18 meses. Conheço-a até pelo lado avesso. E não descobri nada sobre o que aconteceu naquela noite.

– O que você acha que aconteceu?

Jake pegou um lápis e batucou na mesa.

– A melhor hipótese, baseada nas evidências?

Myron assentiu.

– Ela fugiu.

– O que o faz pensar isso?

Um sorriso lento apareceu no rosto de Jake.

– Isso eu sei e você precisa descobrir.

– P.T. disse que você ajudaria.

Jake deu de ombros e mordeu novamente o sanduíche.

– E a irmã de Kathy? Pelo que soube, vocês dois eram muito chegados.

– Agora somos amigos.

Jake assobiou baixinho.

– Eu a vi na TV. É difícil ser amigo de uma mulher daquelas.

– Você é um verdadeiro homem dos anos 1990, Jake.

– É que eu esqueci de renovar minha assinatura da *Cosmopolitan*.

Os dois se encararam durante um tempo. Jake se acomodou na cadeira e examinou as unhas.

– O que você quer saber?

– Tudo. Desde o início.

Jake cruzou os braços diante do peito. Respirou fundo e soltou o ar lentamente.

– A segurança do campus recebeu um telefonema da colega de quarto de Kathy Culver, Nancy Serat. Kathy e Nancy moravam na irmandade Psi Ômega. Bela casa. Só garotas brancas bonitas, de cabelos louros e dentes brancos. Todas parecidas e falando da mesma forma. Você entendeu.

Myron assentiu. Notou que Jake não estava lendo nem consultando um dossiê. Sabia tudo isso de cabeça.

– Nancy Serat disse ao soldadinho de chumbo da segurança do campus que fazia três dias que Kathy Culver não voltava ao quarto.

– Por que Nancy esperou tanto tempo para ligar?

– Parece que Kathy não passava mais muitas noites na casa da irmandade. Na maior parte do tempo, dormia no quarto do seu cliente. Sabe, aquele que não gosta de falar palavrão.

Leve sorriso.

– De qualquer modo, o seu garoto e Nancy se encontraram um dia e começaram a conversar, cada um achando que Kathy tinha passado aqueles três dias com o outro. Foi então que perceberam que ela havia sumido e chamaram a segurança do campus.

– E então?

– A segurança do campus falou com a gente – prosseguiu o xerife –, mas a princípio ninguém deu muita bola. Uma estudante desaparecer por alguns dias não é exatamente um acontecimento de abalar a Terra. Mas então um dos seguranças encontrou a calcinha em cima de uma lixeira e, bem, você sabe o que aconteceu. A história se espalhou como uma mancha de brilhantina no travesseiro do Elvis.

– Eu li que havia sangue na calcinha – disse Myron.

– Exagero da mídia. Havia uma mancha de sangue, seca, provavelmente de menstruação. Nós a examinamos. B negativo. O mesmo de Kathy Culver. Mas também havia sêmen. Material suficiente para fazer testes de DNA e de sangue.

– Vocês tinham algum suspeito?

– Só um. O seu garoto, Christian Steele.

– Por que ele?

– Os motivos de sempre. Nada muito específico. Era o namorado. Ela ia se encontrar com ele quando sumiu. Mas o teste de DNA do sêmen o liberou.

Ele abriu um pequeno refrigerador atrás da cadeira.

– Quer uma Coca?

– Não, obrigado.

Jake pegou uma lata e a abriu.

– Você provavelmente leu o seguinte nos jornais: Kathy vai a uma festa da irmandade. Toma uma ou duas bebidas, nada sério, sai às 10 da noite para se encontrar com Christian e some. Fim da história. Mas agora deixe-me preencher algumas lacunas.

Myron se inclinou para a frente. Jake tomou um gole de Coca e limpou a boca na manga da camisa. Seu antebraço era do tamanho de um tronco de carvalho.

– Segundo várias colegas da irmandade, Kathy andava meio distraída. Não parecia ela mesma. Também sabemos que ela recebeu um telefonema alguns minutos antes de sair da casa. Disse a Nancy Serat que o telefonema era de Christian e que iria encontrá-lo. Christian nega que tenha ligado. A chamada foi feita pelos ramais do campus, de modo que não pudemos rastreá-la. Mas a colega de quarto disse que Kathy parecia tensa ao telefone, não como se estivesse falando com seu príncipe encantando, o Sr. Boca-Limpa. Kathy desligou o telefone e voltou para baixo com Nancy. Depois posou para a agora famosa última foto, antes de partir de vez.

Ele abriu a gaveta da mesa e entregou a foto a Myron. Claro, Myron a vira inúmeras vezes. Cada jornal do país a havia publicado com fascínio mórbido: 12 colegas de irmandade. Kathy era a segunda da esquerda. Usava suéter azul e saia. Pérolas adornavam o pescoço. Muito elegante. Segundo as colegas de Kathy, ela saiu da casa sozinha, imediatamente depois de tirarem a foto. Nunca mais voltou.

– Bem – disse Jake. – Então ela sai da festa. Mas, depois disso, uma pessoa a viu com certeza.

– Quem?

– O treinador do time. Um cara chamado Tony Gardola. Achou estranho que ela entrasse no vestiário do time por volta das 10h15 da noite. Àquela hora, já não devia haver ninguém no vestiário. Tony só estava ali porque tinha esquecido uma coisa. Perguntou o que ela fazia lá e ela disse que ia se encontrar com Christian. Tony pensou: que diabo, esses jovens de hoje! Deviam ter marcado ali para darem uns amassos. Tony decidiu que o melhor seria não fazer muitas perguntas.

Jake respirou fundo antes de continuar:

– Esse é o nosso último relato *seguro* a respeito do paradeiro dela. Tivemos um possível avistamento no lado oeste do campus por volta das 11 da noite. Alguém viu uma mulher loura usando suéter azul e saia. Estava escuro demais para que conseguisse identificá-la. A testemunha disse que nem a teria notado, só que ela parecia apressada. Não correndo, mas seguindo em passos rápidos.

– Onde, no lado oeste do campus? – perguntou Myron.

Jake tirou um mapa da pasta, ainda examinando o rosto de Myron como se ele tivesse alguma pista. Abriu o mapa e apontou.

– Aqui. Na frente do Miliken Hall.

– O que é o Miliken Hall? – perguntou Myron.

– O prédio da Matemática. Estava trancado desde as nove da noite. Mas a testemunha disse que ela estava indo para oeste.

Os olhos de Myron seguiram o caminho para oeste. Havia quatro prédios com a legenda de residências dos docentes. Myron se lembrava do lugar.

Era onde o vice-reitor Gordon morava.

– O que foi? – perguntou Jake.

– Nada.

– Conta outra, Bolitar. Você descobriu alguma coisa.

– Não é nada.

As sobrancelhas de Jake franziram.

– Ótimo. É assim que você quer? Então foda-se. Ainda tenho meu ás na manga e não vou mostrar.

Myron havia se preparado para isso. Jake Courter precisaria receber alguma coisa em troca das informações que estava repassando. Tudo bem, desde que Myron pudesse virar a situação a seu favor.

– Parece – disse Myron lentamente – que Kathy estava andando na direção da casa do vice-reitor.

– E daí?

Myron não disse nada.

– Ela trabalhava para ele – disse Jake.

Myron assentiu.

– Qual é a ligação?

– Bem, tenho certeza de que ele não tem nada a ver com isso. Mas talvez você queira perguntar a ele, já que é tão meticuloso e coisa e tal.

– Você está dizendo...

– Não estou dizendo nada. Só estou fazendo uma observação.

Mais uma vez Jake o observou. Myron olhou de volta com tranquilidade. Uma visita de Jake Courter provavelmente não dobraria o vice-reitor Gordon, mas talvez o amaciasse um pouco.

– Agora, quanto àquele ás na manga...

Jake hesitou.

– Kathy Culver herdou dinheiro da avó – disse.

– Vinte e cinco mil – acrescentou Myron. – Os três netos receberam a mesma quantia. O dinheiro está no banco.

– Não exatamente – disse Jake.

Ele se levantou e puxou as calças para cima.

– Quer saber por que falei que as evidências apontavam para Kathy ter fugido?

Myron assentiu.

– No dia em que desapareceu, Kathy Culver foi ao banco. Ela retirou toda a herança. Cada centavo.

20

MYRON ESTAVA VOLTANDO PARA NOVA YORK. Ligou o rádio. Estava tocando "Careless Whisper", um clássico do Wham. George Michael lamentava o fato de que nunca mais dançaria porque "pés que carregam culpa não têm ritmo". Profundo, pensou Myron. Muito profundo.

Pegou o telefone do carro e ligou para Esperanza.

– Como vão as coisas? – perguntou.
– Você está voltando para o escritório?
– Estou indo.
– Eu não pararia no caminho – disse ela.
– Por quê?
– Você tem uma reunião não agendada com um cliente.
– Quem?
– Chaz Landreaux.
– Ele deveria estar escondido em Washington.
– Bom, está aqui. E não parece nada bem.
– Diga para esperar. Estou indo.

◆ ◆ ◆

– É o seguinte – começou Chaz. – Quero cancelar nosso contrato.

Ele começou a andar de um lado para outro no escritório, como um pai na sala de espera da maternidade. De fato, não parecia nada bem. O sorriso de vaidade não existia mais. Em vez de andar ereto e orgulhoso, parecia se encolher como se tivesse uma corcunda. Ficava passando a língua nos lábios, olhando ao redor, abrindo e fechando as mãos.

– Por que não começa do começo? – tentou Myron.
– Não tem começo – disse Chaz rispidamente. – Quero sair. Você vai brigar?
– O que aconteceu?
– Não aconteceu nada. Mudei de ideia, só isso. Quero ficar com o Roy O'Connor na TruPro. Eles são importantes. Você é um cara legal, Myron, mas não tem os contatos deles.
– Ahã.

Silêncio. Mais passos de um lado para outro.

– Pode me dar o contrato ou não?
– Como foi que eles convenceram você, Chaz?
– Não sei de que porra você está falando. Quantas vezes preciso repetir? Não quero você como empresário, falou?

Chaz estava à beira do precipício e oscilando.

– Quero a TruPro.
– Não é tão simples assim.
– Você vai brigar comigo por causa disso? – perguntou ele de novo.
– Eles não vão parar por aí, Chaz. Você está descontrolado. Precisa deixar que eu o ajude.

Ele parou.

– Me ajudar? Você quer me ajudar? Então devolva meu contrato. E não finja que liga a mínima para mim. Você só quer a sua parte.

– Você acredita mesmo nisso?

Chaz balançou a cabeça.

– Você não entendeu, cara. Não quero você. Quero a TruPro.

– Entendi. E, como disse antes, não é tão simples assim. Aqueles caras agarraram você pelo saco. Você acha que eles vão soltar se fizer o que eles querem. Mas não vão. Pelo menos não para sempre. Quando quiserem alguma outra coisa, vão enfiar a mão na sua calça e apertar outra vez. Eles não vão parar, Chaz. Até espremer tudo o que puderem.

– Cara, você não sabe de merda nenhuma. Não preciso ficar me explicando.

Ele se aproximou da mesa, mas seus olhos estavam virados em outra direção.

– Quero a porcaria daquele contrato. E agora!

Myron pegou o telefone.

– Esperanza, traga o contrato do Chaz. O original.

E desligou.

– Só vai levar um instante.

Chaz não disse nada.

– Você não sabe no que está se metendo – continuou Myron.

– Vai se foder, cara. Eu sei muito bem no que estou me metendo.

– Deixe eu ajudar, Chaz.

Ele fungou.

– O que você pode fazer?

– Posso fazer com que eles parem.

– Ah, é, dá para ver. Até agora você fez um serviço fantástico.

– O que foi que aconteceu?

Mas ele apenas balançou a cabeça.

Esperanza entrou e entregou o contrato a Myron, que o repassou a Chaz. O rapaz o agarrou e foi andando rapidamente para a porta.

– Desculpe, Myron. Mas isso é um negócio.

– Você não pode vencê-los, Chaz. Pelo menos não sozinho. Eles vão sugá-lo até você ficar seco.

– Não se preocupe comigo. Posso cuidar de mim mesmo.

– Acho que não.

– Só fique de fora, porra. Isso não é mais da sua conta.

Ele foi embora sem olhar para trás. Quando saiu, Win abriu a porta que separava a sala de reuniões da de Myron.

– Conversa interessante – disse Win.

Myron assentiu, pensativo.

– Perdemos um cliente – continuou Win. – Que pena.

– Não é só isso.

– Aí é que você se engana – respondeu Win com firmeza. – É só isso. Ele trocou você por outro empresário. E, como disse com tanta eloquência, "isso não é mais da sua conta".

– Chaz está sendo pressionado.

– E você se ofereceu para ajudá-lo. Ele recusou.

– Ele é só um garoto com medo.

– Ele é um adulto que toma suas próprias decisões. Uma delas foi mandar você se foder.

Myron ergueu os olhos.

– Você sabe o que vão fazer com ele.

– Livre-arbítrio, Myron. Landreaux escolheu pegar o dinheiro na época da faculdade. E escolheu voltar para eles agora.

– Você pode segui-lo?

– O quê?

– Seguir o Chaz. Ver para onde ele vai levar o contrato.

– Você está complicando o que é simples, Myron. Deixe pra lá.

– Não posso. Você sabe que não posso.

Win assentiu.

– Acho que sei – confirmou. Ele pensou um momento. – Vou fazer isso pela nossa empresa. Pelos lucros. Se conseguirmos pegar o Landreaux de volta, será muito lucrativo. Você pode gostar de brincar de super-herói, mas, para mim, isso não é uma cruzada moral. Vou fazer pelo dinheiro. É o único motivo. O dinheiro.

Myron assentiu.

– Eu não ia querer que fosse de outro jeito.

– Ótimo. Desde que este ponto esteja claro. E quero que você fique com isso.

Win lhe entregou um Smith & Wesson calibre 38 e um coldre de ombro. Myron o colocou. Carregar uma arma era incrivelmente desconfortável, no entanto a sensação que causava era boa, como a lembrança de uma espécie de bolha protetora. Às vezes aquela sensação deixava a pessoa inebriada, fazia até mesmo com que se sentisse invencível.

Na maioria das vezes, era aí que ela se dava mal.

– Tenha cuidado redobrado – disse Win. – A notícia está na boca do povo.

– Que notícia?

– Sua cabeça foi oficialmente posta a prêmio – disse Win, como se fosse uma divertida conversa de coquetel. – Quem apagar você leva 30 mil dólares.

Myron fez uma careta.

– Trinta mil? Que é isso, eu já fui federal! Deveria valer 70 mil, 60 mil no mínimo.

– A economia anda ruim. As coisas estão difíceis.

– Fui posto em liquidação?

– Parece que sim.

Myron abriu o revólver e verificou. Como suspeitava, Win havia carregado a arma com dunduns, balas com um corte na parte frontal que se abriam ao impacto e causavam um estrago muito maior. Para Win, não bastava usar projéteis de ponta oca. Tinha de prepará-los para aquele efeito extra.

– Isso é ilegal.

Win pôs a mão no peito.

– Nossa. Oh... Deus... Que... Horror.

– E desnecessário.

– Se você diz...

– Eu digo.

– Elas são eficazes.

– Não quero – disse Myron.

– Tudo bem – disse, entregando-lhe balas sem corte. – Seu frouxo.

21

Jessica ouviu o recado na secretária eletrônica.

"Oi, Jessica. É Nancy Serat. Sinto muito em saber sobre o seu pai. Ele era um homem muito bom. Nem acredito. Ele esteve aqui na manhã em que morreu. É tão estranho! Ele estava muito nostálgico naquele dia. Ficou falando do suéter amarelo, o predileto dele, que deu a Kathy. Uma história linda. Eu queria ter podido ajudar mais. Simplesmente não acredito... Bom, estou falando demais, desculpe. Faço isso quando fico nervosa. De qualquer modo, vou chegar em casa às dez da noite hoje. Você pode me ligar ou passar aqui. Tchau."

Jessica rebobinou a mensagem e ouviu de novo. Depois pela terceira vez. Nancy Serat tinha visto seu pai na manhã em que ele foi assassinado.

Outra coincidência?

Ela achava que não.

◆◆◆

Myron ligou para a mãe.

– Vou passar uns dias fora de casa.

– O quê?

– Vou ficar com o Win.

– Na cidade?

– É.

– Na cidade de Nova York?

– Não, mãe, na Cidade do Kuwait.

– Não seja tão metido a espertinho com sua mãe, guarde isso para os seus amigos. E por quê?

Hum... Será que deveria contar? *Porque um criminoso pôs minha cabeça a prêmio, mãe, e não quero colocar você e papai em perigo.* Melhor não. Poderia deixá-la preocupada.

– Vou ter de trabalhar até tarde nos próximos dias.

– Tem certeza?

– Tenho.

– Tenha cuidado, Myron. Não ande por aí sozinho à noite.

Esperanza abriu a porta.

– Telefonema urgente na linha três – disse ela, suficientemente alto para a mãe de Myron ouvir.

– Mãe, preciso desligar. Telefonema urgente.

– Ligue para nós.

– Vou ligar – prometeu. Ele desligou e olhou para Esperanza. – Obrigado.

– De nada.

– Tem alguém na linha mesmo?

Ela confirmou com a cabeça.

– Timmy Simpson de novo. Tentei resolver, mas ele disse que o problema requer a sua expertise.

Timmy Simpson jogava como interbase no Red Sox. Era um pé no saco profissional.

– Oi, Timmy.

– Pô, Myron, faz duas horas que estou esperando a porcaria do seu telefonema.

– Eu estava fora. Qual é o problema?

– Estou aqui em Toronto, certo?, no Hilton. E o hotel não tem água quente.

Myron esperou. Depois disse:

– Eu escutei direito, Timmy? Você disse...

– Inacreditável, não é? – gritou Timmy. – Eu entrei no chuveiro, sacou?, e fiquei esperando. Cinco minutos, 10 minutos. A água estava congelando, Myron. Gelada pra caralho. Aí eu liguei para a recepção e um gerente babaca me disse que eles estão com um problema no encanamento. Porra, encanamento? Isto é um hotel ou um estacionamento de trailers? Aí eu perguntei: e vão consertar quando? E ele veio com um papo furado pra dizer que não sabe. Dá para acreditar nessa merda?

Não, pensou Myron.

– Timmy, por que, exatamente, você está ligando para mim?

– Jesus Cristo, Myron, eu sou profissional, certo? E estou neste fim de mundo sem água quente. Quero dizer, não tem nada no meu contrato que fale disso?

– Uma cláusula de água quente, talvez?

– Ou alguma coisa do tipo. Fala sério! Como é que eles fazem um negócio desses? Preciso de um banho antes do jogo. Um banho *quente*. É pedir demais? Quero dizer, o que é que eu faço?

Enfie a cabeça no vaso e dê descarga, pensou Myron, massageando as têmporas com as pontas dos dedos.

– Verei o que posso fazer, Timmy.

– Fale com o gerente do hotel, Myron. Faça ele entender a importância disso.

– Para mim – disse Myron – os órfãos do Leste Europeu são só um pequeno incômodo se comparados a isso. Mas, se a água quente não voltar logo, vá para outro hotel. Mandaremos a conta para o Red Sox.

– Boa ideia. Obrigado, Myron.

Clic.

Myron olhou para o telefone. Inacreditável. Recostou-se e ficou pensando em como lidar com seus três grandes problemas: a partida súbita de Chaz Landreaux, o possível ressurgimento de Kathy Culver e o encanamento do Hilton de Toronto. Decidiu deixar o último para lá. Não se pode fazer tudo.

Problema 1: Chaz Landreaux estava fechando um contrato com Frank Ache, um cara nada confiável. Só havia uma saída para isso. O irmão mais velho, Herman.

Myron pegou o telefone e discou. Ainda sabia o número de cor. Foi atendido ao primeiro toque.

– Taverna do Clancy.

– É o Myron Bolitar. Gostaria de ver o Herman.

– Espere aí.

Cinco minutos se passaram antes que a voz retornasse.

– Amanhã. Duas horas.

Clic. Não precisava esperar resposta. Qualquer que fosse a hora em que Herman Ache concordasse em receber alguém, a pessoa iria.

Problema 2: Kathy Culver. A revista *Mamilos* fora enviada de uma caixa de correspondência do campus. Tinha sido mandada não somente para Christian

Steele, mas também para Harrison Gordon, o vice-reitor de graduação. Por quê? Myron sabia que Kathy havia trabalhado para o vice-reitor. Será que suas tarefas iam além de simplesmente arquivar documentos? Teriam um caso, talvez? E a adorável esposa do reitor? Será que ela usava calcinha?

Mas Myron estava se desviando do assunto.

O catalisador de toda a história havia sido o anúncio na *Mamilos*. Gary Grady dissera que não tinha nada a ver com isso. Talvez não. Talvez sim. Mas de qualquer modo a foto teria de passar por Fred Nickler. O bom e velho Freddy estava no centro de tudo.

Myron procurou o número e discou.

– EDA. Em que posso ajudá-lo?
– Gostaria de falar com Fred Nickler.
– Quem está falando?
– Myron Bolitar.
– Aguarde um instante, por favor.

Um minuto se passou. Então Fred Nickler atendeu.

– Alô.
– Sr. Nickler, aqui é o Myron Bolitar.
– Oi, Myron. O que posso fazer por você?
– Gostaria de passar aí e fazer mais umas perguntas sobre o anúncio.
– Infelizmente estou muito ocupado agora, Myron. Por que não me liga amanhã? Talvez possamos marcar alguma coisa.

Silêncio.

– Myron? Está aí?
– Sabe quem tirou a foto, Sr. Nickler?
– Claro que não.
– Seu amigo Jerry nega ter qualquer conhecimento sobre isso.
– Myron, por favor. Você é um homem experiente. O que esperava que ele dissesse?
– Ele diz que não teve nada a ver com a foto do anúncio.
– Bom, isso é impossível. O anunciante era ele. Ele entregou a foto.
– Então o senhor tem uma cópia dela?

Pausa.

– Tem de estar na pasta, em algum lugar.
– Talvez o senhor possa separá-la e eu passo aí para pegar.
– Escute, Myron, detesto ser grosseiro, mas estou realmente ocupado. Vai ser a mesma foto que você já viu.
– A foto de Kathy saiu apenas na *Mamilos*.

– O quê?
– A foto dela. Não saiu em nenhuma das outras revistas. Só na *Mamilos*.
Pausa.
– E daí?
Mas de repente havia insegurança na voz dele.
– E daí que a mesma página de anúncios foi publicada em todas as seis revistas. A não ser por uma pequena diferença. Alguém mudou só uma foto na fileira de baixo do anúncio que saiu na *Mamilos*. A foto foi trocada só naquela revista, e não nas outras. Por quê?
Fred Nickler tossiu.
– Realmente não sei, Myron. Seguinte: vou verificar e aviso a você. Tenho um zilhão de telefonemas esperando. Preciso correr. Tchau.
Outro clic.
Myron se recostou. Fred Nickler estava começando a entrar em pânico.

◆ ◆ ◆

Com a mão trêmula, Fred Nickler discou o número. Depois de três toques o telefone foi atendido.
– Polícia do condado.
Fred pigarreou.
– Paul Duncan, por favor.

22

NOVE DA NOITE.
Myron ligou para Jessica e a colocou a par do que havia descoberto com relação ao vice-reitor.
– Acha mesmo que Kathy estava tendo um caso com ele? – perguntou Jessica.
– Não sei. Mas, depois de ver a mulher dele, duvido muito.
– Bonita?
– Muito. E entende de basquete. Até chorou quando eu me lesionei.
Jessica fez um ruído.
– A mulher perfeita.
– Estou detectando um leve ciúme?
– Vá sonhando – disse Jessica. – O fato de um homem ser casado com uma mulher linda não o impede de ter casos com alunas bonitas.

– Verdade. Portanto a questão é: como o nome do vice-reitor Gordon foi parar naquela infame lista de correspondência?

– Não faço a mínima ideia. Mas eu também descobri uma coisa interessante hoje. Meu pai visitou Nancy Serat, a colega de quarto de Kathy, na manhã em que morreu.

– Por quê?

– Ainda não sei. Nancy deixou um recado na minha secretária. Vou encontrá-la em uma hora.

– Bom. Ligue para mim se descobrir mais alguma coisa.

– Onde você vai estar?

– Trabalho à noite na boate Chippendale's – respondeu Myron. – Meu nome artístico é Zorro.

– Devia ser Miudinho.

– Ui!

Um silêncio desconfortável os engoliu. Foi Jessica quem por fim o rompeu.

– Por que não passa aqui em casa esta noite? – perguntou, lutando para manter a voz firme.

O coração de Myron martelou.

– Vai ficar tarde.

– Tudo bem. Não ando dormindo muito. É só bater na janela do meu quarto... Zorro.

Ela desligou. Nos cinco minutos seguintes Myron ficou sentado perfeitamente imóvel, pensando em Jessica. Tinham começado a namorar um mês antes do fim de sua carreira. Ela ficou com ele. Ela cuidou dele. Ela o amou. Ele tentou afastá-la sob algum pretexto masculino de protegê-la. Mas ela não foi embora. Pelo menos não naquela época.

Esperanza abriu a porta sem bater. Olhou-o e disse rispidamente:

– Pare com isso.

– O quê?

– Você está fazendo aquela cara de novo.

– Que cara?

Ela o imitou.

– Aquela cara insuportável de cachorrinho sofrendo de amor.

– Eu não estava fazendo cara nenhuma.

– Ah, tá. Você me deixa enjoada, Myron.

– Obrigado.

– Sabe o que eu acho? Acho que você está mais interessado em tirar a roupa de Jessica do que em encontrar a irmã dela.

– Meu Deus, o que está havendo com você?
– Eu estava lá, lembra? Quando ela foi embora.
– Já sou um rapazinho. Posso cuidar de mim mesmo.
Esperanza balançou a cabeça.
– Déjà vu. Tudo de novo.
– O quê?
– Cuidar de si mesmo. Faça-me rir. Você está parecendo Chaz Landreaux. Os dois estão cegos.

O rosto moreno de Esperanza fazia-o pensar em noites espanholas, areia dourada, lua cheia no céu sem estrelas. Houvera momentos de atração entre os dois, mas um ou outro sempre percebia o que isso iria significar e parava. Essas tentações não surgiam mais. Depois de Win, Esperanza era sua amiga mais íntima. A preocupação dela era genuína, Myron sabia.

Mudou de assunto.
– Havia algum motivo para sua entrada sem se anunciar?
– Descobri uma coisa.
– O quê?

Ela leu num bloco de estenografia. Myron não fazia ideia do motivo de Esperanza ter um bloco daqueles. Ela não sabia estenografia.

– Finalmente rastreei o outro número para onde Gary Grady ligou depois da sua visita. É de um estúdio de fotografia chamado... saca só: Globos Globais Fotos. Perto da Décima Avenida, junto ao túnel.
– Área barra-pesada.
– A mais pesada de todas – disse ela. – Acho que o estúdio é especializado em pornografia.
– É bom ter uma especialidade.
Myron olhou o relógio.
– Alguma notícia do Win?
– Ainda não – respondeu ela.
– Deixe o endereço do estúdio na caixa de mensagens dele. Talvez ele termine a tempo de se encontrar comigo.
– Você vai lá esta noite?
– Vou.
Esperanza fechou o bloco com um estalo.
– Posso ir junto?
– Ao estúdio fotográfico?
– É.
– Você não tem aula hoje?

Esperanza estava estudando direito à noite na Universidade de Nova York.
– Não. E fiz todo o dever de casa, papai. Mesmo.
– Cale a boca e venha.

23

PROSTITUTÓPOLIS.
Havia de todos os tipos. Brancas, negras, asiáticas, latinas – uma verdadeira ONU de prostitutas. A maioria era nova, muito nova, cambaleando nos saltos altos como crianças brincando de se vestir de adultas – o que, no fim das contas, era verdade. Em geral eram magras, secas, com marcas de agulha cobrindo os braços como dezenas de insetos minúsculos, a pele repuxada em volta dos malares, dando aos rostos um ar de caveira assombrada. Os olhos eram vazios e fundos e o cabelo, sem vida.

Myron murmurou:
– Eles não sabem que estão fazendo amor com uma pessoa já morta?

Esperanza parou, pensando.
– Essa eu não conheço.
– Fontine, em *Os miseráveis*. O musical.
– Não posso pagar para ir a musicais da Broadway. Meu chefe é pão-duro.
– Porém bonito.

Myron olhou para uma loura de calça justa estilo anos 1960 que negociava com um otário num Ford. Conhecia bem a história. Tinha visto garotas (às vezes garotos) iguais a ela descerem de um ônibus no terminal Port Authority, vindo da Virgínia Ocidental, do oeste da Pensilvânia ou daquela vastidão árida que os nova-iorquinos chamavam simplesmente de Meio-Oeste. Haviam fugido de casa – talvez para evitar abusos, porém mais provavelmente porque estavam entediadas e "seu lugar" era a cidade grande. Saíam do ônibus com um sorriso largo, hipnotizadas, sem um tostão.

Os cafetões observavam e esperavam com a paciência de uma ave de rapina. Quando chegava a hora certa, eles mergulhavam para o ataque. Apresentavam a Grande Maçã, conseguiam um lugar para elas ficarem, um pouco de comida, um banho quente, talvez um quarto com banheira de hidromassagem, luzes ofuscantes, um aparelho de CD maneiro e TV a cabo com controle remoto. Prometiam apresentá-las a um fotógrafo, conseguir que trabalhassem como modelos. Depois as levavam a festas, festas *de verdade*, não aquela merdinha inocente de Caipirópolis com um pouco de cerveja e um estudante espinhento passando a mão nelas no banco de trás de uma picape. E mostravam como se divertir com material de primeira, pó dos bons.

Então as coisas mudariam. Alguém teria de pagar por toda essa diversão. O trabalho como modelo não viria, e elas não podiam simplesmente querer tudo de graça. Além disso, agora a festa seria mais necessidade do que luxo. Como comer ou respirar. Elas não conseguiam mais sobreviver sem cheirar uma carreira ou tomar um pico de sua agulha favorita.

Não demorava muito para chegarem ao fundo do poço. E então não tinham forças – nem mesmo desejo, realmente – para se levantar.

Vinham parar ali.

Myron estacionou o carro. Ele e Esperanza saíram em silêncio. Myron sentiu o estômago revirar. Era noite, óbvio. Lugares assim só existiam à noite. Fugiam do ataque da luz do sol.

Myron nunca havia usado os serviços de uma prostituta, mas sabia que Win as havia contratado em muitas ocasiões. Win gostava da conveniência. Seu local predileto era um bordel asiático na Rua 8, chamado Casa Nobre. Em meados dos anos 1980, Win e alguns amigos faziam o que chamavam de "noite chinesa" no apartamento dele – pediam a comida no Hunan Garden e as mulheres na Casa Nobre. A verdade era que Win não nutria sentimentos pelo sexo oposto. Não confiava nas mulheres. O que queria eram prostitutas. Não só pela falta de ligação afetiva – porque nunca deixava que mulher alguma se ligasse a ele –, mas porque as prostitutas eram como folhetos de propaganda. Descartáveis.

Myron não achava que Win ainda participasse desses eventos – pelo menos não nesses tempos assolados por doenças –, mas não tinha certeza. Os dois nunca falavam a respeito.

– Belo lugar – disse Myron. – Pitoresco.

Esperanza assentiu.

Passaram por uma espécie de boate. A música era suficientemente alta para rachar a calçada. Uma criatura adolescente – Myron não sabia se era do sexo masculino ou feminino – com cabelo verde espetado trombou nele. Parecia a Estátua da Liberdade. O lugar era uma infinidade de motocicletas, brincos em orelhas e mamilos, tatuagens, correntes. Um coro constante de prostitutas chamando "Ei, querido" se jogava sobre ele vindo de todos os lados, os rostos se turvando numa massa de ruína humana. Parecia o show de aberrações de um parque de diversões.

A placa sobre a porta dizia CLUBE V.S.F. O logotipo era um dedo médio em riste. Sutil. Num quadro-negro estava escrito o seguinte:

Noite heavy "medical"!
Bandas ao vivo!
Corrimento
e
Termômetro Retal
Em seus únicos shows na cidade.

Myron podia ver pela porta aberta. As pessoas não dançavam. Elas pulavam, as cabeças balançando sem vida como se o pescoço fosse de borracha, os braços grudados ao corpo. Myron focalizou um garoto, talvez de 15 anos, perdido no êxtase violeta, o suor grudando no rosto o cabelo comprido. Imaginou se a banda no palco seria a Corrimento ou a Termômetro Retal. Não importava. O som era o de uma porca no cio dentro de um processador de alimentos.

A cena toda era uma mescla de Dickens com *Blade Runner*.

– O estúdio fica ao lado – disse Esperanza.

O lugar era uma construção feita em arenito avermelhado. Ou havia sido uma casa grande e desajeitada ou um pequeno armazém. As mulheres pendiam das janelas como farrapos de uma decoração de Natal esquecida anos atrás.

– É aí? – perguntou Myron.

– Terceiro andar – respondeu Esperanza.

Ela não parecia nem um pouco intimidada pelo ambiente, mas tinha vindo de ruas que não eram muito melhores do que aquela. Seu rosto permanecia um lago plácido. Esperanza nunca demonstrava fraqueza. Explodia frequentemente, mas, mesmo depois de tanto tempo, Myron nunca a vira chorar. Ela não podia dizer o mesmo dele.

Myron se aproximou da escada da frente. Uma prostituta obesa enfiada num macacão apertado demais lambeu os lábios e se pôs na frente dele.

– Ei, garotão, quer um boquete? Cinquenta pratas.

Myron tentou não fechar os olhos.

– Não – respondeu baixinho, olhando para o chão. Queria oferecer palavras de sabedoria, palavras que pudessem transformá-la, mudar sua vida. Mas só disse: – Sinto muito – e passou depressa. A gorda deu de ombros e foi em frente.

Não havia elevador. O que não era surpresa. As escadas estavam atulhadas de gente, a maioria desmaiada – ou talvez morta. Myron e Esperanza pularam com cuidado por cima deles. Uma cacofonia de música – tudo, desde Neil Diamond ao que parecia ser a banda Corrimento – estrondeava no corredor. Havia outros sons também. Garrafas se quebrando, gritos, palavrões, estouros, um bebê chorando. Uma sinfonia do inferno.

Quando chegaram ao terceiro andar, viram um escritório com porta de vidro. Não havia ninguém dentro, mas as fotos na parede – para não mencionar o chicote e as algemas – deixavam pouca dúvida de que tinham chegado ao lugar certo. Myron tentou a maçaneta. Ela girou.

– Fique aqui fora – disse.

– Certo.

Ele entrou.

– Olá.

Ninguém respondeu, mas havia música no outro cômodo. Parecia um calipso. Chamou de novo e entrou no estúdio.

Myron ficou pasmo ao ver como o lugar era profissional. Limpo, bem iluminado, com uma daquelas sombrinhas brilhantes que a gente sempre vê nos estúdios fotográficos. Havia meia dúzia de máquinas em tripés e refletores com cores variadas.

Mas o cenário não foi o primeiro item que o impressionou. Outras coisas já haviam atraído seu olhar. A mulher nua montada numa moto, por exemplo. Para ser exato, ela não estava totalmente nua – usava botas pretas. Mais nada. Não era um estilo que qualquer mulher pudesse usar, mas ficava bem nela. Ainda não o tinha visto, já que examinava com atenção a revista que segurava. *The National Sun*. Manchete: "Garoto de 16 anos vira avó." Hum. Chegou mais perto. Tinha seios grandes, mas dava para ver as cicatrizes sob eles. Silicone, um ícone da moda dos anos 1980.

Ela ergueu os olhos, espantada.

Myron deu um sorriso caloroso.

– Oi.

Ela gritou. Um grito lancinante.

– Sai daqui, porra! – berrou, cobrindo o peito.

Recato. Tão raro hoje em dia. Bom saber que ainda existia.

– Meu nome... – disse Myron.

Outro grito lancinante. Myron ouviu um barulho às suas costas e se virou. Um garoto magricela, sem camisa, estava parado. Seu abdome tipo Bruce Lee brilhava. Ele abriu um canivete, um riso maníaco estampado na cara, curvou um pouco o corpo e fez sinal, convidando Myron a atacá-lo. Muito *Amor, sublime amor*. Se ao menos o garoto estalasse os dedos!

Outra porta se abriu e uma luz vermelha vazou para fora. Uma mulher apareceu. O cabelo era encaracolado e parecia ruivo, mas não dava para ter certeza se era mesmo dessa cor ou se só estava vermelho por causa da luz do laboratório.

– Você está invadindo uma propriedade particular – disse ela a Myron. – Hector tem o direito de matá-lo aí mesmo.

– Não sei onde você tirou seu diploma de advogada – respondeu Myron –, mas, se Hector não tiver cuidado, vou tirar o brinquedo dele e enfiar no lugar onde o sol não brilha.

Hector deu um risinho. Começou a jogar o canivete de uma das mãos para a outra.

– Uau – disse Myron.

A modelo pelada fugiu para o camarim, que tinha o inteligente letreiro SALA DE DESPIR. A mulher passou para o estúdio e fechou a porta do laboratório. O cabelo era ruivo mesmo; na verdade, mais um castanho clareado pelo sol. Tinha o que alguns chamariam de pele de pêssego, cerca de 30 anos e um ar de elegância, por mais estranho que isso fosse. A própria âncora de TV trabalhando no mundo pornô.

– Você é a dona? – perguntou Myron.

– Hector é muito bom com o canivete – respondeu ela em tom calmo. – É capaz de arrancar o coração de um homem e mostrá-lo ao dono antes que ele morra.

– Isso deve animar uma festa.

Hector chegou mais perto. Myron não se mexeu.

– Eu poderia demonstrar minhas habilidades em artes marciais – começou Myron. Porém sacou rapidamente a arma e apontou para o peito de Hector. – Mas acabei de tomar banho.

Os olhos de Hector se arregalaram de surpresa.

– Que isso seja uma lição para você, garoto do canivete – continuou Myron. – Metade das pessoas neste prédio provavelmente anda armada. Se ficar por aí balançando esse brinquedo, alguém que não seja tão bonzinho quanto eu vai acabar apagando você.

A ruiva não pareceu abalada com a arma.

– Saia daqui – disse a Myron. – Agora!

– Você é a dona? – tentou ele de novo.

– Você tem um mandado?

– Não sou policial.

– Então caia fora daqui.

Ela se mexia um bocado ao falar. Os quadris e as pernas em movimento constante. Fez um sinal para o garoto, que fechou o canivete.

– Pode ir, Hector.

– Não tão rápido, Hector – disse Myron. – Entre no laboratório. Não quero que você fique fazendo planos de voltar com um revólver.

Hector olhou para a ruiva. Ela assentiu e ele entrou.

– Feche a porta – ordenou Myron.

Ele a fechou. Myron foi até lá e puxou o trinco.

A ruiva pôs as mãos nos quadris.

– Feliz, agora?

– Quase em êxtase.

– Então saia.

– Escute – disse Myron com seu sorriso capaz de derreter geleiras. – Não quero encrenca. Só vim comprar umas fotos. Meu nome é Bernie Worley. Trabalho para uma nova revista pornô.

Ela fez uma careta.

– Será que eu pareço mesmo tão idiota, Bernie Worley, que veio comprar fotos? Dá um tempo, caralho.

Houve um ruído súbito. Pessoas. Um monte. Uma comoção, mesmo para os padrões daquele lugar. Bem onde tinha deixado Esperanza. Sozinha.

Myron se virou e correu, sentindo o coração saltar na garganta. Se alguma coisa tivesse acontecido a ela...

Ele puxou a porta. Dezenas de pessoas rodeavam Esperanza, a maioria ajoelhando-se. Ela estava parada no meio, sorrindo e – ele não podia acreditar – dando autógrafos.

– É a Pocahontas! – gritou alguém.

– Escreva no meu "Com amor para o Manuel".

– Você ainda é minha favorita!

– Lembro quando você bateu na Rainha Carimba. Que luta!

– Aquela Hannah Rodovia. Era uma trapaceira. Tive vontade de matá-la quando jogou sal nos seus olhos.

Esperanza olhou para Myron, deu de ombros e voltou a assinar caixas de fósforos e pedaços de papel. A ruiva o seguiu até a porta. Quando viu Esperanza, se iluminou.

– Poca?

Esperanza olhou de volta.

– Lucy?

Elas se abraçaram. Entraram no estúdio. Myron foi atrás.

– Por onde você andou, mulher? – perguntou Lucy.

– Por aí.

As duas se beijaram. Nos lábios. Um pouco demorado demais. Esperanza se virou.

– Myron?

– Hein?

– Seus olhos estão arregalados.
– Estão?
– Eu não conto tudo a você.
– Parece que não – disse ele. – Mas pelo menos agora sei por que minha incrível beleza não empolgou sua amiga.

As duas acharam isso digno de risos.

– Lucy, este é Myron Bolitar.

Lucy olhou-o de cima a baixo.

– É seu namorado?
– Não. Só amigo. E meu chefe.
– Parece um cara que eu conheço que trabalhava num show de taras numa boate aqui perto. Tinha um número em que mijava em várias mulheres.
– Não era eu – garantiu Myron. – Nem mictório público eu gosto de usar.

Lucy voltou a atenção para Esperanza.

– Você está ótima, Poca.
– Obrigada.
– Saiu do negócio de lutas, não é?
– Completamente.
– Mas ainda malha?
– Sempre que posso.
– Na Nautilus?
– É.
– Dá para ver – disse Lucy com um sorriso malicioso. – Você está mesmo um tesão.

Myron pigarreou.

– Então, o que acharam do jogo dos Knicks?

As mulheres o ignoraram.

– Ainda tira fotos das lutadoras? – perguntou Esperanza.
– Hoje em dia, não muito. Estou principalmente neste tipo de merda aqui.

Esperanza olhou de volta para Myron.

– A Lucy... Esse não é o nome verdadeiro dela. Nós a chamamos assim por causa dos cabelos de Lucille Ball. Ela fazia as fotos de divulgação de todas as lutadoras.

– Foi o que deduzi – respondeu Myron. – Acha que ela pode nos ajudar?
– O que vocês querem saber? – perguntou Lucy.

Myron lhe entregou o exemplar da *Mamilos*. Apontou para a foto de Kathy.

– Quero saber sobre isso – disse.

Lucy examinou a foto por um segundo.

– Ele é cana? – perguntou a Esperanza.

– Empresário esportivo.

– Ah – disse apenas. Não pediu mais detalhes. – Porque isso pode colocar a gente em encrenca.

– Como assim? – perguntou Myron.

– A foto. A garota está com os peitos de fora.

– E daí?

– E daí que é ilegal. Não é permitido exibir seios em anúncios de centrais 0900. Vamos nos ferrar se o governo vir isso.

– "Vamos"? – repetiu Myron.

De novo recorrendo às técnicas avançadas de interrogatório.

– Sou uma das donas dessas empresas de disque sexo. Um monte de linhas funcionam neste prédio.

– Não sei se entendi direito – disse Myron. – É ilegal mostrar os peitos? Mas quase todas as mulheres desta revista estão com os peitos à mostra.

– Não nos anúncios de linhas 0900 – corrigiu Lucy. – Aprovaram uma lei há uns dois anos. Nas linhas 0900 é proibido ter pornografia. Olhe aqui.

Ela virou uma página e apontou para outro anúncio.

– A foto pode ser insinuante, mas a garota não pode estar nua. E veja os nomes das linhas. Coisas tipo "Confissões Secretas" ou "Fale com Garotas". Agora veja as das linhas 0300. Barra pesada. "Goze nas Minhas Tetas", coisas assim.

Myron se lembrou da conversa com Tawny, pela linha 0900. Tinha ficado pasmo porque ela não dissera nada pesado.

– Então, sexo por telefone só nas outras linhas?

– Isso. E você precisa autorizar *mesmo* a ligação. É exigência do governo. Mas qualquer idiota pode ligar para um 0900. A cobrança é automática. Começa quase imediatamente depois de o telefonema ser atendido. Não funciona assim com uma linha 0300 ou um dos outros números. É preciso usar o cartão de crédito ou permitir que um provedor complete a ligação. É assim que é cobrado.

– Então esse negócio de dizer que as linhas 0900 são pornográficas...

– Besteira – completou Lucy. – Elas são só um truque. Não podemos dizer nada pesado nessas linhas, então elas são basicamente iscas, porque são fáceis de usar. O cara só precisa discar. Sem cartão de crédito. Sem autorizar um provedor. Na maioria das vezes falamos sobre massagens ou nadar nus, coisas que sejam sugestivas mas não explicitamente sexuais. O lance é deixar o cara excitado, entendeu?

– Acho que sim.

– De qualquer modo, os caras ligam cheios de tesão. Quero dizer, a maioria está tão excitada que meteria até num buraco na parede para se aliviar. O que tentamos é fazer com que ele diga uma sacanagem primeiro, o que geralmente não é muito difícil. Assim que ele faz isso, dizemos: "Ah, neném, não podemos falar assim nesta linha, mas você pode ligar para mim no número tal, com um cartão de crédito." O cara liga e paga de novo.

– Eles não têm medo de como isso vai aparecer na fatura do cartão? – perguntou Myron.

Lucy balançou a cabeça. Ainda se mexia ao falar. Era irritante e sensual ao mesmo tempo.

– Em geral os nomes das empresas são bem discretos. Cobramos usando nomes como Norwood Incorporate ou Telemark, não Lésbicas Tesudas ou Atriz Chupadora. Quer ver?

– O quê?

– A área de operação, lá em cima. Onde atendemos alguns telefonemas. Muita gente trabalha em casa, mas tenho uma equipe de seis ou sete aqui.

Myron deu de ombros.

– É, tudo bem.

Lucy subiu um andar com eles. Um fedor enjoativo impregnava o ar na escada. Quando chegaram ao patamar, Lucy abriu uma porta. Passaram e fecharam-na rapidamente.

– Aqui é a Fantasias Para Sempre – disse Lucy. – Para não mencionar a Lambe-lambe, a Gemidos, Telediversão e dezenas de outras.

Myron não acreditou no que estava vendo. Seu queixo caiu. Esperava mulheres feias, gordas ou velhas. Mas não aquilo.

Eram homens. Todos, menos uma funcionária, eram homens.

– Linhas gays? – perguntou ele.

Lucy balançou a cabeça, sorrindo.

– Pouquíssimos gays ligam. Talvez um em cada cem.

– Mas... eles são homens.

Myron Bolitar, a perspicácia em pessoa.

Ouviu um sujeito com voz grossa, de caminhoneiro, dizer:

– É, grandão, enfia até o fundo. Isso. Ah, que gostoso.

Lucy sorriu para o sujeito. Ele revirou os olhos e continuou:

– Não para, garanhão. Monta em mim.

Myron ficou satisfeito em ver que Esperanza estava igualmente confusa.

– O que está acontecendo, Lucy? – perguntou ela.

– Tempos de crise. Na economia atual, os homens são mão de obra mais barata. A maioria das garotas está na rua. Aqui estão os irmãos delas, primos, garotos de rua.

– Mas a voz deles...

– Eles usam um aparelho de alteração de voz. A Sharper Image vende, mas eu consigo mais barato no Village. Dá para fazer qualquer garotinha ficar com a voz do Barry White ou vice-versa. Esses caras podem virar uma mulher rouca, uma virgem adolescente, uma menininha, qualquer coisa que estiver no anúncio.

Myron estava pasmo.

– Os clientes sabem?

– Claro que não – responde. E, virando para Esperanza: – É burrinho, mas até que é simpático.

Myron Bolitar: o homem das fantasias lésbicas.

A sala parecia um escritório de telemarketing comum. Os telefones eram de alta tecnologia. Dezenas de linhas se iluminavam, todas indicando o papel que deveria ser representado. Dona de casa tesuda. Dominatrix. Travesti. Peituda. Até tara por pés. Cada empregado também tinha outro telefone para confirmação de Visa e Mastercard.

– As linhas marcadas com um N não podem ter pornografia – explicou Lucy. – Também temos mais cerca de 100 pessoas trabalhando em casa. A maioria delas são mulheres.

– Donas de casa tesudas?

– Algumas. A maioria é simplesmente dona de casa. De qualquer modo, é por isso que achei o anúncio estranho. Um anúncio de 0900 não deveria ter uma garota com os peitos de fora.

Saíram da sala. Myron quase tropeçou num bêbado que escolheu o momento em que Myron estava passando por cima dele para se levantar. Voltaram para o estúdio.

– A ABC é uma das empresas que operam lá de cima? – perguntou Myron.

– É.

– E sabemos que Gary Grady ligou para você ontem. Pode dizer o motivo?

– Quem?

– Gary Grady.

Lucy balançou a cabeça.

– Não sei quem é.

– E que tal Jerry?

– Ah, ele – disse, dando um risinho. – Achei mesmo que esse não era o nome verdadeiro. Ele sempre fez muito segredo.

– E o que ele queria?

Ela assentiu como se algo tivesse acabado de lhe ocorrer.

– Agora estou entendendo.

– O quê?

– Ele me perguntou sobre uma foto que eu tirei há uns dois anos.

– Esta? – perguntou Myron, apontando de novo para a foto de Kathy.
– É. Uma das garotas dele.
Myron e Esperanza trocaram um olhar.
– Quer dizer que havia outras?
– Algumas. Meia dúzia, talvez mais.
Myron sentiu a fúria consumi-lo de novo.
– Garotas menores de idade?
– Como é que eu vou saber, porra?
– Você não perguntou?
– Eu pareço um policial? Olha, cara, se você veio aqui para pegar no meu pé...
– Ele não veio para isso – disse Esperanza. – Pode confiar.
– Posso é o caralho, Poca. Ele invadiu isso aqui com uma porra de uma arma, quase matou minha modelo de medo.
– Precisamos da sua ajuda – insistiu Esperanza. – *Eu* preciso da sua ajuda.
– Não quero prejudicar você, Lucy – disse Myron. – Só estou interessado na garota da foto.

Lucy hesitou.
– Tá bom – disse por fim. – Mas pega leve.
Myron assentiu rapidamente.
– Jerry trouxe essa garota para você?
– Foi, quando eu tinha o outro estúdio, a uns dois quarteirões daqui. Como falei, ele trouxe algumas garotas no correr dos anos. Queria fotos delas para todo tipo de coisas. Revistas pornô, divulgação de filmes de sacanagem e tudo o mais. A maioria era um pouco melhor do que as periguetes que a gente vê por aí. Mas geralmente ele mantém as fotos guardadas até elas ficarem um pouco mais velhas. Até chegarem à maioridade, acho.

A fúria de novo. Myron fechou os punhos.
– Então Jerry perguntou sobre essa foto ontem?
– Foi.
– O que ele queria saber?
– Se eu vendi alguma cópia recentemente.
– E vendeu?
Pausa.
– Vendi. Há uns dois meses.
– Quem comprou?
– Você acha que eu mantenho registros?
– Homem ou mulher?
– Homem.

— Você se lembra da aparência dele?

Ela pegou um cigarro, acendeu, respirou fundo.

— Não sou muito boa com fisionomias.

— Qualquer coisa, Lucy — acrescentou Esperanza. — Novo, velho, qualquer coisa de que você se lembre.

Outra baforada. E depois:

— Velho. Não velhíssimo, mas não era um cara novo. Devia ter a idade do meu pai. E sabia o que estava fazendo — completou. Olhou para Myron. — Diferente de você. Bernie Worley. Deus do céu!

Myron pressionou:

— O que você quer dizer com "sabia o que estava fazendo"?

— O cara pagou uma grana preta, com uma condição: que eu entregasse todas as fotos e os negativos na frente dele, na hora. Esperto. Ele queria garantir que eu não tivesse tempo de fazer cópias ou um jogo extra de negativos.

— Quanto ele pagou?

— Seis mil e quinhentos, no total. Em dinheiro. Cinco pelas fotos e negativos. Mil pelo número do telefone do Jerry. Disse que queria entrar em contato com a garota pessoalmente. Depois me deu mais 500 para eu não dizer nada ao Jerry.

Um grito de gelar o sangue veio dos fundos do prédio e foi ignorado.

— Você reconheceria o homem, se o visse de novo? — perguntou Myron.

— Não sei. Não consigo visualizar agora, mas, se a gente se visse cara a cara, quem sabe?

O som de batidas veio da porta do laboratório.

— Posso soltar o Hector agora?

— Já estamos de saída — respondeu Myron. Em seguida lhe entregou um cartão. — Caso se lembre de mais alguma coisa...

— É, eu ligo — confirmou. Ela olhou para Esperanza. — Vê se não some, Poca.

Esperanza assentiu mas não disse nada.

Os dois desceram em silêncio. Quando saíram no ar quente da rua, cercados pela noite, ela disse:

— Eu não tive a intenção de chocar você, lá em cima.

— Não é da minha conta — disse ele. — Fiquei surpreso, só isso.

— Lucy é lésbica. Eu experimentei um pouco. Há muito tempo.

— Não precisa explicar.

Mas ele ficou satisfeito por ela ter contado. Myron não tinha segredos para Esperanza. Não gostava de pensar que ela teria algum para ele.

Já iam voltar ao carro quando Myron sentiu o cano de uma arma contra suas costelas.

– Fique frio, Myron – disse uma voz.

Era o homem com chapéu de feltro que o abordara no estacionamento. Ele enfiou a mão no paletó de Myron e pegou o 38. Um segundo homem, com um bigode que ia quase até o queixo, agarrou Esperanza e encostou uma arma em sua têmpora.

– Se o Myron se mexer – disse o do chapéu –, espalhe o cérebro dessa vaca na calçada.

O homem assentiu, meio sorrindo.

– Venham – disse o do chapéu, cutucando Myron com a arma. – Vamos dar uma voltinha.

24

JESSICA PAROU NA FRENTE DA CASA que Nancy Serat havia alugado pelo semestre. Na verdade, era um casebre no fim de uma rua escura, a cerca de um quilômetro e meio do campus da Universidade Reston. Mesmo à noite Jessica podia ver a cor rosa-salmão das paredes, que parecia não combinar nem um pouco com coisa alguma no planeta Terra. No quintal, era como se as árvores tivessem vomitado – igual ao jardim da família Monstro. Um desbotado ACRE STREET, 118 estava pintado na placa castigada pelo tempo. Um Honda Accord azul com adesivo da Universidade Reston se acomodava na entrada de veículos.

Jessica foi andando pelo que restava do que um dia devia ter sido um caminho acimentado. Tocou a campainha e imediatamente ouviu o som de alguém andando às pressas. Vários segundos se passaram. Ninguém atendeu. Tentou de novo. Desta vez não houve som de passos. Não houve som algum.

– Nancy? – chamou ela. – É Jessica Culver.

Apertou a campainha mais algumas vezes, mas numa casa tão pequena não havia muita chance de já não terem ouvido. A não ser que Nancy estivesse tomando banho. Era uma possibilidade. Dava para ver por entre as lâminas das venezianas que as luzes estavam acesas. O carro estava na entrada. Jessica tinha escutado movimento.

Nancy tinha de estar em casa.

Jessica levou a mão à maçaneta. Em condições normais, ela provavelmente não sairia abrindo a porta de uma pessoa que mal conhecia (só vira Nancy uma vez). Mas as condições não eram nem um pouco normais. Segurou a maçaneta e a girou.

Trancada.

E agora?

Ficou tocando a campainha por mais cinco minutos. Nada ainda. Então foi andando ao redor da casa, orientando-se com a ajuda de uma lâmpada distante na rua e da cor nada discreta das paredes. Tropeçou num velocípede que parecia ter surgido de uma escavação arqueológica. Seus pés se embolavam na grama alta que pinicava os tornozelos. Enquanto andava, Jessica foi espiando pelas pequenas frestas das venezianas. Pôde vislumbrar os cômodos e ver alguns móveis e coisas penduradas nas paredes, mas nenhuma pessoa.

No quintal dos fundos viu que as venezianas da cozinha não estavam baixadas. E a luz estava apagada. Sem a lâmpada da rua para lançar luz nas paredes, ali era um breu total. Espiou pela janela, pondo as mãos em concha para tentar ver melhor. Uma réstia de luz do cômodo da frente atravessava a cozinha. Na mesa havia uma bolsa. E um jogo de chaves.

Alguém estava em casa.

Um som atrás a fez dar um pulo. Jessica girou, mas estava escuro demais para identificar o que era. Seu coração batia loucamente no peito. Grilos cantavam sem parar. Bateu na porta com os dois punhos.

– Nancy! Nancy!

Ouviu o pânico na própria voz e se censurou por isso. *Controle-se. Você está assustando a si mesma.*

Parou, respirou fundo algumas vezes, sentiu-se relaxar. Olhou de novo pela janela, encostando o rosto no vidro. Estava olhando a réstia de luz quando aconteceu.

Alguém passou.

Jessica deu um salto para trás. Não tinha visto a pessoa, não tinha visto coisa alguma, só o facho de luz sumir por um segundo. Olhou de novo. Nada. Mas alguém havia passado e bloqueado a luz. Pôs a mão na maçaneta da cozinha.

Desta vez a porta não estava trancada. A maçaneta virou facilmente.

Não entre aí, sua idiota! Chame a polícia!

E dizer o quê? Que eu bati à porta e ninguém atendeu? Que depois comecei a espiar pelas janelas e vi alguém andando lá dentro?

Não parece tão ruim.

Parece, sim. Além disso, eu teria de encontrar um telefone. Quando encontrasse, o que quer que estivesse acontecendo agora já poderia ter acabado. Eu poderia perder minha única oportunidade de...

De quê?

Empurrou a voz para longe. Depois abriu a porta. Tinha esperado que ela guinchasse estridentemente, mas se abriu com silêncio notável. Entrou na cozinha e deixou a porta aberta. Assim era melhor, para o caso de uma fuga rápida.

– Nancy? *Kathy?*

Levou a mão à boca. Não tinha querido dizer isso. Kathy não estava ali. Jessica desejava ardentemente que estivesse, mas teria sido simples demais. Kathy não estava ali. E, se estivesse, certamente não teria medo de abrir a porta para a irmã. Kathy. Sua irmã mais nova. A irmã que tinha sorriso luminoso. A irmã que ela amava...

A irmã que você deixou se afastar. A irmã em cuja cara você desligou o telefone, impaciente, na noite em que ela desapareceu.

Durante vários minutos Jessica apenas ficou na cozinha. Não ouvia qualquer som, exceto por aqueles grilos enlouquecedores. Nenhum barulho de água de torneira ou de chuveiro. Ninguém andando às pressas. Nenhum passo. Abriu a bolsa e pegou a carteira que estava dentro. Carteira de motorista e vários cartões de crédito – tudo em nome de Nancy Serat. Virou as abas até a parte de trás e parou de repente diante de uma foto.

A foto. A foto das colegas de irmandade. A última foto de Kathy.

Largou a carteira como se fosse um animal com escamas. Chega, disse a si mesma. Foi em direção à luz. Um dos seus pés deslizou para a frente, o outro o seguiu. Em questão de segundos, Jessica estava na entrada do outro cômodo. Havia uma fresta aberta, permitindo que a luz se projetasse. Ela empurrou a porta e entrou, agachada como um policial armado, preparando-se para o pior.

E o que viu foi mesmo o pior.

Cambaleou para trás.

– Meu Deus...

Nancy estava caída de costas, as mãos dos lados do corpo, os olhos projetados como duas bolas de golfe, encarando Jessica. O rosto era de um azul arroxeado, como um hematoma gigante. A boca estava escancarada e retorcida em pura agonia. A língua pendia para fora como um peixe morto. Todo o rosto de Nancy Serat ainda estava congelado numa expressão que gritava e implorava por oxigênio. Uma fina linha de saliva ainda molhada se grudava ao queixo.

Um cordão – não, era um fio metálico – estava enrolado no pescoço de Nancy, praticamente invisível. A maior parte dele havia cortado a pele e estava cravada na carne. Uma linha de sangue marcava o ponto onde o fio havia penetrado.

Jessica ficou olhando, perdida. O mundo desapareceu por vários instantes, deixando apenas um rastro de horror. Ela apagou da mente os passos rápidos de quando tocara a campainha. Esqueceu-se da pessoa que havia cruzado o facho de luz.

Não ouviu os passos se aproximando. Ainda presa à expressão no rosto de Nancy, incapaz de afastar os olhos, sentiu uma dor súbita e intensa na cabeça. Viu clarões brancos. O corpo se dobrou e tombou para a frente. Um torpor e um formigamento vieram em seguida.

E depois, nada.

25

O SUJEITO DO CHAPÉU SABIA o que estava fazendo.
– Fique alguns passos atrás de mim – rosnou para o homem do bigode.

No estacionamento, o do chapéu e o fortão (que, para felicidade de Myron, parecia ter perdido o emprego) tinham subestimado Myron. O do chapéu não cometeria o mesmo erro duas vezes. Não apenas mantinha os olhos e a arma fixos nele como estava se certificando de que Bigode, o novo parceiro, ficasse com Esperanza a uma distância segura.

Esperto.

Myron queria fazer alguma coisa, mas mesmo seu movimento mais preciso seria inútil naquela circunstância. Se conseguisse arrancar a arma do cara do chapéu, de jeito nenhum conseguiria virá-la para Bigode antes de o sujeito atirar nele ou em Esperanza.

Teria de ficar alerta e esperar. Sabia o que Bigode e o do chapéu pretendiam. Não tinham sido contratados para lhe pagar um sorvete, ensinar dança de salão ou mesmo espancá-lo. Não desta vez.

– Deixe-a ir – disse Myron. – Ela não tem nada a ver com isso.
– Continue andando – respondeu o do chapéu.
– Vocês não precisam dela.
– Andando.
– Talvez eu queira uma companhia para mais tarde – Bigode falou pela primeira vez, em tom de zombaria.

Em seguida parou e apertou a arma contra a bochecha direita de Esperanza enquanto lambia a esquerda – lambia de verdade, como uma vaca. Esperanza se enrijeceu. Bigode olhou para Myron.

– Seria um problema para você, meu chapa?

Myron sabia que as palavras eram supérfluas ou prejudiciais nesse estágio. Ficou de boca fechada.

Viraram uma esquina. O fedor de lixo era avassalador. A pilha tinha pelo menos dois metros de altura dos dois lados de um beco estreito. O do chapéu examinou rapidamente a área. Parecia abandonada.

– Anda – disse, dando outra cutucada em Myron com a arma. – Para o fim do beco.

Myron sentiu como se estivesse andando na prancha de um navio pirata. Tentou ir o mais devagar possível.

– O que vamos fazer com esta gata? – perguntou Bigode.

O do chapéu jamais afastava o olhar de Myron.

– Ela viu a gente. É testemunha.

– Mas a gente não foi contratado pra apagar ela – gemeu o Bigode.

– E daí?

– E daí que não vamos desperdiçar uma coisinha dessas – disse, sorrindo. – Ainda mais quando a gente pode comer ela primeiro.

Bigode riu da própria sugestão. O do chapéu, não. Ele deu um passo atrás, apontando a arma para as costas de Myron.

Myron se virou para encará-lo. Estavam separados por uns dois metros. Atrás de Myron ficava uma parede. Não havia rota de fuga. A janela mais próxima estava a pelo menos quatro metros do chão. Ele não tinha espaço para se mexer.

O do chapéu levantou a arma até que ela encarasse Myron. Myron não piscou. Olhou nos olhos do cara do chapéu.

E então eles sumiram. Os olhos do cara do chapéu sumiram. Junto com metade da cabeça.

A bala havia arrebentado o crânio, rachando a cabeça como se fosse um coco. Ele deslizou para o chão, o chapéu flutuando atrás.

Uma bala dundum.

Bigode gritou e largou a arma, erguendo as mãos.

– Eu me rendo!

Myron correu para a frente.

– Não! Ele se ren...

Mas outro tiro foi disparado. O rosto do Bigode sumiu num jorro de névoa vermelha. Myron parou, fechando os olhos. Bigode se juntou ao do chapéu no chão imundo. Esperanza correu para se abraçar a Myron. Os dois se viraram para a entrada do beco.

Win apareceu, examinando seu trabalho como se fosse uma estátua da qual não tinha certeza se gostava. Vestia terno cinza, a gravata vermelha ainda com o nó impecável. O cabelo louro estava arrumado, conservador, partido como sempre do lado esquerdo. As faces estavam rosadas e havia um leve sorriso no rosto. A 44 continuava em sua mão direita.

– Boa noite – disse ele.

– Há quanto tempo você estava aqui? – perguntou Myron.

Não tinha visto Win quando saíram do estúdio de Lucy, mas sabia que ele estava ali. Com Win, você simplesmente sabia. Era uma das constantes da vida.

– Cheguei quando vocês entraram naquele antro de má reputação – disse Win, com um sorriso. – Mas queria que minha entrada tivesse um ar de dramaticidade.

Myron soltou Esperanza.

– É melhor irmos andando – disse Win. – Antes que as autoridades cheguem.

Afastaram-se dos cadáveres em silêncio. Esperanza estava tremendo. Myron também não se sentia tão bem. Só Win não parecia perturbado pelo que ocorrera. Enquanto se aproximavam do carro, a mesma prostituta gorda vestida com o macacão apertado demais se aproximou de Win.

– Ei, querido, quer um boquete? Cinquenta pratas.

Win olhou para ela.

– Preferiria que meu sêmen fosse sugado por um cateter.

– Tudo bem – disse a garota. – Quarenta pratas.

Win gargalhou e continuou andando.

26

– TODAS AS UNIDADES: ACRE STREET, 118. Todas as unidades: Acre Street, 118.

Paul Duncan ouviu o chamado em seu rádio da polícia. Estava a poucos quarteirões do local, mas aquela não era a sua área. Longe disso. Ele certamente não poderia atender. Só atrairia atenção e incitaria perguntas. Perguntas do tipo: o que ele estava fazendo ali?

As peças começavam a se encaixar. Fred Nickler, o editor daquelas revistas baratas, havia ligado mais cedo para ele. O que Fred dissera a Paul explicava muita coisa. Não tudo. Nem de longe. Mas agora ele entendia o comportamento de Jessica na outra noite. Ela ficara sabendo sobre a foto de Kathy. Myron Bolitar devia ter contado.

Mas como Myron havia obtido um exemplar?

Não importava. Não, mesmo. O que importava agora era que Myron Bolitar estava envolvido. Não podia subestimá-lo. Jessica já era um pé no saco grande o bastante. Mas agora tinha Myron a seu lado e provavelmente Win Lockwood, o psicótico da dupla dinâmica. Paul sabia um pouco sobre o antigo trabalho deles com os federais. Não muito. Myron e Win só prestavam contas ao alto escalão do governo. O trabalho dos dois era quase sempre secreto. Mas Paul conhecia a reputação deles. Isso bastava.

Um carro da polícia passou rapidamente, com as sirenes berrando. Provavelmente indo para o número 118 da Acre Street. Paul aumentou o volume do rádio. Queria ouvir cada palavra que dissessem.

Pensou se deveria ligar para Carol, mas o que poderia lhe dizer? Ela não fora específica ao telefone, só contara sobre o recado de Nancy para Jessica. Então o que Jessica sabia? Como havia descoberto?

E o que Carol acabaria sendo pressionada a dizer?

Duas ambulâncias passaram a toda a velocidade por ele. Também tinham as sirenes em volume total. Paul engoliu em seco. Queria parar o carro, mas queria ainda mais ir para o mais longe possível.

De novo Paul Duncan pensou em seu amigo Adam Culver. Morto. Assassinado. Com tudo que havia acontecido, Paul não tivera tempo de ficar de luto.

É, luto.

Isso podia parecer estranho – Paul Duncan de luto por Adam Culver. Sobretudo levando-se em conta como Adam havia passado as últimas preciosas horas de sua vida.

◆ ◆ ◆

Win e Myron deixaram Esperanza diante do apartamento que ela dividia com a irmã e a prima na parte leste de Greenwich Village. Myron a acompanhou até a porta.

– Você está bem?

Ela confirmou com a cabeça. Seu rosto estava de uma palidez mortal. Não havia falado uma palavra desde os tiros.

– O Win... – tentou dizer.

Ela parou, balançou a cabeça. Demorou um minuto inteiro para se controlar.

– Ele nos salvou – disse, por fim. – Acho que é isso o que importa.

– É.

– Vejo você de manhã.

Myron retornou ao carro. Ligou para Jessica. Ela ainda não estava em casa, mas Myron conseguiu acordar a mãe dela.

Então foi com Win até uma lanchonete 24 horas na Sexta Avenida – uma daquelas lanchonetes gregas com menu do tamanho de um romance de Tolstói. Win era vegetariano. Pediu uma salada e fritas. Myron pediu uma Coca diet. Não conseguiria comer.

Depois de se acomodarem, Myron perguntou:

– O que aconteceu com o Chaz?

Win estava mexendo em um cesto de pão dormido. Seu rosto registrou seu desprazer, e ele acabou se decidindo por um pacotinho de biscoitos salgados.

– O Sr. Landreaux foi direto de nosso respeitado escritório para um prédio na Quinta Avenida, número 466. Pegou o elevador até o oitavo andar, que é alugado por Roy O'Connor e a TruPro Empreendimentos. Quando Landreaux entrou no elevador, estava com o contrato apertado entre as patas. Quando saiu, o contrato já não era visível. Não tinha bolsos em que pudesse guardar tal documento. Conclusão: o Sr. Landreaux entregou o contrato a alguém na TruPro Empreendimentos.

– Seus poderes de dedução... – disse Myron. – Em uma palavra: incríveis.

Win sorriu.

– Presumo que você esteja se sentindo melhor.

Myron deu de ombros.

– Nós dois não somos iguais – acrescentou Win. – Você chama de execução o que eu fiz. Eu chamo de extermínio de pragas.

– Você não precisava matá-lo.

– Eu *queria* matá-lo – disse Win monotonamente. – E duvido que qualquer um de nós vá lamentar a morte dele por muito tempo.

Verdade, mas discutir o assunto não estava tranquilizando Myron. Preferia deixá-lo de lado.

– Aonde o Chaz foi depois da TruPro?

Win deu uma mordida delicada no canto do biscoito.

– Antes de entrar nesse assunto, devo observar que, ao sair do prédio, o Sr. Landreaux foi acompanhado por um homem grande que se encaixa na descrição do seu amigo Aaron. Grande. Confiante. Atlético. Terno sem camisa. Óculos escuros, apesar de o sol já ter se posto.

– Parece o Aaron.

– Os dois se separaram na rua. Aaron entrou numa limusine. Chaz Landreaux andou até o Hotel Omni.

– Que Omni? – perguntou Myron. Havia vários em Manhattan.

– O que fica perto do Carnegie Hall. Landreaux se encontrou com a mãe no saguão. O encontro dos dois foi bastante comovente. Mãe e filho se abraçaram. Os dois estavam chorando.

– Hum...

A garçonete chegou com a comida e a bebida. Pousou-as na mesa, coçou a bunda com um lápis e voltou à cozinha.

– E aonde eles foram depois?

– Subiram. Pediram serviço de quarto.

Myron pensou um momento.

– O que a mãe do Chaz está fazendo fora da Filadélfia?

– Eu presumiria – disse Win, pegando um guardanapo e abrindo-o no colo –, baseado no desespero de ambos, que Frank Ache pegou Chaz Landreaux usando uma pessoa da família.

– Sequestro?

Win deu de ombros.

– É uma possibilidade. Frank acaba de mandar dois homens matarem você. Duvido muito que ele tivesse escrúpulos em fazer um sequestro em um bairro pobre.

Silêncio.

– Estamos mexendo em um vespeiro – disse Myron.

– Estamos. Um vespeiro dos grandes.

Chaz tinha uma família grande. Se Frank quisesse mesmo atingi-lo, pegaria um dos irmãos.

– Vamos resolver isso amanhã – disse Myron. – Marquei um encontro com Herman Ache. Duas horas. No lugar de sempre.

– Eu devo comparecer?

– Sem dúvida.

Win comeu sua salada.

– Você sabe que isso não vai ser fácil.

Myron assentiu.

– Herman Ache não gosta de intervir nos negócios do irmão.

– Eu sei.

Win pousou o garfo.

– Se você me permitir a ousadia de uma sugestão...

– Estou ouvindo.

– Frank Ache mandou dois profissionais atrás de você. A morte deles não vai dissuadi-lo de tentar de novo.

– Ahã. E qual é a sua sugestão?

– Evitar as perdas. Fazer uma troca. Você deixa que eles fiquem com o Landreaux. Eles cancelam o prêmio pela sua cabeça.

– Não posso fazer isso.

– Pode. Mas está optando por não fazer.

– Mera questão de escolha de palavras.

– Você não precisa ajudá-lo.

– Eu *quero* ajudá-lo.

Win suspirou.

– Devemos tentar iluminar até mesmo os que preferem permanecer na escuridão. Você já tem um plano?

– Ainda estou trabalhando nisso.

– Arduamente?

Myron assentiu.

– Nesse meio-tempo – disse Win –, o que descobriu com a fotógrafa?

Myron o colocou a par do encontro com Lucy.

– E quem comprou as fotos?

– Um nome me vem à mente – respondeu Myron.

– Quem?

– Adam Culver.

– O pai de Kathy?

Myron assentiu.

– Pense bem. O comprador tinha mais de 50 anos. Quis todas as cópias e todos os negativos no ato. Não deixou nada ao acaso.

– Um pai protegendo a filha?

– Faz sentido – disse Myron.

– Mas Kathy estava desaparecida havia mais de um ano. Como Adam Culver de repente ficou sabendo sobre as fotos?

– Talvez soubesse o tempo todo.

– Então por que demorou tanto para comprá-las?

Myron deu de ombros.

– Saberemos mais amanhã. Vou mandar Esperanza ao estúdio com uma foto de Adam Culver, para ver se Lucy o reconhece.

Win comeu mais um pouco de salada.

– É uma evolução bem estranha para o caso.

– É.

– Mas... – Win começou a dizer, mas parou para terminar de mastigar. – Eis um detalhe que talvez você não tenha considerado: se Adam Culver comprou todos os negativos e fotografias para proteger a filha, como uma foto foi parar naquela revista?

Myron havia considerado. Só não tinha resposta.

A garçonete voltou trazendo a conta. Myron pagou pelos dois. No total, 8,50 dólares. A generosidade em pessoa. Foram para o norte de Manhattan. Win morava no edifício San Remo, de frente para o Central Park West. Muito chique. Estavam na Rua 72 quando o telefone do carro tocou.

Myron olhou seu Swatch colorido. Presente de Esperanza.

Passava da meia-noite.

– Meio tarde para ligarem para seu carro – observou Win.

Myron atendeu.

– Alô?

A voz foi rápida.

– Bolitar, é o Jake Courter. Venha correndo para o Hospital St. Barnabas, em Livingston, agora.

– O que aconteceu?
– Só venha para cá. Agora.

27

– Recebemos o chamado por volta das onze e meia – disse Jake, levando Myron pelo saguão do St. Barnabas. A expressão no rosto de Jake era impassível, os olhos vermelhos e inchados. Passaram rapidamente pelo balcão circular da recepção e esperaram um elevador.
– Jessica está bem? – perguntou Myron.
– Vai ficar – respondeu. Depois Jake acrescentou: – Gostaria de poder dizer o mesmo sobre Nancy Serat.
– O que aconteceu?
– Foi estrangulada com um fio de aço.
O elevador chegou. Jake apertou o botão do quinto andar.
– Quando ninguém atendeu a porta, Jessica entrou pelos fundos. O assassino ainda devia estar lá. Ele a nocauteou e fugiu. Quando ela voltou a si, ligou para nós. Eu diria que ela teve bastante sorte em não ter sido morta.
A porta do elevador se abriu com um *ding*.
– Em que quarto ela está? – perguntou Myron.
– No 515.
Myron disparou pelo corredor. Virou a esquina. Jessica estava na cama, o rosto cinzento. Havia um médico ao lado, preparando uma injeção. Jake chegou atrás de Myron mas ficou perto da porta.
A voz dela estava engrolada.
– Myron?
– Estou aqui – disse ele, segurando sua mão. Ela parecia pequena, frágil e sozinha. – Não vou embora.
O médico aplicou a injeção.
– Você precisa descansar – disse ele.
– Estou bem – insistiu Jessica, sem forças. – Quero ir embora.
– Achamos melhor você passar a noite aqui em observação.
– Mas...
– Escute o que ele diz, Jess – interrompeu Myron. – Não há nada que possamos fazer esta noite.
A droga começou a fazer efeito. Os olhos dela estremeceram.

— Nancy...

— Tudo bem — tranquilizou Myron.

— O rosto dela estava azulado.

— Shhh.

Jessica deslizou para a inconsciência. Myron olhou para o médico.

— Ela vai ficar bem?

— Vai. Acho que o choque pelo que viu foi muito pior do que a pancada na cabeça.

Jake pôs a mão no ombro de Myron.

— Venha, eu pago o café.

— Quero ficar aqui.

— Você pode voltar depois. Agora temos de conversar.

Myron olhou para Jessica. Caíra em um sono profundo.

— Ela vai dormir um tempo — garantiu o médico.

Seguiram em silêncio pelo corredor e pegaram o elevador de volta ao saguão. O lugar tinha cheiro de hospital — aquela mistura única de antisséptico e comida hospitalar. Win havia estacionado o carro e agora estava sentado na recepção. Levantou-se ao vê-los.

— Aquele é o seu amigo Win? — perguntou Jake, indicando com o queixo. — O tal de quem P.T. me falou?

— É.

— Diga para ele ficar aqui. Quero falar com você a sós.

Myron fez um sinal para Win, que assentiu e sentou-se de novo, pegando um jornal e cruzando as pernas. Jake olhou-o por um minuto.

— Ele é tão maluco quanto o P.T. diz?

— É isso aí.

— Venha.

Pegaram o café e encontraram uma mesa no canto.

— A perícia está examinando a casa de Nancy. Eles vão me mandar um bip se acharem alguma coisa.

— E o que você sabe até agora? — perguntou Myron.

— Não muita coisa. Nancy passou os últimos dias em Cancún, presente de formatura dos pais.

— Eles já sabem?

Jake balançou a cabeça.

— Vou lá depois de conversarmos.

Silêncio. Jake o quebrou:

— E como Jessica se envolveu nisso?

– Ela queria que eu investigasse o assassinato do pai. Não engolia a versão de que ele fora morto num assalto que deu errado.

Jake assentiu.

– Ela achava que o assassinato do pai tinha algo a ver com a irmã – concluiu o policial.

– É.

– Foi o que pensei. Estou com o dossiê no carro.

Myron ergueu o corpo.

– O dossiê do homicídio de Adam Culver?

– Não sou idiota, Bolitar. Você começou a investigar depois de 18 meses. Por quê? Tinha de ser o assassinato do pai. Você viu alguma ligação entre o caso dele e o da filha. Mas vou ser honesto. Eu não vejo. Naquele dossiê, não há nada que ligue os casos. Há algumas incoerências, talvez. Mas nenhuma ligação.

– Que tipo de incoerências?

– Adam Culver deveria estar em Denver quando foi morto. Num congresso de médicos-legistas no Hyatt Regency. Mas não apareceu lá, perdeu o voo de manhã.

– O dossiê diz o motivo?

– Adam não se sentiu bem. Explicação razoável.

– Quem contou isso?

– A mulher dele.

Pausa.

– O que mais?

– Mais nada. A cena do crime era uma rua calma, bem comum. Ele levou uma facada no coração.

– O que ele estava fazendo na rua?

– A esposa disse que ele foi fazer compras numa mercearia.

Myron pensou nisso por um momento.

– Coisa estranha para fazer quando você não está se sentindo bem.

– É, isso é fácil de dizer agora, aqui, sentados. Mas os policiais estavam atrás de um assaltante. Ninguém realmente deu a mínima para um voo perdido ou o que isso poderia significar.

– Há alguma testemunha do assassinato?

– Nenhuma. O dossiê é bem inconsistente.

Jake se inclinou para a frente encarando Myron, que não desviou o olhar.

– Agora – disse Jake lentamente – comece a falar. E não me venha com aquela história de "não quero que ninguém se machuque". É tarde demais para isso. Por que, afinal, você está envolvido nisso?

– Já disse. Jessica.

Jake se inclinou mais para a frente até que os rostos ficassem separados apenas por alguns centímetros.

– Pare de me enrolar – rosnou. – Não sou cego. Dá para ver que Jessica Culver é um mulherão. Mas não comece com aquele papo de que você decidiu deixar tudo de lado para ajudá-la. Você não está tão na pior assim.

– Também havia o Christian a considerar – disse Myron.

– O que ele tem a ver?

– É o meu principal cliente. Ainda está perturbado com o desaparecimento da noiva.

Jake soltou uma fungadela.

– É, pode apostar.

– O que você quer dizer com isso?

– Quero dizer que não estou convencido de que Christian seja completamente inocente.

– Mas você disse que o teste de DNA do sêmen...

– Não estou dizendo que ele a estuprou.

– Então está dizendo o quê?

– Que ele pode estar envolvido. Seu cliente não tinha um álibi sólido para a hora do desaparecimento. Ele diz que foi para cama às 11 da noite, mas ninguém pode confirmar.

– Ele tem um quarto individual – respondeu Jake. – Quem vai confirmar que ele estava na cama, se ele mora sozinho?

– É suspeito.

– Como? Kathy Culver foi vista entrando no vestiário do time depois das 10 da noite, certo?

Jake assentiu.

– E você sabe que Christian estava em reunião com o assistente técnico até as 10h30 – continuou Myron. – Isso foi confirmado.

– Mas o álibi termina aí.

– Depois disso ele foi para cama. Kathy foi vista andando do outro lado do campus às 11h. Não vejo nenhuma ligação.

– Talvez não haja – disse Jake simplesmente. – Mas ele é o namorado. O namorado sempre é um suspeito importante. E tem outra coisa.

– O quê?

– Os colegas de time dele.

– O que é que tem?

Jake terminou de tomar o café. Bateu no fundo do copinho para beber as últimas gotas.

– Eles cooperaram, acho, mas as declarações de alguns deles foram tremendamente vagas. Nada que eu pudesse identificar, mas alguns pareciam mais nervosos do que deveriam. Como se estivessem encobrindo alguma coisa. Como se talvez, somente talvez, estivessem protegendo o *quarterback* astro antes do grande jogo.

Só que ninguém do time gostava de Christian, pensou Myron. Os colegas não iriam se esforçar para protegê-lo. Na verdade, fariam o contrário.

Então por que estariam nervosos?

Jake se recostou e sorriu, mudando de tática.

– Agora, Myron, eu estou sendo um amor, não é? Contei tudo o que sei e você ainda está me embromando. Isso não é legal. Alguma coisa, que você ainda não me contou, colocou uma bela pulga atrás da sua orelha. Bom, eu visitei nosso amigo, o vice-reitor Gordon, há poucas horas, como você sugeriu. O sujeito foi cordial, amigável, nem um pouco metido a besta. O que não faz o gênero dele. Na verdade, acho que ele estava se cagando de medo. E por quê?

– Ele contou alguma coisa?

– Ah, ele foi muito solícito. Kathy era uma garota maravilhosa, aluna exemplar, trabalhadora, blá-blá-blá. Ah, é. Também disse que sua ex-namorada lhe fez uma visita. E parece que lhe pediu os arquivos da irmã. Veja só.

– Nós estávamos tentando obter o máximo de informação possível.

– Sobre o quê?

Myron olhou para seu café. Parecia água de esgoto.

– Na manhã em que foi assassinado, Adam Culver visitou Nancy Serat.

Os olhos de Jake se arregalaram um pouco.

– Como você sabe disso?

– Nancy deixou um recado na secretária eletrônica de Jessica, marcando um encontro para hoje, às 10 da noite. Também disse que tinha visto Adam Culver na manhã do assassinato.

– Jesus Cristo! – exclamou Jake, cruzando os braços e pousando-os na barriga. – Então Adam Culver visita Nancy Serat de manhã. Descobre alguma coisa. Alguma coisa importante. Tão importante que o faz cancelar a viagem.

– Tão importante – acrescentou Myron – que o leva à morte.

Jake assentiu, pensativo.

– Então o assassino precisa se livrar da fonte.

– Nancy Serat.

– Certo – disse Jake. Então parou um instante. – Mas eu interroguei a garota durante horas. Perguntei tudo...

Sua voz sumiu e uma sombra atravessou seu rosto. Myron sabia o que ele estava pensando. Qualquer policial que valesse alguma coisa estaria se fazendo as mesmas perguntas. Será que eu fiz merda? Deixei alguma coisa escapar? A garota está morta por minha causa?

– Se Nancy sabia de algo tão importante – disse Myron –, o assassino não teria esperado oito meses para silenciá-la. Acho que a coisa é um pouco mais complicada do que estamos pensando. Acho que Adam Culver já havia juntado a maior parte do quebra-cabeça. Nancy tinha a última peça, uma peça que, em si, não significava nada para ninguém. A não ser para Adam Culver.

– Você está dizendo isso só para eu me sentir melhor?

– Não. É como vejo a coisa. Se achasse que você havia feito merda, diria.

– Você não viu o corpo dela – disse Jake baixinho. – Estrangulamento não é uma coisa bonita. A porcaria do fio quase a decapitou. Não é a melhor morte que se pode ter, Myron.

Jake parou e balançou a cabeça:

– Depois de ver aquilo, sei o que Jessica também está pensando, porque fico me perguntando a mesma coisa.

– O quê? – perguntou Myron.

– Será que Kathy teve um destino semelhante?

Silêncio. Myron tomou um gole do café. Já estava frio, mas ele não reclamou. Café frio com jeito de água de esgoto parecia combinar com a situação.

– P.T. me contou tudo sobre você – recomeçou Jake. – Disse que você era inteligente e que eu podia confiar em você. Ele não fala isso sobre muitas pessoas. Disse que você e o tal de Win estão entre os melhores que existem. Que são um pouco rebeldes demais, mas nesse momento isso pode ser útil para mim. Sou policial. Preciso seguir as regras. Você, não. Isso facilita as coisas para você. Mas estamos falando do meu território, e não vou ficar parado que nem uma porra de um figurante de cinema.

Ele pôs as mãos na mesa. Eram grandes, calosas e não tinham anéis.

– De modo que quero que você me conte tudo, Myron. Agora. Só você e eu. A coisa não vai sair daqui, dou minha palavra. Não esconda nada. Entendeu?

Myron assentiu.

– Então comece a falar, garoto. Sou todo ouvidos.

Myron pegou a revista e a entregou a Jake.

– Tudo começou com isto.

28

Os JORNAIS DA MANHÃ SEGUINTE não faziam qualquer menção ao assassinato de Nancy Serat, mas o rádio estava começando a noticiar o caso de uma mulher assassinada. Era só questão de tempo. Myron pegou a Rota 280 para o leste até virar na New Jersey Turnpike em direção ao norte. Estrada pitoresca. Num dia bonito, era como dirigir através do oeste de Beirute. O problema é que as pessoas faziam um julgamento injusto de Nova Jersey baseadas nessa estrada. Era como avaliar a beleza de uma mulher pelo tamanho de seus pés.

O rádio tocava Billy Joel, que declarava "eu te amo do jeito que é". Fácil de falar quando se é casado com Christie Brinkley.

A saída 16 oeste levou-o diretamente para o estacionamento em Meadowlands. Intrigas e assassinatos eram pura diversão, mas o que pagava as contas era agenciar atletas. Ele tinha um encontro com Otto Burke, que estava esperando a resposta à sua exigência com relação ao contrato de Christian. Myron havia preparado uma.

Tinha passado a noite no hospital com Jessica, tentando ficar confortável numa poltrona que poderia servir de instrumento de tortura medieval. Mas não se incomodou. Gostava de vê-la dormir. Trazia lembranças. Ele mantinha a esperança de que um dia dormissem juntos de novo, mas a noite anterior não fora bem o que tinha em mente.

Jess havia acordado duas horas atrás. Brigando. Irritada. Exigindo. Ou seja: novinha em folha. Antes que seu irmão, Edward, a levasse para casa, Myron contou a ela tudo o que sabia – principalmente sobre a ida ao estúdio de Lucy. Ela lhe deu uma foto do pai para mostrar a Lucy.

Myron ficou surpreso ao ver que Jessica andava com uma foto do pai na carteira. Mas ficou muito mais surpreso ao captar um rápido vislumbre de uma fotografia tirada quatro verões atrás – que ela tentou passar sem que ele visse. Mas ele viu e se lembrou do momento exato em que fora tirada. O último fim de semana deles em Martha's Vineyard. Só os dois. Bronzeados, felizes, relaxados. Um churrasco na casa de veraneio de Win. O auge antes da inevitável queda.

Myron não teve chance de trocar de roupa. Parecia ter passado a noite dentro de um cesto de lavanderia.

Otto o esperava em seu camarote no estádio do Titans. Larry Hanson estava com ele. Otto cumprimentou Myron com um aperto de mão ossudo e um sorriso largo. Radiante como um raio de sol. Larry lhe deu um aceno rápido. Não encarou Myron. Não era de espantar. Larry Hanson era um sujeito durão, grosseiro até, mas tentava jogar limpo. Não gostava de trapacear e não aprovava o que Otto estava fazendo. Na verdade, parecia preferir se fundir com a parede e desaparecer.

– Por favor, Myron – disse Otto, abrindo os braços como um apresentador de programa de TV recebendo seus convidados da noite. – Sente-se onde quiser.

– Sempre um anfitrião perfeito, Otto.

– Eu tento, Myron. Obrigado por notar.

– Sarcasmo, Otto. Isso se chama sarcasmo.

Otto manteve o sorriso iluminado. Seu cavanhaque era exatamente o mesmo de sempre, nunca mais fechado ou mais ralo. Devia apará-lo todo dia, pensou Myron. Sentaram-se em duas cadeiras viradas para o campo. Linha das 50 jardas. Qualquer torcedor mataria por aqueles lugares. Lá embaixo, os jogadores estavam espalhados no campo. Myron viu Christian andando para a lateral. Estava sem capacete, a cabeça erguida. Christian não sabia do assassinato de Nancy Serat – o nome dela não fora divulgado –, mas logo, logo os jornalistas estariam em cima dele. Myron só podia protegê-lo até certo ponto, mas tinha esperanças de que a notícia da assinatura do contrato captasse a maior parte da atenção da imprensa.

– E então? – disse Otto batendo palmas. – Está pronto para assinar?

Lá embaixo no campo, Christian estava sendo apresentado a um punhado de homens de cabelo comprido. Myron os reconheceu de um vídeo da MTV. Eram a última descoberta da Gravadora Otto. Um grupo chamado StillLife. Som bom, mas será que tinham o talento cru do, digamos, Corrimento?

– Claro – disse Myron. – É tudo o que queremos.

– Ótimo. Eu trouxe uma caneta.

– Que prático! Eu trouxe um contrato.

Myron o entregou a Otto, que leu rapidamente. Sua boca estava sorrindo, mas os olhos se estreitaram. Otto passou o papel a Larry Hanson.

– Estou confuso, Myron. Isso se parece com sua última oferta.

– Muito observador, Otto.

– Achei que tínhamos um acordo.

– E temos. Aí está.

– Acho que você está esquecendo – ele fez uma pausa, procurando a palavra certa – a súbita desvalorização do Christian.

– Você faz com que ele pareça uma moeda estrangeira.

Otto gargalhou. Olhou para Larry como se dissesse: ria também. Larry só conseguiu esboçar um sorriso.

– Certo, Myron, vou aceitar isso. Todos nós, até certo ponto, somos mercadorias. Mas seu cliente está avaliado num câmbio desfavorável.

– Obrigado por continuar com a metáfora, Otto, mas não vejo a coisa desse modo.

Myron olhou para Larry Hanson.

– Como ele tem se saído em campo, Larry?

– Bom, é muito cedo – respondeu Larry, pigarreando. – Realmente não dá para dizer muito, depois de um período tão curto.

– Mas se você tivesse de avaliá-lo até agora?

Outra pigarreada.

– Só digamos – respondeu ele – que o desempenho de Christian não tem decepcionado.

– Aí está – disse Myron, igualando seu sorriso ao de Otto. – O valor dele no mínimo aumentou com seu desempenho em campo. Agora vocês têm um belo gostinho do potencial dele. Não vejo como poderiam pedir que baixássemos o preço.

Otto se levantou, assentindo. Cruzou as mãos às costas e andou até o bar.

– Aceita uma bebida, Myron?

– Você tem algum achocolatado?

– Não, não tenho.

– Então, não.

Ele se serviu de um 7-Up. Não perguntou se Larry Hanson queria alguma coisa.

– Vou admitir – disse Otto – que o desempenho de Christian tem sido bem impressionante até agora, mas devo alertá-lo, Myron, e a você também, Larry, de que há uma grande diferença entre treino e jogo, entre a maneira como um atleta se apresenta enquanto está apenas praticando e a forma como reage sob pressão.

Myron e Larry trocaram um olhar. O olhar dizia: babaca pretensioso.

– Mas também me deixe acrescentar – continuou Otto – que nosso produto depende de mais do que simplesmente desempenho. Se, por exemplo, nosso time vencesse o Super Bowl mas também estivesse envolvido num grande escândalo de sexo ou drogas, o valor geral do produto declinaria.

– Pode demonstrar isso com um gráfico? – perguntou Myron. – Não sei se entendi.

– Quero dizer que a fotografia naquela publicação de baixo nível faz com que Christian valha menos dinheiro para nós.

– Mas não é uma foto dele.

– É uma foto da noiva dele.

– Ex-noiva.

– Ex-noiva que desapareceu em circunstâncias misteriosas.

– Christian e eu estamos dispostos a correr o risco. Foi numa publicação pequena. Até agora a coisa não foi divulgada. Não achamos que será.

Otto bebericou seu 7-Up. Pareceu gostar – chegou a acrescentar um "aaah" como se estivesse gravando um comercial.

– Mas a imprensa pode descobrir.

– Acho que não. Discuti isso com o Christian. Nós dois achamos a mesma coisa.

– Então são dois idiotas.

A fachada de Otto começava a cair.

– Ora, Otto, isso não foi muito gentil.

A fachada se ergueu de novo, suave como uma janela elétrica de carro.

– Deixe-me lembrá-lo de nossa discussão anterior sobre esse mesmo assunto, Myron. Veja se consegue entender. Você pega nosso acordo e diminui 30% do valor. Senão, a foto *au naturel* da Srta. Culver vai a público, arruinando a carreira de patrocínios do seu cliente.

– Mas ele não fez nada, Otto. É só uma foto de Kathy Culver.

– Não importa. Os anunciantes não gostam de absolutamente nenhuma controvérsia. Lembre-se, Myron: nos negócios, a aparência é muito mais importante do que a verdade.

– Aparência versus verdade. Preciso anotar isso.

Otto pegou outro contrato.

– Assine aqui – disse. – Agora.

Myron apenas sorriu para ele.

– Assine, Myron. Ou eu arruíno você.

– Não creio, Otto.

Myron começou a desabotoar a camisa.

– O que você acha que está fazendo?

– Não fique excitado, Otto. Vou parar depois do terceiro botão. Só vou abrir o bastante para lhe mostrar isto.

Ele apontou para o pequeno microfone no peito.

– Que mer...?

– É um microfone, Otto. Vai até um gravador preso no cinto. Pode divulgar a foto, você é quem sabe. Isso pode prejudicar o Christian ou não. Em contrapartida, eu vou divulgar a fita. Também vou processar você por qualquer dano que Christian sofra por conta das suas ações. E, claro, vou me assegurar de que você seja preso por chantagem e extorsão.

Myron sorriu.

– Eu sempre quis ter uma gravadora – completou. – As gatas adoram isso, não é, Otto?

Otto olhou-o com frieza.

– Larry?

– Sim, senhor Burke.

– Tire a fita dele. À força, se necessário.

Myron olhou para Hanson.

– Você é um cara grande, Larry. E sei que foi um dos *fullbacks* mais durões que esse esporte já conheceu. Mas se sair dessa cadeira eu vou deixá-lo engessado da cabeça aos pés.

Larry Hanson meramente assentiu. Não ficou com medo, mas também não saiu de onde estava.

– Nós somos dois – insistiu Otto. – Eu posso chamar os seguranças para ajudar.

– Acho que não, Sr. Burke – disse Larry, quase sorrindo. – E não creio que alguns seguranças vão amedrontá-lo muito. Vão, Myron?

– É pouco provável.

– Acho que deveríamos assinar o contrato dele, senhor Burke. Seria o melhor para todos.

– Até redigi um material para a imprensa – disse Myron. – Diz como Christian está feliz em jogar em um time tão notável e de boa reputação como o Titans.

Otto pensou por um momento.

– Se eu assinar, você entrega a fita?

– É pouco provável.

– Por quê?

– Você fica com a revista e eu fico com a fita. Pense nisso como nosso pequeno equilíbrio de forças. Um retorno à guerra fria.

– Mas você tem minha palavra...

– Por favor, Otto, dói quando eu rio demais.

Otto pensou um momento. Estava abalado mas calmo. Ninguém chega tão jovem ao nível em que ele estava sem aprender com alguns tombos.

– Myron?

– Sim.

– Mal posso dizer como nós, do Titans, estamos empolgados em ter conosco Christian Steele, o *quarterback* do futuro.

– É só assinar, Otto.

– O prazer é meu, Myron.

– Não, Otto. É meu.

Otto assinou. Myron e Otto apertaram as mãos. O trato estava feito.

– Vamos encarar a imprensa juntos, Myron?

– Parece maravilhoso, Otto.

– Há um chuveiro aqui embaixo. Posso providenciar um kit de barbear, se quiser.

– É muita gentileza sua.

O sorriso de Otto estava de volta. O sujeito nunca ficava por baixo durante muito tempo. Ele pegou o telefone.

– Christian Steele assinou – disse. Depois, olhando de volta e piscando para Myron, acrescentou: – Com o maior salário já oferecido a um novato.

Myron piscou de volta e ergueu os polegares. Amigos de infância. Olhou o relógio. Só haveria tempo suficiente para tomar um banho e participar da coletiva antes de voltar à cidade para o encontro com Herman Ache.

Não fazia ideia de como enfrentaria os malignos irmãos Ache. Mas ainda estava trabalhando nisso. Arduamente.

29

JESSICA CHEGOU À CASA EM RIDGEWOOD às 10 horas. O médico tinha pedido mais alguns exames de manhã. Jessica se negara a fazê-los. No fim, chegaram a um acordo: Jessica prometera ir ao seu consultório em algum momento da semana. Edward a levara para casa em silêncio.

Quando chegaram, Jessica notou que o carro da mãe não estava na entrada. Que bom. Não estava muito a fim de enfrentar histeria de mãe ainda por cima. Jessica havia insistido em que ninguém contasse a Carol sobre o incidente da noite anterior. A mãe já estava com coisas suficientes na cabeça. Não havia motivo para perturbá-la sem necessidade.

Foi direto para o escritório do pai. Ele havia descoberto alguma coisa, estava claro. Eram muitos acontecimentos estranhos ao mesmo tempo. Ele havia visitado Nancy Serat na manhã em que morreu. Tinha faltado a um congresso de legistas em Denver porque não se sentia bem – algo que ele nunca faria. Talvez até tivesse comprado fotos de Kathy nua.

Não era preciso ser Sherlock Holmes para perceber que algo estava estranho.

Acendeu a luz, iluminando a sala de um modo um tanto forte demais para seu gosto. Regulou a intensidade no dimmer. Edward estava mexendo na geladeira no andar de baixo.

Começou a remexer nas gavetas do pai. Não fazia ideia do que estava procurando. Talvez uma caixinha com PISTA-CHAVE rabiscado em cima. Seria bom. Tentou não pensar em Nancy Serat, no rosto azul congelado de terror, mas o pensamento continuou ancorado à sua frente. Visualizou coisas mais agradáveis, como acordar e ver Myron dobrado na poltrona do hospital como um contorcionista do Cirque du Soleil. A imagem a fez sorrir.

Na gaveta do arquivo encontrou uma pasta onde estava escrito CC. A conta consolidada de seu pai no Merrill Lynch. Pegou-a. O extrato de uma conta consolidada é um instrumento financeiro de grande beleza. Tudo num relatório só: suas ações, aplicações, juros recebidos, cheques, transações com o cartão. Jessica também tinha uma.

Verificou as cobranças e os cheques debitados no último extrato. Nada incomum. O problema era que o extrato terminava três semanas atrás. Precisava de algo mais recente.

Folheou até a última página. Embaixo, em letras pequenas, estava escrito: "Você tem um caractere alfabético no número de sua conta do Merrill Lynch. Por favor, use nove-oito-dois-três-três-quatro para acessar os dados consolidados de sua conta.

Dados consolidados. O atendimento eletrônico do banco. Ela já havia usado esse serviço, sempre que tinha alguma dúvida a respeito de sua conta. Digitou o número e ouviu imediatamente uma voz gravada:

"Bem-vindo ao atendimento eletrônico do Merrill Lynch. Digite o número de sua conta e a senha de acesso."

Jessica digitou.

"Escolha uma opção. Você pode interromper o atendimento a qualquer instante. Para saldo e limites, digite um. Para informações sobre cheques compensados, digite dois. Para últimos lançamentos, digite três. Para transações mais recentes com Visa, digite seis."

Ela decidiu começar com o cartão e depois olhar os cheques. Apertou o seis.

A voz disse:

"Em 28 de maio, compra com Visa no valor de 28,50 dólares. Em 28 de maio, compra com Visa no valor de 14,75 dólares."

A máquina não dizia onde as compras tinham sido feitas. Também não informava em nome de quem os cheques haviam sido descontados. Saber apenas as quantias não iria adiantar de nada.

"Em 27 de maio, compra com Visa no valor de 3.478,44 dólares."

Jessica congelou. Três mil dólares? Para quê? Desligou, apertou o botão de rediscar e colocou o número de acesso da conta.

"Escolha uma opção."

Desta vez apertou o zero para falar com um atendente.

– Bom dia – cantarolou uma mulher de voz agradável. – Em que posso ajudar?

– Há uma cobrança do Visa na minha conta, de mais de 3 mil dólares. Gostaria de saber de onde é.

– O número da conta, por favor?

– Nove-oito-dois-três-três-quatro.
Houve alguns cliques de teclado ao fundo.
– Seu nome, por favor – pediu a atendente.
Jessica olhou o extrato. Era conta conjunta, graças a Deus.
– Carol Culver.
– Só um momento, Sra. Culver.
Mais cliques.
– Pronto: 3.478,44 dólares. Loja Olho Espião, em Manhattan.
Olho Espião? Que merda era essa?
– Obrigada – disse Jessica.
– Mais alguma coisa hoje, Sra. Culver?
– Sim. Meu marido e eu temos todos os registros no computador, mas ele está com um problema no disco rígido. Será que poderia me dizer quais foram os cheques mais recentes que bateram na conta?
– Sem dúvida.
Mais cliques.
– Cheque um um nove, de 295 dólares, para a Volvo Finance, compensado em 25 de maio.
Pagamento do carro.
– Cheque um um oito, de 649 dólares, para a Imobiliária Getaway, também compensado em 25 de maio.
Espere aí.
– Você disse Imobiliária Getaway?
– Isso mesmo.
– Diz onde ela é localizada?
– Infelizmente não tenho essa informação.
Repassaram o restante dos cheques do mês. Nada incomum. Jessica agradeceu à mulher e desligou.
De que seriam esses 649 dólares para a Imobiliária Getaway? E os 3.478,44 dólares para a Olho Espião? Mais e mais coisas estranhas.
Edward bateu à porta.
– Oi – disse ele.
– Oi.
Ele entrou no escritório do pai, a cabeça baixa.
– Desculpe pelo outro dia – disse Edward. E piscou várias vezes, os cílios lindos de morrer subindo e descendo. – Por ter fugido daquele jeito.
– Tudo bem.
– Você colocou o dedo na ferida, fazendo todas aquelas perguntas.

– Elas precisam ser feitas – respondeu ela. – Acho que tudo está ligado. O que aconteceu com Kathy. O que aconteceu com papai. O que fez Kathy mudar.

Edward se encolheu diante da palavra "mudar". Depois balançou a cabeça. Sua camisa do dia mostrava Beavis e Butthead.

– Você está errada – disse ele. – Isso não tem nada a ver com o que aconteceu com ela.

– Talvez. O único modo de descobrir é se você me contar.

– Não me sinto à vontade para isso. É doloroso.

– Sou sua irmã. Você pode confiar em mim.

– Nós nunca fomos chegados – disse ele, direto. – Não como você e Kathy.

– Ou como você e Kathy – respondeu Jessica. – Mas mesmo assim eu amo você.

Ela esperou.

– Não sei exatamente por onde começar. Tudo começou no último ano dela no ensino médio. Você tinha acabado de se mudar para Washington. Eu estava em Columbia. Morava perto do campus com meu amigo Matt. Lembra dele?

– Claro. Namorou Kathy durante dois anos.

– Quase três – corrigiu Edward. – Matt e Kathy pareciam um casal de outro século. Ficaram juntos três anos e ele nunca... bem, avançou o sinal. Nunca mesmo. E não foi por falta de tentar. Matt era o cara mais correto que eu conhecia, mas isso não significava que não pressionasse de vez em quando. Mas Kathy o segurava.

Jessica assentiu, lembrando-se. Naquele estágio Kathy ainda lhe contava segredos.

– Mamãe adorava Matt – continuou Edward. – Achava que ele era o máximo. Costumava convidá-lo para tomar chá, como numa cena de *À margem da vida*. O pretendente sentando-se na varanda para cortejar sua filha mais nova. Papai também gostava dele. Parecia que tudo ia bem. Eles planejavam ficar noivos dali a um ano, casar depois da formatura dele, uma autêntica história de amor de subúrbio americano. Até que um dia Kathy ligou para ele e simplesmente lhe deu o fora. Sem explicação.

Edward fez uma pequena pausa e continuou:

– Matt ficou desolado. Tentou falar com ela, mas Kathy não queria vê-lo. Eu tentei falar com ela, também, mas ela não quis nem saber. Então comecei a ouvir boatos.

Jessica se remexeu na cadeira.

– Que tipo de boatos?

– Do tipo – disse Edward lentamente – que um irmão não gosta de ouvir sobre a irmã.

– Ah...
– Pior do que ah. Os caras falavam mal dela sem parar. Alguém finalmente havia encontrado a chave do cinto de castidade da senhorita Pureza, era o que diziam, e agora não conseguiam fechá-lo de novo. Cheguei a entrar numa briga. Levei a maior surra protegendo a honra de Kathy.

Ele cuspiu a palavra "honra", como se tivesse um gosto ruim.

– Ela mudou em casa também – continuou Edward. – Nunca mais foi à missa. Achei que mamãe ia ter um ataque cardíaco. Você sabe como ela é com relação a essas coisas.

Jessica assentiu. Sabia muito bem.

– Mas ela nunca disse uma palavra. Kathy começou a ficar fora de casa até tarde. Ia a festas da faculdade. Às vezes nem voltava para casa.

– Mamãe não a impediu?

– Ela não podia, Jess. Era incrível. Kathy havia passado a vida toda com medo dela. De repente foi como se Kathy tivesse encontrado kriptonita. Mamãe não podia tocá-la.

– E papai?

– Ele nunca foi tão rígido quanto mamãe, você sabe. Queria ser amigo de todo mundo, e não o carrasco. Mas, estranhamente, Kathy ficou mais próxima de papai durante tudo isso. Ele ficou empolgado com a atenção súbita que recebeu. Acho que tinha medo de que, se pegasse pesado, fosse afastá-la.

Parecia coisa de seu pai.

– O que você fez? – perguntou ela.

– Confrontei Kathy.

– O que ela disse?

– Na verdade, nada. Não negou nem confirmou. Só ficou ali, parada, com um sorriso estranho. Disse que eu não entendia, que eu era ingênuo. Ingênuo. Dá para acreditar que Kathy chamasse outra pessoa de ingênua?

Jessica pensou por um minuto.

– Mas nada disso explica o que fez Kathy mudar.

Edward abriu a boca, parou. Abriu os braços, depois deixou-os cair ao lado do corpo como se fossem pesados demais. Sua voz era praticamente inaudível.

– Teve a ver com mamãe – disse ele.

– O quê, com mamãe?

– Não sei. Acho que talvez mamãe saiba. Kathy se afastou de você e de mim. Mas ainda amava a gente. Foi mamãe que recebeu a pior parte.

Jessica se recostou na cadeira do pai, pensando no último comentário do irmão.

– Eu sabia que Kathy havia mudado nos últimos dois anos, mas não fazia ideia...

Sua voz ficou no ar.

– Mas passou, Jess. Você tem que se lembrar disso.

– O que passou?

– Essa fase da Kathy. É por isso que não acho que a mudança esteja relacionada com o desaparecimento. Quando ela sumiu, tudo isso estava no passado.

– Como assim, no passado?

– Ela mudou de volta. Ah, não quero dizer que ela começou a ir à missa todo domingo ou ficou amiguinha de mamãe. Mas o que quer que tenha transformado Kathy finalmente foi embora. Ela estava recuperando o jeito antigo. Acho que Christian teve muito a ver com isso. Acho que ele ajudou a salvá-la da beira do precipício. O comportamento de vagabunda com certeza parou. As drogas, a bebida, as farras também. E outras coisas. O sorriso até voltou um pouco.

Jessica se lembrou da ficha estudantil de Kathy. As notas terríveis no último ano do ensino médio e no início da faculdade. Depois a volta súbita para o ótimo desempenho a partir do segundo semestre – quando conheceu Christian. Tudo batia com o que Edward estava dizendo.

Então o passado era irrelevante? Será que aquele período da vida dela, como Edward havia insistido, teria ficado para trás? Talvez. Mas Jessica duvidava. Se o passado estivesse mesmo morto e enterrado, por que a foto dela havia saído agora numa revista pornográfica? E isso, claro, levava à questão central: o que fizera Kathy mudar, inicialmente?

Jessica ainda não sabia. Mas agora tinha uma boa ideia de quem poderia saber.

30

Havia diversas coisas de que Myron gostaria mais do que de visitar Herman Ache. Ter o globo ocular removido com uma colher de sobremesa, por exemplo.

– Ouvi sua entrevista coletiva no rádio – disse Win.

A capota do Jaguar XJR verde-oliva de Win estava abaixada. Myron não adorava andar com a capota abaixada. Era só uma questão de tempo até que um inseto se grudasse em seus dentes.

– Imagino que Christian tenha ficado satisfeito com o negócio – continuou Win.

– Muito.

– A imprensa ainda não descobriu Nancy Serat.

– Jake ainda não liberou o nome dela. Assim que fizerem isso...

– Vai ser uma festa.

— Exato.

— Christian sabe?

— Ainda não. Ele estava tão feliz! Só quis deixar que ele curtisse mais um tempo.

— Você deveria avisá-lo.

— Vou avisar. Jake prometeu me contar no instante em que fizerem a divulgação do nome.

— Você parece gostar desse tal de Jake.

— É um bom sujeito. Podemos confiar nele.

Win balançou os dedos no volante e voltou a segurá-lo. Acelerou.

— Não confio em policiais — disse Win. — É mais seguro assim.

O carro estava indo rápido demais. A West Side Highway não foi construída para essa velocidade — uma estrada de quatro pistas com sinais de trânsito a cada 20 metros. Além disso, as obras constantes não ajudavam. Havia homens na pista desde que qualquer pessoa conseguia lembrar. Os livros de história afirmam que Peter Minuit, o holandês que comprou Manhattan dos índios em 1626, costumava reclamar dos atrasos na altura da Rua 57.

Mas nada disso detinha o pé pesado de Win no acelerador. O Javis Center era um borrão. Assim como o rio Hudson, por sinal.

— Dá para reduzir um pouquinho? — pediu Myron.

— Não precisa se preocupar. O carro tem air bag para o motorista.

— Maravilha.

Estavam chegando perto do escritório de Ache. O estômago de Myron deu um nó — que só piorava com a poluição que batia em seu rosto por causa da capota abaixada. Seus nervos estavam retesados como as cordas de uma raquete de tênis nova. Win, por outro lado, parecia relaxado. Mas, afinal de contas, Frank Ache não tinha posto a cabeça dele a prêmio.

O telefone do carro tocou. Win atendeu.

— Alô — disse. Entregou o telefone a Myron. — É o P.T.

Myron atendeu:

— E aí?

— Como está se sentindo hoje, Myron?

— Não posso reclamar.

— Fico feliz em ouvir isso. Escuta, você não vai adivinhar o que aconteceu ontem à noite.

— O quê?

— Dois dos melhores pistoleiros de Nova York foram encontrados mortos num beco. Triste, não é?

— Trágico — concordou Myron.

– Eles trabalhavam para Frank Ache.
– Verdade?
– Usaram uma Magnum 44 com balas dundum. Estourou a cabeça deles.
– Que perda!
– É, eu nem estou dormindo direito por causa disso. De qualquer modo, o papo que anda por aí é que isso não acabou. Cadáveres não chegam a atrapalhar os desejos de um cara como o Frank Ache. Quem quer que seja o sacana feioso que deixou o Frank puto, ainda está com a cabeça a prêmio.
– Feioso? – disse Myron.
– Bom, foi um prazer falar com você, Myron. Cuide-se.
– Você também, P.T.
Myron desligou.
– O prêmio continua de pé? – perguntou Win.
– É isso aí.
– Eles não vão matar você no escritório do Herman. Ele nunca permitiria.
Myron sabia que isso era verdade. Havia um certo código, mesmo entre homens que provavelmente ordenavam a morte de centenas de pessoas. Alguns idiotas acreditavam que ele se baseava em algum tipo de ética. Nem de longe. Essas normas eram duas coisas para os mafiosos: (1) uma forma de fazê-los parecer quase humanos e (2) um modo de se proteger e proteger sua posição. Ética, para um mafioso, era o mesmo que honestidade para um político.

Um canteiro de obras os fez diminuir a velocidade perto da Rua 12, mas mesmo assim chegaram antes da hora. O cheiro de pizza vinha no ar – provavelmente por estarem diante de uma pizzaria chamada A Primeira Ray's Pizza Original de Nova York, Verdade, Não Estamos Brincando, Honestamente, Somos Nós. Uma mulher alta, com terninho azul e óculos escuros elegantes, caminhava cheia de objetividade pela calçada. Myron sorriu e ela devolveu o sorriso. Ele teria preferido um desmaio ou até mesmo um leve tropeção, mas não se pode ter tudo.

Às duas da tarde a Taverna do Clancy já estava no pique total. Myron parou diante da porta, ajeitou o cabelo, virou à esquerda, sorriu, virou à direita, sorriu, olhou para cima, sorriu.

Win olhou-o interrogativo.

– Os federais tiram foto de todo mundo que entra aqui – disse Myron. – Quero estar com a melhor aparência possível.

– Agora é que você me diz? Estou horroroso.

Todos os clientes da Taverna do Clancy eram homens. Aquele não era exatamente um lugar para arranjar parceiros de swing. Uma jukebox tocava Bob Seger. A decoração era em estilo cerveja americana: um monte de letreiros de neon com os nomes das marcas – Budweiser, Bud Light, Miller, Miller Lite, Schilitz –, um relógio de parede da Michelob, espelho da Coors, descansos de copos da Pabst, canecas com o logotipo da Rolling Rock.

Myron sabia que ali havia provavelmente um milhão de equipamentos de grampo do FBI. Herman Ache não se importava. Qualquer um que dissesse algo realmente prejudicial dentro da Taverna do Clancy era para lá de idiota e merecia dançar. A conversa de verdade acontecia nas salas dos fundos. Ache se certificava de que todo dia fossem feitas varreduras contra grampos nelas.

Win atraiu alguns olhares curiosos quando entraram. Vestir-se em estilo universitário não era exatamente moda entre a clientela da Taverna do Clancy. Mas ninguém olhou por muito tempo. Esse era um bar onde ninguém olhava ninguém por muito tempo.

– Aquele é o seu amigo Aaron? – perguntou Win.

Aaron estava nos fundos do bar com seu terno branco de sempre. Desta vez não estava sem camisa, mesmo que estivesse usando uma daquelas camisetas que mostram o peitoral. Era como se todas as roupas de Aaron tivessem entrado numa máquina de fusão molecular junto com exemplares de revistas masculinas e uma cópia do documentário feito com Arnold Schwarzenegger no auge do fisiculturismo. Aaron acenou para que eles se aproximassem, a mão do tamanho de uma tampa de bueiro.

– Olá, Myron – disse Aaron. – É realmente um prazer ver você de novo.

Myron Bolitar, a popularidade em pessoa.

– Aaron, quero que conheça Win Lockwood.

Aaron virou o sorriso para Win.

– Muito prazer, Win.

Os dois trocaram um aperto de mãos com olhares mortais, cada qual avaliando o outro, nenhum dos dois hesitante.

– Eles estão esperando nos fundos – disse Aaron. – Venham.

Aaron os levou a uma porta trancada onde havia um espelho falso. A porta se abriu imediatamente. Eles entraram. Dois capangas estavam de pé, com rostos de pedra. Diante deles, um corredor comprido. Havia – e isso era novo – um detector de metal, como nos aeroportos.

Aaron deu de ombros, como se dissesse: sinal dos tempos.

– Entreguem as armas, por gentileza. Depois passem.

Myron tirou seu 38. Win, um 44 novo em folha. O 44 da noite anterior fora destruído, sem dúvida. Passaram. O detector de metal não apitou, mas mesmo assim os dois capangas os revistaram com uma daquelas engenhocas que parecem vibradores. Depois os revistaram de novo, desta vez com as mãos.

– Muito meticuloso – disse Win.

– Quase agradável – acrescentou Myron. – Achei que ele ia pedir um raio X do meu pulmão.

– Ei, engraçadinho – resmungou um dos capangas. – Por aqui.

Os dois capangas assumiram suas posições, escoltando-os pelo corredor. Aaron ficou atrás, olhando. Myron não gostou daquilo. As paredes eram brancas, o carpete era laranja-escritório. Litografias da Riviera Francesa se enfileiravam nas paredes. A frente da Taverna do Clancy parecia uma espelunca; os fundos pareciam um consultório de dentista.

Dois outros homens apareceram na extremidade oposta do corredor. Ambos portavam armas.

Myron se inclinou para o ouvido de Win:

– O-ou.

Win assentiu.

Os dois homens apontaram as armas para Myron e Win. Um deles rosnou:

– Ei, você, Cachinhos Dourados. Venha cá.

Win olhou para Myron.

– Cachinhos Dourados?

– Acho que ele quer dizer você.

– Ah. O cabelo louro. Agora saquei.

– É, Douradinho, arraste esse rabo para cá.

– Até mais tarde – disse Win. E foi andando pelo corredor.

Os dois capangas do detector de metais sacaram as armas. Quatro homens, quatro armas. Alto poder de fogo. Não iriam se arriscar depois da noite anterior.

– Mãos na cabeça. Vamos.

Win e Myron, separados por aproximadamente três metros, obedeceram. Um dos capangas que tinham usado o detector de metais se aproximou de Myron. Sem aviso, acertou a coronha da arma no seu rim.

Myron tombou de joelhos. A náusea o dominou. O homem continuou, com um chute nas costelas. Depois outro. Myron caiu no chão. O outro homem se juntou ao primeiro. Pisoteou as coxas de Myron como se apagasse fogo no mato rasteiro. Uma pisada acertou o rim já dolorido. Myron achou que iria vomitar.

Numa espécie de névoa, viu Win. Ele não havia se movido, o rosto mostrando algo parecido com desinteresse. Win tinha avaliado a situação e decidido rapidamente: não poderia fazer nada para ajudar. Preocupar-se e ficar abalado não adiantava. Win estava aproveitando o tempo para estudar calmamente os homens. Não gostava de esquecer um rosto.

Os chutes vinham numa onda ininterrupta. Myron se enrolou em posição fetal e tentou suportar. Os chutes doíam como o diabo, mas eram afobados demais para causar qualquer dano sério. Um acertou perto do seu olho. Ia ficar roxo, com certeza.

Então uma voz gritou:

– Que merda é essa? Parem agora mesmo!

Os chutes cessaram imediatamente.

– Saiam de cima dele!

Os homens recuaram.

– Desculpe, senhor Ache.

Myron rolou de costas. Com algum esforço, conseguiu se sentar. Herman Ache estava parado junto a uma porta aberta.

– Você está bem, Myron?

Myron se encolheu.

– Nunca estive melhor, Herman.

– Nem posso dizer como lamento por isso – disse Ache. Depois olhou com ferocidade para seus homens. – Mas algumas pessoas vão lamentar ainda mais.

Os homens se encolheram afastando-se do velho. Myron quase revirou os olhos. Era tudo encenação. Os homens de Herman Ache não espancavam visitantes no corredor sem que ele tivesse permitido antes. Aquilo fora tramado. Agora Myron supostamente devia algo a Herman, mesmo antes do início da conversa. Para não mencionar o fato de que a dor leva ao medo, o coquetel perfeito para abrir uma negociação.

Aaron veio pelo corredor. Ajudou Myron a ficar de pé e deu de ombros, como se dissesse: sacanagem, mas o que se pode fazer?

– Venham – chamou Herman. – Vamos conversar na minha sala.

Myron entrou hesitante. Fazia vários anos que não ia ali, mas pouca coisa havia mudado. O tema da decoração ainda era o mesmo. Na parede principal, uma pintura feita por LeRoy Neiman, mostrando um campo de golfe. Um monte daquelas charges/obras de arte idiotas com golfistas antiquados. Fotos aéreas de campos de golfe. Num canto da sala, uma imagem projetada em uma tela mostrava a área plana de um campo de golfe. Em frente a ela havia um *tee*. Quando a bola era lançada contra a tela, um computador calculava onde ela teria pousado e atualizava a imagem. Então o jogador ia para a próxima tacada. Divertidíssimo.

– Belo escritório – disse Win.

Imagina!

– Obrigado, filho.

Herman Ache sorriu. Dentes com jaquetas. Ele estava com 60 e tantos anos, bronzeado e em forma. Usava calça branca e uma camisa de golfe amarela com o urso dourado da Nicklaus no lugar onde normalmente ficaria um jacaré – como se ele estivesse a caminho de um torneio em Miami Beach. Herman Ache tinha cabelos grisalhos. Não eram dele de verdade. Peruca ou implante dos bons, que a maioria das pessoas provavelmente não conseguiria notar. Tinha manchas de idade nas mãos. O rosto não tinha rugas, provavelmente devido a injeções de colágeno ou a uma plástica. O pescoço entregava. A carne era frouxa e lembrava Ronald Reagan. Parecia um enorme testículo.

– Por favor, senhores, sentem-se.

Eles se sentaram. A porta foi fechada. Aaron, dois novos capangas e Herman Ache. O aperto da náusea no estômago de Myron começou a afrouxar.

Herman pegou um taco de golfe e sentou-se na beira da mesa.

– Pelo que soube, você e Frank tiveram um desentendimento, Myron.

– Era sobre isso que eu queria conversar.

Herman assentiu.

– Frank!

A porta se abriu. Frank entrou. Dava para ver que eram irmãos: ambos tinham feições quase idênticas, mas era aí que terminavam as semelhanças. Frank tinha pelo menos 10 quilos a mais do que o irmão mais velho. Tinha forma de pera, com ombros estreitos, mas pneus que fariam inveja ao boneco da Michelin. Frank era completamente careca, sem se incomodar com uma peruca. Os dentes eram escuros e espaçados. O rosto vivia permanentemente numa careta de raiva.

Os dois tinham crescido nas ruas. Ambos haviam começado como bandidos da ralé e subido na carreira. Tinham visto os filhos serem mortos a tiros no correr dos anos e haviam atirado nos filhos de muita gente. Herman gostava de fingir que vivia num plano mais elevado do que o irmão mais novo e mais rude – um mundo onde havia livros, arte, golfe. Mas a fuga não era tão fácil. Dois lados da mesma moeda. Frank lembrava a Herman, de modo doloroso, suas origens e talvez sua verdadeira natureza. Mas Frank sentia-se confortável e aceitava seu mundo. Herman, não.

Frank vestia um agasalho esportivo azul-pólvora com acabamento amarelo neon. O casaco estava com o zíper aberto e – seguindo a dica de moda de Yves St. Aaron – não usava camisa. Os pelos do peito estavam melados com algum tipo de óleo ou suor. Um tremendo tesão. As calças justas eram uns dois números menores do que deveriam, delineando um volume na virilha. Myron começou a sentir náusea de novo.

Frank não falou. Sentou-se à mesa do irmão e esperou.

– Bom, Myron – continuou Herman –, soube que isso tudo tem a ver com um menino negro que joga basquete.

– Chaz Landreaux – respondeu Myron. – E não sei se ele ficaria feliz sendo chamado de "menino".

– Perdoe um velho que não está a par de todos os termos politicamente corretos. Não quis ser desrespeitoso.

Win ficou sentado em silêncio, estudando o ambiente.

– Deixe-me dizer como vejo a coisa – continuou Herman. – E estou tentando ser objetivo. O seu Sr. Landreaux fez um contrato. Pegou o dinheiro. Durante quatro anos, ajudou a família com essa grana. E, quando chegou a hora de pagar, se negou.

– Isso é ser objetivo? Chez Landreaux é só um garoto...

– Poupe-me do sermão – interrompeu Herman gentilmente. – Não somos assistentes sociais. Você sabe disso. Somos empresários. Fizemos um investimento nesse rapaz. Arriscamos vários milhares de dólares nele. O investimento estava prestes a gerar dividendos quando você interferiu.

– Eu não interferi. Ele me procurou. É um garoto assustado. O'Connor pôs as correntes nele quando ele estava com 18 anos. Há um motivo para existirem regras contra abordar atletas dessa idade. Agora o garoto está tentando sair antes de afundar demais.

Herman pareceu descrente.

– Ah, qual é, Myron. Hoje em dia os garotos crescem rápido. Ele sabia exatamente o que estava fazendo. Então isso era contra as regras. Grande coisa. O garoto conhecia as regras. E queria o dinheiro de qualquer modo.

– Ele vai pagar.

Frank Ache falou pela primeira vez.

– Vai pagar porra nenhuma.

Myron acenou.

– Oi, Frank. Está na beca, hein?

– E foda-se você também, seu bosta de inseto. Trato é trato.

Myron se virou para Win.

– Bosta de inseto?

Win deu de ombros.

– O trato – continuou Myron – era que Chaz podia voltar atrás a qualquer momento e devolver o dinheiro. Roy O'Connor disse isso a ele.

– Estou cagando e andando para o que O'Connor disse.

– Por favor, Frank – disse Herman. – Não precisamos de hostilidades.

– Ah, ele que se foda, Herman. Esse babaca quer é me sacanear. Quer roubar comida da porra da minha mesa. Não é só esse crioulo, o Landreaux. Isso é só o começo. Temos dezenas de futuros atletas que assinaram assim. Se perdermos um, vamos perder todos. O negócio é fazer os outros empresários saberem que não podem mexer com a gente. Por mim, a gente acaba com o Bolitar agora mesmo.

– Não gosto dessa ideia – disse Myron.

– Quem perguntou a você, porra?

– Só estou dando minha opinião.

– Por favor, Frank, isso não está ajudando. Você prometeu deixar que eu cuidasse do assunto.

– Cuidar de quê? Mate o filho da puta. Fim de papo.

– Espere na outra sala. Eu resolvo isso, prometo.

Frank olhou furioso para Myron.

Myron não se deu o trabalho de olhar furioso de volta. Sabia que isso fazia parte do show. Sabia que eles estavam tentando intimidá-lo do mesmo modo que Otto Burke e Larry Hanson tinham feito. Mas, por algum motivo, a possibilidade de morrer dava toda uma dinâmica diferente ao número.

Win, no entanto, continuava pensativo.

– Venha, Aaron – resmungou Frank. – Vamos sair daqui, porra.

Ele se levantou.

– Mas o prêmio continua de pé – concluiu.

– Ótimo – disse Herman. – Se você quer matá-lo, não vou impedir.

– Ele já está morto.

Frank e Aaron saíram. Frank bateu a porta. Exagerando na representação, pensou Myron, mas era uma participação especial de peso.

– Ele é divertido – disse Myron.

Herman foi para o canto da sala. Deu uma tacada lenta, treinando.

– Eu não mexeria com ele, Myron. Frank está com raiva de verdade. Já eu, sempre gostei de você. Desde os velhos tempos. Mas não sei se posso ajudar neste caso.

Os "velhos tempos" tinham começado no segundo ano de Myron na Universidade Duke. Não era uma coisa que ele gostasse de lembrar. Seu pai andara jogando. E perdendo. No dia anterior a uma partida contra a Universidade do Estado da Geórgia, Myron voltou ao dormitório e encontrou o pai e dois capangas de Herman Ache. Os capangas disseram a Myron que, se a Duke ganhasse por mais de 12 pontos, como previam as apostas, seu pai perderia um dedo. Ele estava chorando, a primeira vez que Myron viu o pai chorar. Myron perdeu a posse de bola três vezes nos últimos 40 segundos do jogo para garantir que a Duke ganhasse por apenas 10 pontos de diferença.

Pai e filho nunca conversaram sobre isso.

– Por que é que esse garoto, esse tal de Chaz Landreaux, é tão importante para você, Myron?

– Acho que vale a pena salvá-lo.
– De quê?
– Ele é só um garoto, Herman. Frank está pressionando demais o coitado. Quero que isso pare.

Herman sorriu, mudou de taco, deu mais alguns giros. Depois pegou seu *putter*.
– Continua bancando o mocinho, hein, Myron?
– Nem um pouco. Só estou tentando ajudar o garoto.
– E a si mesmo.
– Ótimo. E a mim mesmo.

Myron notou que Herman Ache estava usando sapatos de golfe com travas. Meu Deus. Para a maioria das pessoas, o golfe é uma desculpa idiota para dizer que pratica um esporte. Para outras, é uma obsessão que consome a vida. Não existe meio-termo.

– Não acho que eu possa impedir o Frank – disse Herman, examinando seu posicionamento no carpete. – Ele é muito determinado.
– Você comanda o show. Todo mundo sabe disso.
– Mas Frank é meu irmão. Não me meto nos assuntos dele a não ser que seja absolutamente necessário. Não creio que seja o caso.
– O que Frank fez com ele?
– O quê?
– Como ele amedrontou o garoto?
– Ah – soltou Herman. Outra mudança de taco. Desta vez trocou o *putter* por um de madeira. – Sequestrou a irmã dele. Gêmea, acho.

Myron sentiu o estômago se revirar de novo. Tinha acertado, mas isso não o deixava feliz.

– Ela está bem?
– Ah, eu não me preocuparia – disse Herman, como se fosse uma pergunta realmente idiota. – Eles não vão machucá-la. Desde que Landreaux continue a cooperar.
– Quando vão soltá-la?
– Mais dois dias. Tem algo a ver com oficializar o contrato e evitar que Landreaux mude de opinião.
– O que você quer, Herman? O que vai custar para tirar Frank disso?

Ele calçou uma luva de golfe e deu uma tacada muito elaborada, olhando as mãos.
– Sou um velho, Myron. Um velho *rico*. O que você poderia me dar?

Win se inclinou para a frente, movendo-se pela primeira vez.
– Seu taco está aberto demais no giro, Sr. Ache. Tente girar os pulsos um pouquinho mais. Leve a mão um pouco para a direita.

A mudança súbita de assunto pegou todo mundo de surpresa. Herman olhou para Win.

– Desculpe. Não lembro seu nome.

– Windsor Horne Lockwood III.

– Ah, então você é o imortal Win. Não é exatamente o que eu esperava.

Ele testou o novo posicionamento.

– Parece estranho.

– Fica melhor depois de algumas semanas – disse Win. – O senhor joga sempre?

– O máximo que posso. Para mim é mais do que somente um jogo. É...

– Sagrado – completou Win.

Os olhos dele se animaram.

– Exato. O senhor joga, Sr. Lockwood?

– Jogo.

– Não existe nada igual, existe?

– Nada – concordou Win. – Onde o senhor joga?

– Não é fácil, para pessoas como eu, encontrar bons campos. Entrei para um clube em Westchester. O St. Anthony's. Conhece?

– Não.

– Não é exatamente um campo. Tem 18 buracos, claro. Muito cheio de pedras. A gente precisa ser meio cabrito montês.

Histórias de golfe. Myron adorava. E quem não gosta?

– Não entendo uma coisa – disse Myron, entrando no jogo. – Com toda a sua... é... influência, por que não joga onde quiser?

Herman e Win olharam-no como se ele fosse um herege nu rezando no Vaticano.

– Perdoe-o – disse Win. – Myron não sabe nada de golfe. Acha que ferro nove é um suplemento vitamínico.

Herman gargalhou. Os capangas acompanharam. Myron não entendeu a piada.

– Sei, sim – disse Myron. – O golfe é um bando de homens que vestem roupas horríveis e usam propriedades gigantescas para brincar com uma bola e uma vara.

Myron riu. Ninguém o acompanhou. Os golfistas não são conhecidos pelo senso de humor.

Herman pôs o taco de volta na bolsa.

– Não se entra à força nem se paga para entrar para um campo de golfe – explicou. – Respeito demais o jogo e suas tradições para fazer uma coisa tão grosseira. Seria como encostar uma arma na cabeça de um padre para sentar no banco da frente na igreja.

– Sacrilégio – disse Win.

– Exato. Nenhum golfista *de verdade* faria isso.

– Ele precisa ser convidado – acrescentou Win.

– Perfeito. E, num bom campo, a gente não joga simplesmente. A gente presta homenagem a ele. Eu adoraria ser convidado para um dos grandes campos do mundo. Seria um sonho. Mas não está no meu destino.

– Que tal ser convidado para dois deles? – perguntou Win.

– Dois...

Herman parou. Seus olhos faiscaram por um milissegundo e diminuíram o brilho rapidamente, como se por medo de que estivessem brincando com ele.

– Como assim?

Win apontou para uma foto na parede da esquerda.

– O Merion Golf Club – disse. Depois apontou para uma foto na parede do outro lado. – E o Pine Valley.

– O que é que tem?

– Presumo que o senhor já tenha ouvido falar deles.

– Ouvido falar? – repetiu Herman. – São os dois principais campos da Costa Leste, dois dos melhores do mundo. Cite um buraco, qualquer um, de qualquer dos dois campos.

– O buraco seis do Merion.

O rosto de Herman reluziu como o de uma criancinha na manhã de Natal.

– Um dos buracos mais subestimados de todos os lugares. Inicia-se com uma tacada quase às cegas do *tee* até uma área plana que propicia uma queda suave. Você deve começar a tacada do *tee* no meio do banco de areia, voltando para o centro e mantendo-se longe dos limites externos, que ficam à direita. Use um taco de ferro, de longo para médio, para o *green* ligeiramente elevado, tendo cuidado com os bancos de areia à esquerda e à direita.

Win sorriu.

– Muito impressionante.

Muito entediante.

– Não me diga que já jogou no Merion e no Pine Valley, Sr. Lockwood – disse Herman, algo muito além de espanto reverente ressoando em sua voz.

– Sou sócio dos dois.

Herman puxou o ar com força. Myron quase esperou que ele fizesse o sinal da cruz.

– Sócio – começou incrédulo. – Dos dois?

– Sou handicap três no Merion – continuou Win. – Handicap cinco no Pine Valley. E gostaria que o senhor fosse meu convidado em ambos num fim de semana. Vamos tentar fazer 72 buracos num dia, 36 em cada campo. Começamos às cinco da manhã. A não ser que seja cedo demais.

Herman balançou a cabeça.

– Não é cedo demais – conseguiu dizer.

– O próximo fim de semana está bom para o senhor?

Herman pegou o telefone.

– Soltem a garota – disse ele. – E cancelem o prêmio pela cabeça de Myron Bolitar. Se alguém encostar a mão nele, morre.

31

WIN E MYRON VOLTARAM AO ESCRITÓRIO. Myron estava dolorido da surra, mas não havia quebrado nada. Sobreviveria. Ele era assim. Terrivelmente corajoso.

– Você está horrível – disse Esperanza.

– Você liga demais para as aparências.

Ele jogou para ela a foto de Adam Culver.

– Veja se sua amiga Lucy o reconhece.

Ela prestou continência.

– *Jawohl, Kommandant.*

De todos os seriados antigos, o predileto de Esperanza era *Guerra, sombra e água fresca*. Myron não era um fã ardoroso, mas desejaria ter estado presente quando algum jovem figurão da TV dissera: "Ei, tenho uma ideia para um seriado de comédia! Ele se passa num campo de prisioneiros na Alemanha nazista. Gargalhadas gerais."

– Quantos telefonemas? – perguntou Myron.

– Cerca de um milhão. Na maioria, a imprensa querendo seus comentários sobre Christian ter assinado o contrato – disse ela, sorrindo. – Bom trabalho.

– Obrigado.

– Aquele tal de Otto Burke – disse ela, com um lápis perto da boca. – É solteiro?

Myron olhou-a aterrorizado.

– Por que você quer saber?

– Ele é bonitinho.

A náusea voltou.

– Você está me torturando para ganhar um aumento, é? Por favor, diga que sim.

Esperanza deu um riso malicioso mas não disse nada. Ele foi para sua sala.

– Espere aí – disse ela. – Chegou um recado estranho para você há alguns minutos.

– De?

– Uma mulher chamada Madelaine. Não quis dar o sobrenome. Pareceu ardorosa.

A "reitoresa". Hum...

– Deixou o número?

Esperanza assentiu e o entregou a ele.

– Lembre-se: use camisinha.

– Obrigado, mãe.

– Por falar nisso, sua mãe ligou duas vezes e seu pai, uma. Acho que estão preocupados com você.

Ele entrou na sala. Seu pequeno abrigo particular. Gostava dali. A sala de reuniões, decorada de modo tradicional, era onde fazia a maior parte das negociações e reuniões importantes, o que o deixava livre para arrumar sua sala como quisesse. Tinha, claro, sua vista da silhueta de Manhattan à esquerda. Na parede atrás da mesa colocara pôsteres emoldurados de musicais da Broadway: *Um violinista no telhado*, *Um pijama para dois*, *Como vencer na vida sem fazer força*, *O homem de la Mancha*, *Os miseráveis*, *A gaiola das loucas*, *A Chorus Line*, *O fantasma da ópera* e *Amor, sublime amor*.

Outra parede tinha fotos de filmes: Humphrey Bogart e Ingrid Bergman em *Casablanca*, Woody Allen e Diane Keaton em *Noivo neurótico, noiva nervosa*, Katherine Hepburn e Spencer Tracy em *A costela de Adão*. Groucho, Chico e Harpo Marx em *Uma noite na ópera*. Adam West e Burt Ward em *Batman*, o seriado de TV – o verdadeiro Batman, no qual Burgess Meredith fazia o Pinguim e Cesar Romero, o Curinga. A era de ouro da televisão.

A última parede tinha fotos dos clientes de Myron. Em poucos dias Christian Steele, vestindo o uniforme azul do Titans, entraria para o grupo.

Ligou para o número de Madelaine Gordon. A secretária eletrônica atendeu. A voz sedosa. Ouvi-la de novo deixou sua garganta seca. Desligou sem deixar recado. Olhou a hora na outra parede. O relógio tinha a forma de um relógio de pulso gigantesco com a insígnia do Boston Celtics no centro.

Três e meia.

Ainda dava tempo de chegar ao campus. Madelaine não era importante, mas Myron queria muito ver o vice-reitor. E queria aparecer de surpresa.

Diante da mesa de Esperanza, disse:

– Vou dar uma saída. Você pode falar comigo no telefone do carro.

– Está mancando?

– Um pouco. Os homens do Ache pegaram pesado comigo.

– Ah! Vejo você mais tarde.

– Dói feito o diabo, mas eu aguento.
– Ahã.
– Não faça uma cena.
– Por dentro, estou morrendo – disse ela.
– Por favor, veja se consegue encontrar o Chaz Landreaux. Diga que precisamos conversar.
– Certo.

Saiu. Pegou o carro na garagem. Win curtia carros. Adorava seu Jaguar verde-oliva. Myron tinha um Ford Taurus azul. Não era o que se poderia chamar de aficionado por carros. O carro o levava do ponto A ao ponto B, só isso. Não era símbolo de status. Não era um segundo lar. Não era seu filho.

A viagem não demorou. Myron pegou o túnel Lincoln. Passou pelo famoso York Motel. Placa comprida:

$11,99 por hora
$95 por semana
Quartos espelhados
Agora com lençóis!

Pagou o pedágio na Parkway. A mulher da cabine foi muito simpática. Quase olhou para ele quando jogou o troco.

Ligou para sua mãe pelo telefone do carro e garantiu que estava bem. Ela lhe pediu que ligasse para o pai, ele é que estava preocupado. Myron ligou para o pai e garantiu que estava bem. Ele o mandou ligar para a mãe, ela é que estava preocupada. Comunicação perfeita, o segredo de um casamento feliz.

Pensou em Kathy Culver. Pensou em Adam Culver. Pensou em Nancy Serat. Tentou visualizar as linhas que os conectavam. Os traços eram tênues, na melhor das hipóteses. Tinha certeza de que Fred Nickler, o Sr. Revista Pornô, era um deles. Aquela foto não tinha entrado sozinha na *Mamilos*. Fred parecia controlar bastante o seu negócio. Sem dúvida sabia mais do que revelara. Win estava investigando o passado dele, vendo o que poderia desenterrar.

Meia hora depois Myron chegou ao campus. Estava extradeserto. Ninguém nos gramados. Pouquíssimos carros. Parou perto da casa do vice-reitor de graduação e bateu à porta. Madelaine (ele ainda gostava do nome) atendeu. Ela sorriu ao vê-lo, claramente satisfeita, inclinando a cabeça um pouco.

– Ora, olá, Myron.
– Oi.

O retorno do Sr. Maneiro.

Madelaine Gordon vestia um uniforme de tênis. Saia branca curta. Belas pernas. Blusa branca. Myron notou que era transparente. Observação arguta, trabalho de um mestre da investigação. Madelaine o surpreendeu observando-a. Não pareceu particularmente ofendida.

– Desculpe incomodar – disse Myron.
– Não é incômodo. Eu já ia tomar um banho.
Hum...
– Seu marido não está em casa, não é?
Ela cruzou as mãos sob os seios.
– Vai demorar horas para chegar. Recebeu meu recado?
Ele assentiu.
– Gostaria de entrar?
– Sra. Robinson, a senhora está tentando me seduzir, não está?
– O quê?
– *A primeira noite de um homem.*
– Ah.

Madelaine molhou os lábios. Tinha uma boca muito sensual. As pessoas não dão importância à boca. Falam do nariz, do queixo, dos olhos, dos malares. Myron curtia bocas.

– Acho que eu deveria ficar ofendida – continuou ela. – Quero dizer, não sou tão mais velha do que você, Myron.
– Bom argumento. Referência ao filme retirada.
– Então vou perguntar de novo. Gostaria de entrar?
– Claro – respondeu Myron.

Derrubando-a com a espirituosidade rápida. Que chance ela teria contra uma réplica tão brilhante?

Ela desapareceu de volta na casa, criando um vácuo que sugou Myron – contra a vontade dele, claro. O interior era legal, o tipo de casa em que obviamente se recebiam muitas visitas. Grande sala aberta à esquerda. Abajures da Tiffany. Tapetes persas. Bustos de franceses com cabelos compridos e encaracolados. Carrilhão. Retratos a óleo de homens de rosto sério.

– Quer se sentar? – disse ela.
– Obrigado.

Ardorosa. Foi a palavra que Esperanza usou. Tinha a ver. Não somente a voz de Madelaine, mas seus gestos, seu andar, seus olhos, sua personalidade.

– Que tal uma bebida? – perguntou ela.

Myron notou que ela havia preparado uma para si própria.

– Claro, o mesmo que você estiver tomando.

— Uma vodca-tônica.

— Parece bom.

Myron odiava vodca.

Ela preparou a bebida. Myron bebericou tentando não fazer careta. Não teve certeza se conseguiu. Ela se sentou perto dele.

— Nunca fui tão atrevida assim, antes – disse ela.

— É fato?

— Mas me sinto muito atraída por você. É um dos motivos pelos quais adorava ver você jogar. Você é muito bonito, mesmo. Tenho certeza de que está cansado de ouvir isso.

— Bom, não sei se "cansado" é a palavra certa.

Madelaine cruzou as pernas. Não era a cruzada de pernas de Jessica, mas mesmo assim valia a pena olhar.

— Quando você apareceu ontem, eu não quis perder a oportunidade. Decidi esquecer a cautela e ir fundo.

Myron não conseguia tirar o sorriso do rosto.

— Sei.

Ela se levantou e estendeu a mão.

— E agora, que tal aquele banho?

— Ah, podemos conversar antes?

Uma sombra de perplexidade passou pelo rosto dela.

— Há alguma coisa errada?

Myron fingiu embaraço.

— Você não é casada?

— E isso incomoda você?

Na verdade, não.

— É. Acho que incomoda.

— Admirável – disse ela.

— Obrigado.

— E idiota, também.

— Obrigado.

Ela riu.

— Na verdade, é uma graça. Mas o reitor Gordon e eu temos o que chamamos de casamento semiaberto.

Hum...

— Poderia ser um pouquinho mais específica?

— Específica?

— Só para me deixar mais confortável com tudo isso.

Ela voltou a se sentar. Era como se a saia branca não estivesse ali. Pensando melhor, as pernas eram estupendas.

– Nunca precisei ser mais específica antes.

– Imagino. Mas estou interessado.

Sobrancelha erguida.

– Em...?

– Podemos começar com a definição de "semiaberto"?

Ela suspirou.

– Meu marido e eu somos amigos íntimos desde a infância. Nossos pais passavam os verões juntos em Hyannis Port. Os dois éramos de "famílias certas".

Ela desenhou as aspas com os dedos.

– Achamos que isso bastaria. Mas não bastou.

– E por que não se divorciam?

Ela olhou-o interrogativamente.

– Por que estou contando isso?

– Por causa dos meus castos olhos azuis. Eles são hipnóticos.

– Talvez sejam.

Myron lhe lançou toda a sua timidez simplória. Prêmio de melhor expressão facial.

– Meu marido tem conexões políticas. Já foi embaixador. É o primeiro da fila para se tornar reitor da universidade. Se nos divorciarmos...

– Isso acaba – concluiu Myron.

– É. Mesmo hoje em dia, a mera sugestão de um escândalo pode destruir uma carreira e um estilo de vida. Porém, mais do que isso, Harrison e eu ainda somos bons amigos. Melhores amigos, na verdade. Só que precisamos de certa quantidade de estímulo externo.

– Certa quantidade?

– Uma vez a cada dois meses.

Uau!

– Como vocês chegaram a esse número? Algum tipo de novo algoritmo?

Ela sorriu.

– Muitas discussões. Negociações, na verdade. Uma vez por mês parecia muito. Uma vez por semestre, pouco.

Myron assentiu. Como diria Dorothy, "Totó, não estamos mais no Kansas."

– E sempre usamos camisinha – acrescentou ela. – Isso faz parte do acordo.

– Sei.

– Você tem? Uma camisinha?

– Colocada?

Ela sorriu.

– Tenho algumas lá em cima – disse Madelaine.
– Posso perguntar mais uma coisa?
– Se for necessário.
– Como você e seu marido sabem que o outro manteve a... quantidade?
– É fácil – disse ela. – Nós contamos um ao outro. Tudo. Ajuda a apimentar um pouco as coisas.

Madelaine era seriamente incomum, o que só a tornava mais atraente para Myron.

– O seu marido... costuma se divertir com as alunas?

Ela se inclinou para a frente e pôs a mão na coxa dele. Na parte superior. Bem superior.

– Esse tipo de coisa excita você?
– É.

Ele tentou um sorriso devasso. Mas devasso não era seu estilo. Pôde ver nos olhos dela que Madelaine não estava engolindo. Ela tirou a mão.

– O que você está aprontando, Myron?
– Aprontando?
– Sinto que estou sendo usada. Mas não do modo que eu tinha em mente. Cara!...
– Só estou entrando no clima.
– Acho que não, Myron.

Ela o estudou por um momento.

– Seja honesto. Nós vamos para a cama?
– Não – respondeu ele. – Não vamos.
– Nunca fui rejeitada antes.
– E eu nunca rejeitei uma proposta assim. Pensando bem, nunca tive uma proposta assim.
– É porque sou casada?
– Não.
– Você está envolvido com outra pessoa?
– Pior. Estou começando um relacionamento que significa muito para mim. Não sei o que vai acontecer. Estou confuso.
– Que amor!

Ele lhe lançou novamente o sorriso de timidez simplória.

– Se não der certo...? – disse ela.
– Eu volto.

Então ela o beijou. Para valer. Um beijo tremendamente gostoso. Ele se sentiu nas nuvens.

– É só o começo – disse ela.

Ele estaria morto antes do segundo ato.

– Preciso realmente falar com seu marido. Sabe quando ele vai voltar?

– Vai demorar um tempo. Mas está na sala dele do outro lado do campus. Sozinho. Você vai ter de bater forte para ele ouvir.

Myron se levantou.

– Obrigado.

– Myron?

– O quê?

– Nós nunca damos nomes quando falamos dos nossos casos. Não sei se Harrison se diverte com as alunas. Duvido muito.

– E Kathy Culver?

Ela se assustou visivelmente. Seu rosto se enrijeceu.

– Acho melhor você ir agora.

– Os castos olhos azuis – disse Myron. – Observe os castos olhos azuis...

– Desta vez, não. E, quando eu via você jogar, não eram os olhos que me chamavam atenção.

– Não?

– Era a sua bunda – disse ela. – Ficava uma graça naquele shortinho.

Myron sentiu-se barato. Ou em êxtase. Provavelmente em êxtase.

– Eles estavam tendo um caso? – perguntou.

Ela não disse nada.

– Eu rebolo, se precisar.

– Eles não estavam tendo um caso – disse ela com firmeza. – Disso eu sei.

– Então por que você ficou tão abalada?

– Você perguntou se meu marido teve um caso ilícito com uma estudante que provavelmente foi assassinada. Fiquei atordoada.

– Você conheceu Kathy Culver?

– Não.

– Seu marido falava sobre ela?

– Na verdade, não. Só sei que ela trabalhava no escritório dele.

Madelaine olhou para o carrilhão, se levantou e levou Myron até a porta.

– Converse com meu marido, Myron. Ele é um bom homem. Vai contar tudo que você precisa saber.

– Tipo?

Ela balançou a cabeça.

– Obrigada pela visita.

Madelaine estava se fechando. Provavelmente magoada com a técnica de interrogatório dele. Por ele ter usado o corpo malhado para se dar bem. Myron nunca havia feito isso antes. Gostou. Pelo menos era melhor do que dar coronhadas em um suspeito.

Myron se virou e saiu. Provavelmente Madelaine estava olhando sua bunda. Seguiu rebolando levemente enquanto atravessava rápido o campus.

32

JESSICA ENCONTROU A IMOBILIÁRIA GETAWAY nas Páginas Amarelas do condado de Bergen. O escritório funcionava em um chalé de madeira ao lado de um McDonald's, saindo da Rota 17 no lado de Nova Jersey da divisa com Nova York. Eram apenas 20 minutos de carro, mas parecia que ela havia viajado até um passado rural. Até loja de rações havia ali.

Só havia uma pessoa no escritório.

– Ora, olá – disse o homem com um sorriso largo demais.

Tinha 50 e poucos anos, era careca, de barba comprida, grisalha e descuidada, como a de um professor universitário. Usava camisa de flanela, gravata preta, jeans Levi's e All Star vermelho de cano longo.

– Sou Tom Corbett, presidente da Imobiliária Getaway – anunciou, entregando-lhe um cartão. – Em que posso ajudá-la?

– Sou filha do Dr. Adam Culver. Ele passou um cheque para sua empresa em 25 de maio, no valor de 649 dólares.

– Sim, e daí?

– Ele faleceu recentemente. Gostaria de saber para que foi o cheque.

Corbett deu um passo atrás.

– Sinto muitíssimo – disse ele. – Seu pai era uma boa pessoa.

– Obrigada. Pode dizer por que ele procurou o senhor?

Corbett pensou um momento, deu de ombros.

– Não vejo por que não. Ele alugou uma cabana.

– Perto daqui?

– A oito, dez quilômetros. Na floresta.

– Durante quanto tempo?

– Um mês. Começando em 25 de maio. O aluguel ainda vale por algumas semanas, se você quiser usar.

– Que tipo de cabana?

– Que tipo? Bom, é uma bem simples. Um quarto, um banheiro com chuveiro, sala, uma cozinha pequena.

Não fazia sentido.

– O senhor poderia me dar uma cópia da chave e me dizer como chegar lá?

Ele avaliou o pedido, mastigando o lado interno da boca.

– É meio distante. Meio difícil de achar, querida.

Afora "neném" e "amor", havia poucas coisas das quais Jessica mais gostava de ser chamada do que de "querida". Mas não era hora de explicar seus sentimentos. Mordeu o lábio e se conteve.

– O chalé fica longe de tudo – continuou Tom. – Bem longe, se é que você me entende. Um pouco de caça, um pouco de pesca, mas principalmente paz e silêncio.

Ele pegou um chaveiro pesado como um haltere.

– Eu levo você.

– Obrigada.

Ele falou o tempo todo enquanto dirigia seu LandCruiser Toyota, como se ela fosse uma cliente.

– Aqui fica a mercearia local.

Era uma enorme loja da rede de supermercados A&P.

Ela ficou surpresa quando ele entrou numa estrada de chão. Estavam indo direto para a floresta.

– É bonito aqui, não é? Bonito de verdade.

– Ahã.

A folhagem verde os rodeava. Jessica não fazia muito o estilo "viver em contato com a natureza". Para ela, a vida ao ar livre significava insetos, umidade, sujeira e nada de água encanada ou banheiro. O homem havia evoluído durante milhões de anos para escapar da selva. Por que voltar correndo? Porém, mais importante que isso, seu pai era como ela. Odiava mato.

Por que ele alugaria uma cabana naquele lugar?

Tom apontou para uma ravina adiante.

– Há dois anos um cara foi morto por um caçador ali. Acidente. O caçador achou que ele era um veado, atirou na cabeça.

– Ahã.

– Às vezes encontram corpos na floresta. Nos últimos dois anos, acho que foram três. Encontraram uma jovem há apenas dois meses. Dizem que ela fugiu de casa. Não dava para ter certeza, porque estava toda decomposta e coisa e tal.

– Você é um tremendo vendedor, Tom.

Ele riu.

– É, bem, eu sei quando a pessoa não é compradora.

Jessica, obviamente, sabia tudo sobre os corpos. A polícia não tinha prendido o assassino, mas o consenso geral era que o psicopata havia pegado mais uma jovem, que ainda não fora encontrada.

Kathy Culver.

Será que o destino de Kathy poderia ter sido tão simples e horrível assim? Teria sido mais uma vítima de um psicopata aleatório, como todo mundo pensava?

Não, disse Jessica a si mesma. Havia muitos furos na história.

– Quando eu era criança e morava aqui perto – disse Tom –, esta floresta era cheia de lendas. O pessoal antigo dizia que um cara com um gancho no lugar da mão vivia aqui e costumava sequestrar meninos malcriados e estripá-los com o gancho.

– Encantador.

– Às vezes me pergunto se ele não passou a se interessar pelas jovens.

Jessica não disse nada.

– O pessoal o chamava de Capitão Gancho – continuou ele.

– O quê?

– Capitão Gancho. É como o chamávamos.

– Não tinha uma fada Sininho também?

– Uma o quê?

– Deixa pra lá.

Dirigiram mais quase dois quilômetros para longe da civilização.

– É aquela – disse Tom. – Ali em cima, atrás das árvores.

Era um chalé de madeira pequeno com uma varanda grande na frente.

– Rústica, não é?

"Decrépita" seria um adjetivo mais adequado. Jessica observou a varanda, mas não havia nenhum caipira desdentado tocando banjo.

– Meu pai disse por que queria alugar essa cabana?

– Só comentou que precisava de um lugar para se afastar de tudo.

Ainda não fazia sentido. Naquele mês seu pai ficaria fora por uma semana em um congresso. E Adam Culver não era o tipo que se afastava de tudo. Ele lidava com mortos. Nas férias, queria ir a Las Vegas, Atlantic City ou qualquer lugar movimentado e cheio de gente. Agora estava alugando uma cabana no meio do nada.

Tom usou a chave extra para destrancar a porta. Empurrou-a e disse:

– Você primeiro.

Jessica entrou na sala. E parou.

Tom veio atrás dela. Sua voz saiu num sussurro.

– Que merda é essa? – perguntou ele.

33

O ESCRITÓRIO DO VICE-REITOR GORDON ficava no Compton Hall. O prédio tinha apenas três andares mas era amplo. Colunas gregas na frente berravam que o lugar era uma Casa de Aprendizado. Fachada de tijolos vermelhos. Portas duplas brancas. Logo na entrada havia um quadro cheio de avisos antigos. Reuniões dos grupos usuais do campus: Comitê Afro-americano pela Mudança, Aliança Gay-Lésbica, Libertadores da Palestina, Coalizão pelo Fim da Dominação Masculina, Estudantes na Luta pela Liberdade da África do Sul – todos tirando férias de verão. A época de diversão da faculdade.

Não havia ninguém no saguão gigantesco. A decoração era em mármore. Pisos, balaustradas, colunas de mármore. As paredes eram cobertas por enormes retratos de homens vestindo beca, a maioria dos quais perderia a cabeça se lesse o quadro de avisos. Todas as luzes estavam acesas. Os passos de Myron ecoavam no espaço silencioso. Queria gritar "Eco", mas era adulto demais.

As salas destinadas ao vice-reitor de graduação ficavam no fim do corredor esquerdo. A porta estava trancada. Myron bateu com força.

– Reitor Gordon?

Ouviu passos atrás da porta de madeira escura. Vários segundos depois, ela se abriu. O vice-reitor Gordon usava óculos de aros grossos. Tinha cabelo ralo, cortado de modo conservador, rosto bonito e olhos castanho-claros. As feições eram gentis, como se os ossos da face tivessem sido arredondados para suavizar a aparência. Parecia afável, digno de confiança. Myron odiou isso.

– Sinto muito – disse o vice-reitor. – O escritório está fechado até amanhã de manhã.

– Precisamos conversar.

O vice-reitor ficou visivelmente confuso.

– Eu conheço você?

– Acho que não.

– Você não é aluno daqui.

– De jeito nenhum.

– Posso perguntar quem é?

Myron olhou-o com firmeza.

– O senhor sabe quem sou. E sabe sobre o que desejo falar.

– Não faço a mínima ideia do que está dizendo, mas estou muito ocupado...

– Tem lido alguma revista boa ultimamente?

Todo o corpo do vice-reitor Gordon estremeceu.

– O que disse?

– Acho que eu poderia voltar quando o escritório estivesse apinhado de gente. Talvez traga algum material de pesquisa para os membros do conselho universitário, apesar de imaginar que eles só leiam os artigos.

Não houve resposta.

Myron sorriu – com ar de quem sabe das coisas. Pelo menos esperava que parecesse isso. Não tinha ideia de qual seria o papel do vice-reitor naquele pequeno mistério. Precisava ir com cautela.

O vice-reitor tossiu no punho fechado. Não era uma tosse de verdade ou para limpar a garganta. Era somente uma estratégia para ganhar tempo, ter chance de pensar. Por fim disse:

– Entre, por favor.

E desapareceu de volta no escritório. Desta vez não houve um vácuo sugando-o, mas mesmo assim Myron foi atrás. Passaram por algumas poltronas na sala de espera. Uma mesa de secretária. A máquina de escrever estava sob uma capa bege. Camuflada, para o caso de estourar uma guerra.

A sala do vice-reitor Gordon era decorada em estilo "dirigente de universidade". Muita madeira. Diplomas. Esboços antigos da capela da Universidade Reston. Blocos de acrílico com recortes de jornal ou prêmios sobre a mesa. Estantes repletas de títulos de não ficção. Os livros não tinham sido tocados. Eram adereços, estavam ali para criar um clima de tradição, profissionalismo, competência. A indispensável foto de família. Madelaine e uma garota que parecia ter 12 ou 13 anos. Myron pegou a foto.

– Bonita família – disse. – Bonita esposa.

– Obrigado. Por favor, sente-se.

Myron sentou.

– Diga: onde Kathy trabalhava?

O reitor parou no meio do movimento de sentar-se.

– Como?

– Onde ficava a mesa dela?

– De quem?

– Kathy Culver.

O vice-reitor Gordon terminou de sentar-se, devagar, como se entrasse numa banheira de água quente.

– Ela dividia uma mesa com outra aluna, na sala ao lado.

– Conveniente – disse Myron.

O vice-reitor franziu as sobrancelhas.

– Desculpe. Não entendi seu nome.

– Deluise. Dom Deluise.

O reitor se permitiu um sorrisinho duro. Parecia tenso a ponto de a musculatura estalar. Sem dúvida, receber a revista o deixara sob pressão. Sem dúvida a visita de Jake no dia anterior o deixara sob mais pressão ainda.

– O que posso fazer pelo senhor, Sr. Deluise?

– Acho que o senhor sabe.

De novo o sorriso de quem sabe das coisas. Combinado com os castos olhos azuis. Se o vice-reitor Gordon fosse mulher, já estaria sem roupas.

– Infelizmente, não faço a mínima ideia.

Myron continuou com o sorriso de quem sabe das coisas. Sentia-se um idiota ou o meteorologista de um noticiário matutino, se é que existe diferença. Estava tentando um velho truque. Finja que sabe mais do que sabe. Faça com que ele fale. Aprenda com o que ouvir. Improvise.

O vice-reitor pôs as mãos na mesa. Tentando parecer que estava no controle.

– Toda esta conversa é muito estranha. Talvez o senhor possa explicar por que está aqui.

– Achei que deveríamos bater um papo.

– Sobre...?

– O departamento de inglês, para começar. Ainda mandam os alunos lerem o *Beowulf*?

– Por favor, qualquer que seja o seu nome, não tenho tempo para brincadeira.

– Nem eu.

Myron pegou seu exemplar da *Mamilos* e o jogou sobre a mesa. A revista estava começando a ficar amassada e gasta de tanto manuseio, como se pertencesse a um adolescente cheio de hormônios.

O vice-reitor mal olhou.

– O que é isso?

– Quem está brincando agora?

O vice-reitor Gordon se recostou, os dedos mexendo no queixo.

– Quem é você? De verdade?

– Não importa. Sou apenas um mensageiro.

– Mensageiro de quem?

Myron o encarou:

– Caia na real.

O vice-reitor respirou fundo, como se estivesse prestes a mergulhar.

– O que você quer?

– O prazer da sua companhia não basta?

– Isso não é assunto para zombaria.

– Não mesmo.

– Então faça a gentileza de parar com a brincadeira. O que quer de mim?

Myron tentou de novo o sorriso de quem sabe das coisas. O vice-reitor Gordon pareceu perplexo por um breve momento, mas depois devolveu o sorriso. Também era de quem sabia das coisas.

– Ou será que devo dizer – acrescentou ele – "quanto"?

Agora ele parecia no controle da situação. Tinha recebido o golpe e estava indo em frente. Um problema havia surgido. Mas havia uma solução. Sempre havia, em seu mundo.

Dinheiro.

Ele pegou um talão de cheques na gaveta de cima.

– E então?

– Não é tão simples assim – disse Myron.

– O que quer dizer?

– O senhor não acha que alguém deveria pagar?

Ele deu de ombros.

– Vamos falar de números.

– Não acha que isso vale mais do que simplesmente dinheiro?

Ele pareceu perplexo, como se Myron tivesse acabado de negar a existência da gravidade.

– Não entendo o que você quer dizer.

– Que tal justiça? Kathy merece. Muito.

– Concordo. E estou disposto a pagar. Mas de que a vingança adiantaria para ela, agora? Você é o mensageiro, não é?

– Sou.

– Então volte e diga a Kathy para aceitar o dinheiro.

O coração de Myron parou. Aquele homem, que claramente estava envolvido no que acontecera naquela noite, acreditava que Myron era mensageiro de uma Kathy Culver que estava viva, respirando em algum lugar. Vá com calma, belo Myron. Muita calma.

Mas como jogar esse...

– Kathy não está feliz com o senhor – tentou.

– Nunca desejei que nada de ruim acontecesse a ela.

Myron pôs a mão no peito e ergueu a cabeça dramaticamente.

– Sejam vossas intenções malignas ou caridosas, viestes de modo demasiado questionável.

– O que isso quer dizer?

Myron deu de ombros.

– Gosto de citar Shakespeare nas conversas. Faz com que eu pareça inteligente, não acha?

O vice-reitor Gordon fez uma careta.

– Podemos voltar ao que interessa?

– Claro.

– Então Kathy não quer o dinheiro.

– Exatamente.

– O que ela quer, então?

Boa pergunta.

– Quer que a verdade seja revelada – arriscou. Sem se comprometer, vago, aberto.

– Que verdade?

– Pare de bancar o idiota – reagiu Myron rispidamente, fingindo irritação. – Você não estava prestes a preencher um cheque destinado à instituição de caridade predileta dela, estava?

– Mas eu não fiz nada – ele se lamentou. – Kathy foi embora naquela noite. Eu nunca mais a vi. Como poderia saber o que pensar ou o que fazer?

Myron lançou-lhe um olhar de descrença. Fez isso porque não tinha ideia do que mais tentar. Agora estava fazendo o jogo de Jake, o "fique em silêncio e espere que ele mesmo dê corda para se enforcar". Isso funcionava especialmente bem com políticos. Eles nascem com um cromossomo defensivo que não permite o silêncio prolongado.

– Ela precisa entender – continuou ele. – Eu fiz o melhor que pude. Ela desapareceu. O que eu podia fazer? Ir à polícia? Era isso o que ela queria? Eu não tinha como saber. Estava pensando nela. Ela podia ter mudado de ideia. Eu não sabia. Estava tentando levar em conta os interesses dela.

A expressão de descrença veio mais fácil depois dessa última frase. Myron só desejava saber do que, afinal, o vice-reitor estava falando. Os dois ficaram olhando um para o outro. Então aconteceu uma coisa com o rosto de Gordon. Myron não saberia dizer exatamente o que foi, mas toda a postura dele pareceu se afrouxar. Seus olhos mudaram, exibindo uma dor profunda. Ele balançou a cabeça.

– Chega – disse em voz baixa.

– O que chega?

Ele fechou o talão de cheques.

– Não vou pagar. Diga a Kathy que faço o que ela quiser. Vou ficar ao lado dela, não importa o que aconteça. Isso já foi longe demais. Não posso viver assim. Não sou um homem mau. Ela é uma garota doente. Precisa de ajuda. Eu quero ajudar.

Myron não esperava por isso.
– Está falando sério?
– Sim. Muito.
– Quer ajudar sua ex-amante?
A cabeça dele se levantou bruscamente.
– O que foi que você disse?
Myron estivera patinando às cegas em gelo fino. Parecia que o último comentário fora uma espécie de maçarico aceso.
– Você disse "amante"?
Epa!
– Kathy não mandou você – continuou ele. – Ela não tem nada a ver com isso, tem?
Myron não disse nada.
– Quem é você? Qual é o seu nome verdadeiro?
– Myron Bolitar.
– Quem?
– Myron Bolitar.
– É da polícia?
– Não.
– Então é exatamente o quê?
– Empresário esportivo.
– O quê?
– Represento atletas.
– Você... Então o que você tem a ver com isso?
– Sou um amigo. Estou tentando encontrar Kathy.
– Ela está viva?
– Não sei. Mas o senhor parece achar que sim.
O vice-reitor Gordon abriu a gaveta de baixo, pegou um cigarro e o acendeu.
– Isso faz mal – disse Myron.
– Parei de fumar há cinco anos. Pelo menos é o que todo mundo pensa.
– Outro segredinho?
Ele sorriu sem achar graça.
– Então foi você que me mandou a revista.
Myron balançou a cabeça.
– Não.
– Então quem foi?
– Não sei. Estou tentando descobrir. Mas sei sobre isso. E agora também sei que o senhor está escondendo algo sobre o desaparecimento de Kathy.

Ele tragou fundo e soltou uma longa baforada de fumaça.

– Eu poderia negar. Poderia negar tudo o que foi dito aqui hoje.

– Poderia. Mas eu tenho a revista. Não tenho motivos para mentir. E também sou amigo do xerife Jake Courter. Mas o senhor está certo. No fim, seria a minha palavra contra a sua.

O vice-reitor Gordon tirou os óculos e coçou os olhos.

– Não – disse ele lentamente. – Não vamos chegar a esse ponto. Eu estava falando sério. Quero ajudá-la. *Preciso* ajudá-la.

Myron não sabia bem o que pensar. O sujeito parecia estar sofrendo de verdade, mas Myron já tinha visto desempenhos que poriam no chinelo atores do quilate de Lawrence Olivier. Aquela culpa seria real? Será que a súbita catarse seria uma crise de consciência ou uma estratégia de autopreservação? Myron não sabia. Também não se importava muito, desde que chegasse à verdade.

– Quando foi a última vez que o senhor viu Kathy?

– Na noite em que ela desapareceu.

– Ela foi à sua casa.

Ele assentiu.

– Era tarde. Acho que por volta das onze, onze e meia da noite. Eu estava no meu escritório. Minha mulher estava na cama. A campainha tocou. Não uma vez. Repetidamente, com urgência. Intercalada com batidas fortes na porta. Era Kathy.

Sua voz estava no piloto automático, como se lesse um conto de fadas para uma criança.

– Ela estava chorando. Ou pelo menos soluçando incontrolavelmente. Tanto que não conseguia falar. Levei-a para o meu escritório. Servi um pouco de conhaque e enrolei uma manta em seus ombros. Ela parecia...

Ele parou, pensou.

– ... muito pequena. Desamparada. Sentei-me diante dela e segurei sua mão. Ela puxou-a de volta. Foi então que as lágrimas pararam. Não aos poucos, mas de uma vez só, como se tivessem desligado um botão. Ficou imóvel. Seu rosto estava completamente vazio, sem qualquer emoção. Então começou a falar.

Ele enfiou a mão na gaveta para pegar outro cigarro. Colocou-o na boca. O fósforo se acendeu na quarta tentativa.

– Começou do início. A voz dela estava notavelmente firme. Não ficou embargada nem esganiçada, o que é incrível quando se pensa que, apenas alguns instantes antes disso, ela estava histérica. Mas as palavras contradiziam o tom calmo. Contou histórias...

Ele parou de novo, balançou a cabeça.

– ... surpreendentes, no mínimo. Eu conhecia Kathy havia quase um ano, achava que ela era uma jovem ponderada, doce, correta. Não estou fazendo julgamentos morais. Mas para mim ela sempre havia sido antiquada. E ali estava ela, contando histórias que fariam um marinheiro corar.

Ele respirou fundo antes de continuar.

– Começou contando que, antes, ela havia sido tudo que eu sempre achei que ela fosse. Uma garota comum. A queridinha de todos. Mas então mudou. Em suas próprias palavras, tornou-se "uma vagabunda sem freio". Começou com alguns rapazes da turma do ensino médio. Mas rapidamente passou para coisas maiores. Adultos, professores, amigos dos pais. Com negros, asiáticos, homossexuais, dois ao mesmo tempo, até orgias. Tirava fotos dos encontros. Para guardar de lembrança, disse com um risinho.

– Ela mencionou algum nome? – perguntou Myron. – Dos professores, dos adultos ou de alguém?

– Não. Nenhum nome.

Os dois ficaram em silêncio. O vice-reitor Gordon parecia exausto.

– O que aconteceu em seguida? – instigou Myron.

Ele levantou a cabeça devagar, como se isso exigisse grande esforço.

– A vida dela começou a mudar. Para melhor. Ela disse que percebeu que o que estava fazendo era errado e estúpido. Disse que começou a resolver seus problemas. Foi aí que conheceu Christian e se apaixonou. Ela queria deixar tudo para trás, mas não era fácil. O passado não ia embora. Ela tentava e tentava. E então...

A voz dele ficou no ar.

– E então? – Myron o incentivou.

– Então Kathy simplesmente olhou para mim... Nunca vou esquecer isso. Ela disse: "Fui estuprada esta noite." Assim. Do nada. Fiquei pasmo, claro. Eram seis, disse ela. Ou sete, ela não tinha certeza. Um estupro coletivo no vestiário. Perguntei quando. Ela disse que tinha começado menos de uma hora antes. Tinha ido ao vestiário encontrar alguém. Um chantagista, disse ela. Um ex... é... pretendente, que havia ameaçado revelar seu passado. Ela iria pagar pelo silêncio dele.

O dinheiro que ela retirara do banco, pensou Myron.

– Mas, quando ela chegou ao vestiário, o chantagista não estava sozinho. Vários colegas de time estavam com ele, inclusive outro pretendente anterior. Disse que eles não bateram nela. E ela não lutou. Eram muitos e eram muito fortes.

Ele fechou os olhos, sua voz era um sussurro.

– Eles se revezaram.

Silêncio.

– Como eu disse antes, Kathy me contou tudo isso no tom mais sereno que eu já a ouvira usar. Os olhos estavam límpidos, decididos. Disse que só havia um modo de enterrar o passado. De uma vez por todas. Teria de enfrentá-lo de cabeça erguida, tirá-lo das sombras e jogá-lo ao sol para que definhasse e morresse como um vampiro. Disse que sabia o que precisava fazer.

Mais silêncio.

– O que era? – perguntou Myron.

– Processar os rapazes que a haviam estuprado. Encarar o passado e depois deixar tudo para trás. Caso contrário, isso iria acompanhá-la pelo resto da vida.

– O que o senhor disse?

O vice-reitor Gordon se encolheu diante da pergunta. Apagou o cigarro. Olhou para a gaveta de baixo mas não pegou outro.

– Falei para ela se acalmar.

Ele riu da lembrança.

– Acalmar. Nesse ponto a garota estava tão sem emoção, tão alheia, que era como se estivesse lendo um catálogo telefônico. E eu disse para ela se acalmar. Meu Deus!

– O que mais?

– Disse que achava que ela ainda estava em choque. E falei sério. Disse que ela deveria pensar em tudo, pesar as opções, e não correr para uma decisão que sem dúvida afetaria o resto da sua vida. Disse para pensar no que significaria ter o passado exposto. Para sua família, para os amigos, para o noivo, para ela própria.

– Em outras palavras – disse Myron –, o senhor tentou convencê-la a não fazer a acusação.

– Talvez. Mas não disse o que estava pensando realmente: uma jovem que se descrevia como vagabunda sem freio e que havia tido envolvimento com pornografia e sexo selvagem acusando de estupro um grupo de rapazes universitários, dois dos quais teriam tido um relacionamento anterior com ela. Eu queria que ela pensasse em tudo isso antes de cometer qualquer imprudência.

– Não seja tão bonzinho consigo mesmo – disse Myron. – O senhor não deu a mínima para ela. Ela veio pedir ajuda e o senhor pensou em tudo, menos nela. Pensou em sua preciosa instituição. Pensou no escândalo. Pensou no time de futebol às vésperas de um campeonato nacional. Pensou na própria carreira, em como pegaria mal o fato de ela trabalhar para o senhor e se sentir à vontade para procurá-lo em sua casa tarde da noite. O seu nome ficaria ligado a isso. As pessoas iriam investigá-lo mais de perto, talvez desenterrar seu arranjo conjugal incomum.

Isso o fez erguer a cabeça.

– O que é que tem meu arranjo conjugal?

– A expressão "uma vez a cada dois meses" significa alguma coisa para o senhor?

Seu queixo caiu.

– Como...

Ele parou, quase sorriu.

– Você é um rapaz muito bem informado.

– Onisciente – corrigiu Myron. – Como Deus.

– Não vou comentar sobre meu casamento, porém não seria de todo honesto se não admitisse que essas considerações egoístas me passaram pela cabeça. Mas eu estava preocupado com Kathy, também. Um erro assim...

– Um estupro, reitor. Não um erro. Kathy foi estuprada. Ela não cometeu um "erro". Não foi vítima de uma mera indiscrição. Um bando de jogadores de futebol prendeu-a num vestiário e se revezou violentando-a.

– Você está simplificando a situação.

– O senhor é que simplificou a situação. Simplesmente colocou Kathy em último lugar.

– Não é verdade.

Myron balançou a cabeça. Não era hora para isso.

– E o que aconteceu depois que o senhor brindou Kathy com seu sábio conselho?

Ele tentou dar de ombros mas não conseguiu.

– Ela me olhou de um jeito estranho, como se eu a tivesse traído. Eu só queria ajudar. Talvez ela tenha entendido minhas palavras do mesmo jeito que você. Não sei. Ela se levantou e disse que voltaria na manhã seguinte para fazer as acusações. E foi embora. Nunca mais tive notícias dela até que esta revista chegou pelo correio. E o telefonema, há algumas noites.

– Que telefonema?

– Há algumas noites, muito tarde, recebi um telefonema. Uma voz de mulher, poderia ser de Kathy ou não, disse: "Curta a revista. Venha me pegar. Eu sobrevivi."

– "Venha me pegar. Eu sobrevivi"?

– Algo assim.

– O que ela queria dizer?

– Não faço a mínima ideia.

– O que o senhor pensou quando ficou sabendo do desaparecimento de Kathy?

– Que ela havia fugido. Que tinha decidido que aquilo era a gota d'água para ela. Achei que voltaria quando estivesse pronta. A polícia também pensou isso, até que encontraram a calcinha. Então veio a suspeita de crime sexual. Mas eu sabia que a calcinha provavelmente estava ligada ao estupro, não ao desaparecimento. Por isso, continuei achando que ela teria fugido.

– Não passou pela sua cabeça a possibilidade de que os estupradores quisessem silenciá-la?

– Passou, sim. Mas aqueles rapazes não seriam capazes de...

– Estupradores – corrigiu Myron. – "Rapazes" que estupraram em grupo uma garota que nunca lhes fez mal. O senhor não achou que eles teriam a capacidade de cometer assassinato?

– Se eles quisessem matá-la, nunca teriam deixado que fosse embora – contrapôs o vice-reitor com firmeza. – Foi o que pensei.

– E então ficou de boca fechada.

Ele assentiu.

– Foi um erro. Agora eu sei. Esperava que ela tivesse apenas fugido durante alguns dias para pôr a cabeça no lugar. Quando uma semana se passou, percebi que era tarde demais para dizer alguma coisa.

– O senhor optou por viver com a mentira.

– É.

– Mas ela era só uma estudante. Foi procurá-lo pedindo ajuda no momento mais difícil da vida. E o senhor recusou.

– Acha que eu não sei disso? – gritou ele. – Isso está me corroendo há um ano e meio.

– É, o senhor é um verdadeiro benfeitor.

– O que é que você quer de mim, afinal, Bolitar?

Myron se levantou.

– Peça demissão. Imediatamente.

– E se eu recusar?

– Então vou arrastá-lo para baixo, e vai ser pior do que o senhor jamais imaginou. Amanhã de manhã cedo. Entregue a carta de demissão.

O vice-reitor olhou para cima, os dedos sustentando o queixo. O tempo passou. Seu rosto começou a se suavizar como se devido ao toque de um massagista. Os olhos se fecharam e os ombros se afrouxaram. Depois ele assentiu lentamente.

– Certo. Obrigado.

– Isso não é penitência. O senhor não vai escapar tão fácil.

– Eu sei.

– Uma última coisa: Kathy mencionou algum nome?

– Nome?

– Dos estupradores.

Ele hesitou.

– Não.

– Mas o senhor faz alguma ideia?

– Não se baseia em nada de concreto.

– Diga.

– Alguns dias depois de ela desaparecer, notei que um certo aluno começou a esbanjar dinheiro. Era um encrenqueiro. Comprou um BMW conversível. Isso me chamou a atenção porque ele passou com o carro por cima do gramado. Arrancou um monte de grama.

– Quem?

– Um ex-jogador de futebol. Foi expulso do time por vender drogas. O nome dele era Junior Horton. O pessoal o chamava de...

– Horty.

Myron foi embora sem dizer mais uma palavra, com pressa em sair do prédio. Era um dia lindo. Quente e seco, o sol enfraquecendo no fim de tarde mas ainda relutando em ir embora. O ar trazia cheiros de grama recém-cortada e cerejeiras em flor. Myron sentiu vontade de estender uma toalha no gramado. Quis se deitar e pensar no que acontecera a Kathy Culver.

Não tinha tempo.

O telefone em seu Ford Taurus estava tocando quando ele abriu a porta. Era Esperanza.

– Beco sem saída com Lucy – disse ela. – Não foi Adam Culver que comprou as fotos.

Outra teoria indo pelos ares. Já ia ligar o carro quando escutou a voz de Jake Courter.

– Imaginei que fosse encontrá-lo aqui.

Myron olhou pela janela aberta.

– O que foi, Jake?

– Vamos liberar o nome de Nancy Serat para a imprensa.

Myron assentiu.

– Obrigado por avisar.

– Não é por isso que estou aqui.

Myron não gostou da voz dele.

– Temos um suspeito – continuou Jake. – Nós o pegamos para interrogatório.

– Quem?

– Seu cliente. Christian Steele.

34

— O QUE É QUE TEM O CHRISTIAN? – perguntou Myron.

— Nancy Serat tinha alugado aquela casa há uma semana – respondeu Jake. – Um dia ou dois antes de partir para Cancún. Ainda nem havia desfeito a mudança.

— E?

— E como as digitais de Christian Steele, digitais limpas, frescas, estavam por todo o lugar? Na maçaneta da frente. Num copo. No console da lareira.

Myron tentou não parecer perplexo.

— Ora, Jake. Você não pode fazer uma prisão baseado nisso. A imprensa vai comê-lo vivo.

— Como se eu ligasse a mínima.

— Você não tem nada para acusá-lo.

— Podemos provar que ele esteve no local do crime.

— E daí? Você pode provar que Jessica esteve lá. Vai prendê-la também?

Jake desabotoou o paletó, permitindo que a barriga se expandisse. Estava usando um terno marrom de cerca de 1972. Numa palavra: lapelas. Jake não era escravo da moda.

— Tudo bem, garoto esperto. Então quer me dizer o que seu cliente foi fazer na casa de Nancy Serat?

— Vamos perguntar a ele. Ele vai falar com você. Christian é um bom garoto, Jake. Não o arruíne baseado em especulação.

— É. Eu odiaria arruinar suas comissões.

— Golpe baixo, Jake.

— Você não é imparcial neste caso, Bolitar. O garoto é seu cliente mais valioso, é o seu ingresso para as grandes ligas. Você não quer que ele seja culpado.

Myron olhou para ele sem dizer nada.

— Deixe seu carro aqui – disse Jake. – Eu o levo até a delegacia.

Ficava só a um quilômetro e meio. Quando pararam no estacionamento, Jake disse:

— O novo promotor de justiça está aí. Um jovem figurão chamado Roland. Epa!

— Cary Roland? – perguntou Myron. – Cabelo encaracolado?

— Você o conhece?

— Conheço.

— Ele adora publicidade – disse Jake. – Fica com tesão quando se vê na TV. Praticamente se melou todo quando ouviu o nome de Christian.

Myron podia imaginar. Ele e Cary Roland eram velhos conhecidos. Isso não era nada bom.

– Ele divulgou o nome de Christian?

– Ainda não. Cary decidiu esperar até as 11 horas. Para conseguir aparecer ao vivo em todas as redes.

– E tem tempo suficiente para ajeitar as madeixas.

– Isso também.

Christian estava sentado numa sala pequena, não teria mais do que seis metros quadrados. Ocupava uma cadeira atrás de uma mesa. Não havia luzes quentes ou qualquer pessoa com ele.

– Onde está o Roland? – perguntou Myron.

– Atrás do espelho.

Espelho falso, até mesmo numa delegacia chinfrim como esta. Myron entrou na sala, olhou para o espelho, ajeitou a gravata e se conteve para não fazer um gesto obsceno para Roland. O Sr. Maturidade ataca outra vez.

– Sr. Bolitar?

Myron se virou. Christian acenou para ele como se tivesse visto um rosto familiar na arquibancada.

– Você está bem? – perguntou Myron.

– Estou. Só ainda não entendi o que estou fazendo aqui.

Um policial uniformizado entrou com um gravador. Myron se virou para Jake.

– Ele está preso?

Jake riu.

– Quase esqueci, Bolitar. Você é advogado também. É bom lidar com um profissional.

– Ele está preso? – Myron repetiu.

– Ainda não. Só queremos fazer umas perguntas.

O policial uniformizado cuidou dos ajustes preliminares. Então Jake começou:

– Sou o xerife Jake Courter, Sr. Steele. Lembra-se de mim?

– Sim, senhor. O senhor está cuidando do desaparecimento da minha noiva.

– Correto. Agora, Sr. Steele, conhece uma mulher chamada Nancy Serat?

– Ela era colega de quarto de Kathy na Reston.

– O senhor sabe que Nancy Serat foi assassinada ontem à noite?

Os olhos de Christian se arregalaram. Ele se virou para Myron. Myron assentiu.

– Meu Deus... Não!

– O senhor era amigo de Nancy Serat?

A voz dele saiu oca:

– Sim, senhor.

– Sr. Steele, pode nos dizer onde esteve ontem à noite?

Myron interrompeu:

– Ontem à noite a que horas?

– Desde que saiu do treino até a hora em que foi dormir.

Myron hesitou. Aquilo era uma armadilha. Ele podia tentar desarmá-la ou poderia deixar Christian cuidar disso sozinho. Na maioria das circunstâncias, teria intervindo e dado um aviso sutil sobre o que a resposta errada poderia significar. Mas desta vez apenas se recostou e observou.

– Se quer saber se eu estive com Nancy Serat ontem à noite – disse Christian lentamente –, a resposta é sim.

Myron respirou de novo. Olhou para o espelho falso e pôs a língua para fora. O fim do Sr. Maturidade.

– A que horas foi isso? – perguntou Jake.

– Por volta das nove.

– Onde o senhor a viu?

– Na casa dela.

– Na Acre Street, número 118?

– Sim, senhor.

– Qual foi o propósito de sua visita?

– Nancy voltou de uma viagem naquela manhã. Ela me ligou e disse que precisava falar comigo.

– Disse por quê?

– Disse que tinha algo a ver com Kathy. Não quis dizer mais nada pelo telefone.

– O que aconteceu quando o senhor chegou à casa na Acre Street, número 118?

– Nancy praticamente me pôs porta afora. Disse que eu precisava ir embora imediatamente.

– Disse por quê?

– Não, senhor. Eu perguntei o que estava acontecendo, mas ela insistiu. Prometeu me ligar dali a um ou dois dias e contar tudo, mas que eu tinha de ir embora.

– O que o senhor fez?

– Argumentei com ela durante um minuto ou dois. Ela começou a ficar perturbada e falar coisas que não faziam sentido. Até que eu desisti e fui embora.

– Que tipo de coisa ela disse?

– Algo sobre irmãs se reunirem.

Myron se enrijeceu.

– O quê, sobre irmãs se reunirem? – perguntou Jake.

– Não lembro exatamente. Algo tipo "É hora de as irmãs se reunirem". Não estava fazendo muito sentido, senhor.

Jake olhou para Myron. Myron olhou de volta.

– Você se lembra de mais alguma coisa que ela tenha dito?

– Não, senhor.

– Você foi direto para casa depois disso?

– Sim, senhor.

– A que horas chegou em casa?

– Umas 10h15 da noite, acho. Talvez um pouco mais tarde.

– Há alguém que possa confirmar a hora?

– Acho que não. Acabei de me mudar para um prédio em Englewood. Talvez algum vizinho tenha visto, não sei.

– O senhor se importaria em esperar aqui um minuto?

Jake sinalizou para que Myron o seguisse. Myron concordou, mas, antes de sair, se inclinou na direção de Christian:

– Não diga mais nenhuma palavra até eu voltar.

O rapaz assentiu.

Foram para a outra sala. O outro lado do espelho, por assim dizer.

Cary Roland tinha mostrado sinais de ambição política pela primeira vez ao sair do útero da mãe. O promotor tinha feito a faculdade de direito junto com Myron, em Harvard. Era um sujeito brilhante. Editor do jornal jurídico. Assistente de um juiz da Suprema Corte.

Ainda parecia o mesmo. Terno cinza com colete (sim, ele ia para as aulas usando terno). Nariz adunco. Olhos pequenos e escuros. Cabelos encaracolados soltos, como os de um astro de rock dos anos 1970, só que mais curtos.

Roland balançou a cabeça. Depois fez um ruído que demonstrava indignação.

– Cliente criativo, Bolitar.

– Não tão criativo quanto seu barbeiro – respondeu Myron.

Jake conteve uma gargalhada.

– Acredito que devemos fichá-lo – continuou Roland. – Vamos anunciar na coletiva para a imprensa.

– Agora entendi – disse Myron.

– Entendeu o quê?

– O pau duro. Quando você disse "imprensa".

Risinhos disfarçados.

Roland fumegou.

– Ainda é comediante, hein, Bolitar? Bom, seu cliente está prestes a cair do cavalo.

– Acho que não, Cary.

– Não me importa o que você ache.

Myron suspirou.

– Christian lhe deu uma explicação razoável para estar na casa de Nancy Serat. Você não tem nada além disso, ou seja: não tem nada. Além do mais, imagine as manchetes se Christian for inocente: "Jovem Promotor Comete Erro. Mancha o Nome de Herói do Esporte Visando a Ganho Pessoal. Prejudica o Titans no Super Bowl. Torna-se o Homem Mais Odiado do Estado."

Roland engoliu em seco. Não havia pensado nisso. Estivera ofuscado pelas luzes. As luzes da TV.

– Xerife Courter, o que acha?

Era hora de dar marcha a ré.

– Não temos escolha – disse Jake. – Temos de deixá-lo ir.

– Você acredita na história dele?

Jake deu de ombros.

– Não dá para saber. Mas não temos o suficiente para mantê-lo aqui.

– Certo – disse Roland, assentindo com esforço. Sujeito importante. – Ele está livre. Mas é melhor não sair da cidade.

Myron olhou para Jake.

– Não sair da cidade?

Myron riu. Gargalhou.

– Ele acaba de dizer para não sair da cidade?

Jake estava tentando se segurar. Mas seus lábios estremeciam um bocado.

O rosto de Roland ficou vermelho.

– Infantil – disse com desprezo. – Xerife, quero atualizações diárias sobre o caso.

– Sim, senhor.

Roland lançou a todos seu olhar mais amedrontador. Ninguém caiu de joelhos. Ele saiu intempestivamente.

– Trabalhar para ele deve ser uma gargalhada interminável – disse Myron.

– Divertidíssimo.

– Christian e eu podemos ir agora?

Jake balançou a cabeça.

– Não antes de eu saber sobre sua visita ao vice-reitor Gordon.

35

Myron atualizou Jake. Depois levou Christian para casa. No caminho pôs Christian a par de tudo também. De tudo. Christian quis saber. Myron tentou poupá-lo, mas não tinha o direito de esconder dele essas coisas.

Christian não o interrompeu com perguntas. De fato, não disse nada. Em campo, ele era conhecido pela postura que mantinha em qualquer situação. Nesse momento o rosto de Christian mostrava sua melhor expressão de jogo.

Quando Myron terminou, nenhum dos dois falou durante vários minutos. Então Myron perguntou:

– Você está bem?

Christian assentiu. Seu rosto estava pálido.

– Obrigado por ser honesto comigo – disse.

– Kathy amava você. Muito. Não se esqueça disso.

O rapaz assentiu novamente.

– Temos que encontrá-la – disse Christian.

– Estou tentando.

Christian se remexeu no banco para encarar Myron.

– Quando eu estava sendo sondado por todos aqueles empresários grandes, todo o processo parecia... não sei... muito impessoal. Tudo tinha a ver com dinheiro. Ainda tem, eu sei. Não estou sendo ingênuo, mas o senhor foi diferente. Eu soube instintivamente que podia confiar. Acho que o que estou tentando dizer é que o senhor virou mais do que um empresário para mim. Fico feliz por tê-lo escolhido.

– Eu também. Pode não ser o melhor momento para perguntar, mas como você ficou sabendo sobre mim?

– Alguém fez uma recomendação excelente.

– Quem?

Christian sorriu.

– O senhor não sabe?

– Um cliente?

– Não.

Myron balançou a cabeça.

– Não faço ideia.

Christian se recostou no banco.

– Jessica. Ela me contou a história da sua vida. Sobre seu tempo de jogador, sua lesão, o que o senhor passou, como trabalhou para o FBI, como voltou a estudar. Disse que o senhor era a melhor pessoa que ela conhecia.

– Jessica não conhece muita gente.

Voltaram a ficar em silêncio. A New Jersey Turnpike estava com uma faixa central fechada, o que os fez diminuir a velocidade até quase se arrastarem. Deveriam ter pegado a saída oeste. Myron já ia mudar de faixa quando Christian disse uma coisa que quase o fez pisar no freio:

– Minha mãe posou nua, uma vez.

Myron pensou que tinha ouvido mal.

– O quê?

– Quando eu era criança. Não sei se publicaram numa revista. Duvido. Ela não era muito bonita na época. Tinha 25 anos mas aparentava 60. Trabalhava como prostituta em Nova York. Na rua. Não sei quem é meu pai. Ela achava que era um cara de uma festa de despedida de solteiro, mas não fazia ideia de qual.

Myron o olhou disfarçadamente. Christian olhava para a frente. A expressão de jogo continuava em seu rosto.

– Pensei que seus pais tinham criado você no Kansas – disse Myron com cautela.

Christian balançou a cabeça.

– Foram meus avós. Minha mãe morreu quando eu tinha 7 anos. Eles me adotaram. Tínhamos o mesmo sobrenome, então eu fingia que eles eram meus pais de verdade.

– Eu não sabia. Sinto muito.

– Não precisa. Eles foram pais maravilhosos. Acho que cometeram muitos erros com minha mãe, pelo modo como ela acabou. Mas eram bons e amorosos comigo. Sinto muita falta deles.

Agora o silêncio era mais pesado. Passaram por Meadowlands. Myron pagou o pedágio no fim da estrada e seguiu as placas para a ponte George Washington. Christian havia comprado um apartamento que ficava três quilômetros antes da ponte e a 10 do estádio do Titans. Trezentos apartamentos pré-fabricados, com o nome de Cross Creek Pointe, um daqueles conjuntos residenciais de Nova Jersey que pareciam ter saído de *Poltergeist*.

Enquanto paravam num sinal, o telefone do carro tocou. Myron atendeu.

– Alô.

– Onde você está?

Era Jessica.

– Em Englewood.

– Pegue a Rota 4 para oeste até a 17 norte – disse ela rapidamente. – Vou encontrar você no estacionamento do Pathmark em Ramsey.

– O que está acontecendo?

– Só me encontre lá. Agora.

36

No momento em que viu Jessica parada sob o brilho crepuscular das luzes fluorescentes do estacionamento do Pathmark, dolorosamente linda vestindo uma calça jeans justa e uma blusa vermelha aberta no pescoço, Myron soube que havia problema. E dos grandes.

– É muito ruim? – perguntou.

Ela abriu a porta do carro e sentou-se ao lado dele.

– Pior.

Ele não pôde evitar. Não conseguia parar de pensar em como ela era linda. Estava um pouco pálida, os olhos meio fundos demais. Ainda não tinha pés de galinha, mas novas rugas haviam se desenhado no rosto. Teriam estado ali ontem, ou no dia em que ela foi ao seu escritório? Não tinha certeza. Mas achou que ela jamais parecera tão devastadora. As imperfeições, se você quisesse chamar assim, só a tornavam mais real e, portanto, mais desejável. A "reitoresa" Madelaine era atraente, mas não passava de uma lanterna de bolso diante do farol ofuscante que era Jessica.

– Quer contar?

Ela balançou a cabeça.

– Prefiro mostrar.

E começou a dar orientações. Quando chegaram a uma estrada com o nome muito apropriado de Caminho de Terra Vermelha, ela disse:

– Meu pai alugou uma cabana aqui.

– Nesta floresta?

– É.

– Quando?

– Duas semanas atrás. Alugou por um mês. Segundo o corretor, ele queria um lugar calmo. Um lugar para se afastar de tudo.

– Não parece muito o estilo do seu pai.

– Nem um pouco – concordou ela.

Alguns minutos depois, chegaram à cabana. Myron achava difícil acreditar que Adam Culver, um homem que ele conhecera bastante bem durante o tempo que ficara com Jessica, quisesse tirar férias ali. O sujeito gostava de jogar. Gostava de cavalos, de roleta, de vinte e um. Gostava de ação. Sua ideia de calmaria era um show de Tony Bennett num estádio lotado.

Jessica saiu do carro. Myron foi atrás. A postura dela era ereta, perfeita. Assim como o andar, algo que Myron, no passado, adorava ficar olhando. Mas havia uma hesitação inconfundível nos passos, como se as pernas não tivessem certeza se conseguiriam sustentar aquele tronco elegante durante todo o longo percurso.

As pisadas dos dois estalaram nos degraus da varanda de madeira. Myron viu partes podres. Jessica destrancou a porta e a empurrou.

– Veja.

Myron viu. Não disse nada. Podia sentir o olhar dela fixo nele.

– Verifiquei o cartão do meu pai – disse ela. – Ele gastou mais de 3 mil dólares numa loja na cidade chamada Olho Espião.

Myron conhecia a loja. Aquilo era definitivamente coisa de lá. Três câmeras de vídeo esparramadas no sofá. Panasonic. Todas com suporte, de modo que pudessem ser penduradas se fosse o caso. Também havia três pequenos monitores de televisão. Também Panasonic. Do tipo que se veria na sala de segurança de um prédio chique. Dois aparelhos de videocassete Toshiba. Um monte de cabos e coisas do tipo.

Mas não era isso o que mais incomodava. Sozinhos, aqueles aparelhos eletrônicos todos poderiam significar várias coisas. Mas outros dois itens – que atraíram o olhar de Myron e prenderam sua atenção como um bebê que segurasse uma moeda – mudavam tudo. Eram o catalisador que faltava. Completavam uma mistura perigosa demais para ser ignorada.

Encostado na parede havia um fuzil. E no chão, ao lado, um par de algemas.

– O que é que ele estava fazendo aqui? – perguntou Jessica.

Myron sabia no que ela estava pensando. Nas garotas mortas encontradas ali perto. As imagens divulgadas na TV, corpos espancados e decompostos, pairavam acima deles como fantasmas.

– Quando ele comprou essas coisas? – perguntou Myron.

– Há duas semanas.

Os olhos dela estavam límpidos, controlados.

– Escute, eu tive tempo de pensar nisso. Mesmo que nossos piores temores sejam verdade, eles não explicam nada. E a foto na revista? Ou a letra de Kathy naquele envelope? Ou os telefonemas? Ou, por sinal, o assassinato dele?

Myron olhou para ela. Sabia que estava procurando uma explicação – qualquer uma que não fosse a que os encarava naquele instante.

– Você está bem? – perguntou ele.

Ela cruzou os braços sob os seios, uma das mãos em cada cotovelo, como se estivesse se abraçando.

– Estou me sentindo... desancorada – disse ela.

– Você aguenta mais?

As mãos dela tombaram ao lado do corpo.

– Por quê? O que houve?

Ele hesitou.

Ela explodiu:

– Não me enrole, droga!

– Jess...

– Você sabe que odeio essa sua babaquice de proteger a mocinha! Diga o que está acontecendo, droga!

– Kathy foi estuprada por um grupo dos colegas de time de Christian na noite em que desapareceu.

Foi como se Jessica tivesse levado um tapa na cara. Myron correu para ela.

– Sinto muito – disse.

– Só conte o que aconteceu. Tudo.

Myron contou. Os olhos claros e controlados de Jessica ficaram vazios, sem vida. Ela permaneceu num silêncio pouco característico.

– Desgraçados – conseguiu dizer. – Desgraçados filhos da puta.

Ele assentiu.

– Um deles a matou – disse ela. – Ou todos. Para que ela se calasse.

– É possível.

Ela fez uma pausa, pensando. Então seus olhos voltaram à vida.

– Imagine – começou lentamente – que meu pai tenha descoberto sobre o estupro.

Myron assentiu.

– O que ele faria? – continuou ela. – Como você reagiria se tivesse acontecido com sua filha?

– Ficaria furioso.

– Conseguiria se controlar?

– Kathy não é minha filha e, mesmo assim, ainda não sei se posso me controlar.

Jessica assentiu.

– Então talvez, apenas talvez, isso explique essas coisas aqui. O material eletrônico, as algemas, o fuzil. É possível que ele estivesse usando este esconderijo na floresta para pegar um estuprador e fazer justiça com as próprias mãos.

– Kathy foi estuprada por um grupo. Eram seis ou sete. Mas este lugar parece ter sido preparado para uma pessoa.

– Mas – continuou ela, um leve sorriso fantasmagórico no rosto – imagine se meu pai estivesse exatamente na mesma posição em que estamos agora.

– Não entendi.

– Imagine se ele soubesse o nome de apenas um estuprador. Talvez esse tal de Horton. O que ele poderia fazer? O que *você* poderia fazer?

– Poderia sequestrá-lo e fazer com que ele falasse.

– Exatamente.

– Mas é uma possibilidade tremendamente remota. Por que eu gravaria em vídeo? Por que precisaria de câmeras e monitores?

– Para gravar a confissão, certificar-se de que ninguém vinha pela estrada, sei lá. Você tem uma hipótese melhor?

Ele não tinha.

– Você examinou o resto da casa?

– Não tive chance. O corretor me trouxe aqui. Praticamente infartou quando viu essas coisas.

– O que você disse a ele?

– Que eu sabia que isso tudo estava aqui. Que meu pai era investigador particular e trabalhava disfarçado.

Myron fez uma careta.

– Foi o melhor que eu pude bolar na hora.

– E ele engoliu?

– Acho que sim.

Myron balançou a cabeça.

– Achei que você fosse escritora.

– Não sou boa em improvisar. Sou muito melhor na parte escrita do que na oral.

– Baseado em minha própria experiência – disse ele –, eu teria de discordar.

– Bela hora para fazer gracinha.

Ele deu de ombros.

– Só para relaxar.

Ela quase sorriu.

– Vamos ver a casa – disse ele.

Não havia muita coisa para olhar. A sala não tinha gavetas nem armários. Tudo estava à vista: o equipamento eletrônico, as algemas, o fuzil. A cozinha não tinha surpresas. O mesmo em relação ao banheiro. Com isso, restava apenas o quarto.

Era pequeno. Do tamanho de um quarto de hóspedes numa casa de praia. A cama de casal ocupava quase o cômodo inteiro. Havia luminárias de leitura nos dois lados da cama, presas à parede porque não sobrava espaço para mesinhas de cabeceira. Também não havia penteadeira. A cama estava arrumada com uma colcha de flanela. Verificaram o armário.

Bingo!

Calças pretas, camiseta preta, casaco preto. E, pior de tudo, uma máscara de esqui preta.

– Máscara de esqui no verão? – perguntou Myron.

– Ele poderia precisar de uma para sequestrar o Horton – supôs ela. Mas seu tom de voz não convencia.

Myron se abaixou e olhou embaixo da cama. Viu um saco plástico. Esticou a mão, pegou-o e o arrastou pelo piso coberto de poeira. O saco era vermelho. As iniciais MLCB estavam impressas na frente.

– Medicina legal do condado de Bergen – explicou Jessica.

Parecia um daqueles antigos sacos de guardar ternos, com botão de pressão na parte de cima. Myron o puxou. O saco se abriu com um estalo. Tirou de dentro uma calça esportiva cinza com cadarço na cintura. Depois enfiou a mão de novo e pegou um suéter amarelo com a letra T em vermelho. As duas peças de roupa estavam cobertas de terra grudada.

– Reconhece isto? – perguntou ele.

– Só o suéter amarelo. Era do meu pai, de quando estudava na Tarlow.

– Coisa estranha para se guardar sob uma cama aqui.

Os olhos de Jessica se iluminaram.

– A mensagem de Nancy! Meu Deus! Ela disse que meu pai contou sobre o suéter amarelo de Kathy.

– Epa, devagar aí. O que Nancy disse, exatamente?

– Vou citar ao pé da letra: "Ficou falando do suéter amarelo, o predileto dele, que deu a Kathy. Uma história linda." Foram exatamente essas palavras. Não era meu pai quem o usava, era Kathy. Para dormir ou ficar em casa.

– Seu pai deu a ela?

– É.

– E como o pegou de volta?

– Não sei. Devia estar no meio das coisas pessoais dela, na faculdade.

– O que não explica por que ele falou disso a Nancy Serat. Ou por que estava escondido embaixo da cama dele.

Os dois ficaram parados em silêncio.

– Estamos deixando escapar alguma coisa – disse ela.

– Talvez o seu pai tenha visto nestas coisas algo que nós ainda não conseguimos enxergar.

– Como assim?

– Não sei. Mas estas roupas obviamente significavam algo para ele. Talvez ele as tenha encontrado em algum lugar incomum. Ou talvez a polícia tenha encontrado.

– Mas Kathy estava usando azul na noite em que sumiu. Isso ficou claro.

Myron se lembrou do testemunho das colegas da irmandade e da foto. Mas, afinal...

– Há um modo de verificar isso.
– Como?

Ele foi correndo até o carro. A escuridão finalmente havia reivindicado para si o longo dia de verão. Ligou o telefone, esperando que não estivessem fora da área de cobertura. Três barrinhas se iluminaram na tela. O bastante para o telefone funcionar. Tentou falar com o escritório do vice-reitor Gordon. Deixou tocar 20 vezes. Sem resposta. Tentou a casa dele. Foi atendido ao terceiro toque.

O vice-reitor Gordon disse:

– Alô.
– O que Kathy estava usando quando foi à sua casa?

Não havia necessidade de identificação nem de amenidades.

– Usando? Uma blusa e uma saia.
– De que cor?
– Azul. Acho que a blusa estava meio rasgada.

Myron desligou.

– De volta à estaca zero – disse Jessica.

Talvez, pensou Myron. Mas o clarão de uma imagem atravessou seu pensamento. Não conseguiu captá-la, nem conseguiu identificar o que seria. Mas havia estado ali. Voltaria.

– Vamos – disse Jessica baixinho, segurando sua mão. A luz do carro proporcionava iluminação suficiente para que ele visse a expressão nos olhos dela. Eram olhos lindos, claros a ponto de serem quase amarelos. – Quero ir embora daqui.

Ele fechou a porta do carro, sentindo-se subitamente engasgado. A luz interna se apagou, mergulhando-os na escuridão. Myron não conseguia mais ver o rosto dela.

– Aonde você quer ir?

No escuro, escutou a voz dela.

– A algum lugar onde a gente possa ficar a sós.

37

Encontraram um Hilton em Mahwah.

Com Jessica a seu lado, Myron pediu a melhor suíte disponível. O olhar do recepcionista passou de Myron para Jessica, espiando-a com luxúria e invejando Myron. Alguém estava oferecendo uma recepção formal no saguão do hotel. Homens de smoking, mulheres de vestidos longos. Mas todos os homens, boquiabertos, olhavam para Jessica, que usava calça jeans e uma blusa vermelha de botões.

Myron estava acostumado com isso. Quando namoravam, ele de início sentia um prazer quase perverso em ver os homens olhando para ela. Assistia a tudo com o familiar risinho machão triunfante de "pode olhar, mas quem pega sou eu". Mas depois ele começou a ver nos olhares coisas que não estavam lá e a insegurança masculina, mais familiar ainda, se enterrou na sua racionalidade.

Jessica era treinada nisso. Sabia como ignorar os olhares sem parecer fria, entediada ou interessada.

O quarto ficava no sexto andar. Mal haviam fechado a porta quando começaram a se beijar. A língua de Jessica circulou a dele e tenteou-a gentilmente, fazendo o corpo inteiro de Myron tremer desamparado. Ele começou a desabotoar a blusa de Jessica. Sua boca ficou seca. Chegou a ofegar quando a viu nua de novo. Ficou sem fôlego e tonto. Segurou um seio quente, sentindo na mão aquele peso delicioso. Ela gemeu em sua boca.

Foram para a cama.

Sempre haviam feito amor de forma intensa, entregando-se totalmente, mas desta vez, de algum modo, foi mais animalesco, cheio de carência, e no entanto mais terno.

Mais tarde, muito mais tarde, Jessica sentou-se, beijando-o gentilmente na bochecha.

– Isso foi incrível – disse.

Myron deu de ombros.

– Nada mau.

– Nada mau?

– Para mim. Para você, foi incrível.

Ela pôs os pés fora da cama e vestiu um roupão do hotel.

– Eu gostei – disse ela.

– Foi o que pareceu.

– Fui um pouquinho barulhenta, não fui?

– Um pouquinho barulhento é um show do The Who. Você mandou ver no volume.

Ela parou junto à cama, sorrindo. O roupão estava amarrado frouxamente, formando um decote bastante generoso e mostrando pernas tão longas a ponto de serem quase intimidantes.

– Não ouvi você reclamar.

– Como poderia ouvir, com aquela gritaria toda?

– Que horas são?

– Meia-noite.

Ele estendeu a mão para o telefone.

– Está com fome? – perguntou Myron.

Ela lhe lançou um olhar que ele sentiu nos dedos dos pés. Bom, não exatamente nos dedos dos pés.

– Morrendo de fome – respondeu.

– Fome de comida, Jess. De comida.

– Ah...

– Nunca ouviu falar sobre o "tempo de recuperação" dos homens, na aula de educação sexual?

– Devo ter faltado nesse dia.

– Nós precisamos dos três erres: reabastecimento, restauração, recuperação.

Ele olhou para o menu.

– Droga.

– O que foi?

– Não tem ostras.

– Myron?

– O quê?

– Tem uma banheira de hidromassagem aqui.

– Jess...

Ela olhou para ele com ar inocente.

– Podemos ficar de molho até a comida chegar. Recuperação. É um dos três erres.

– Só ficar de molho?

– Só ficar de molho.

Ela tinha dito ficar de molho. Ele estava certo disso. Sem se ensaboarem. Mas foi assim que a coisa começou. Ela o ensaboou, trazendo-o de volta à vida. Myron tentou resistir, quase com medo de sentir como aquilo era bom. Mas não pôde. Jessica brincou com ele, provocou-o até o limite, deixou-o balançado, depois puxou-o de volta. Myron não tinha chances. Expressões como *céu*, *êxtase*, *paraíso* e *néctar dos deuses* flutuavam em sua mente.

Rendição total.

Com um sussurro de "agora", ela o libertou. Seus terminais nervosos se agitaram e cantaram. A explosão de luz incandescente foi tão poderosa que seus ouvidos estalaram. O brilho doeu em seus olhos.

– Incrível! – ele conseguiu dizer.

Ela se recostou, sorrindo.

– Nada mau.

Houve uma batida na porta. Provavelmente era o serviço de quarto. Nenhum dos dois se mexeu.

– Por que não vai atender? – disse ela.
– Minhas pernas. Não conseguem se mexer. Talvez eu não ande nunca mais.
Outra batida.
– Eu estou nua – disse ela.
– E como eu estou, pronto para uma entrevista coletiva?
– Mas você receberia uma boa cobertura da imprensa.
Myron se lamentou pela piada.
Outra batida.
– Anda, Myron. Enrole uma toalha em volta dessa bunda durinha e mexa-se.
Era a segunda mulher a mencionar sua bunda no mesmo dia. U-hu. Ele pegou a toalha e foi em direção à porta. Outra batida.
– Só um segundo.
Abriu a porta. Não era a comida.
– Serviço de quarto – disse Win. – Posso arrumar sua cama?
– Não viu a placa de "não perturbe"?
Win olhou para a maçaneta.
– Desculpa. Mim não falar seu idioma.
– Como achou a gente, afinal?
– Rastreei seu cartão – disse, como se fosse a coisa mais natural do mundo. – Você entrou aqui às 20h22.
Win encostou a cabeça no portal.
– Olá, Jessica – gritou.
Do banheiro:
– Oi, Win.
Myron ouviu-a saindo da banheira. A imagem da água cascateando por seu corpo nu o atingiu como um golpe.
– Entre – resmungou.
– Obrigado.
Win lhe entregou um envelope pardo.
– Achei que você gostaria de olhar isso.
Jessica veio do banheiro. O roupão estava mais bem amarrado. Enxugava o cabelo com uma toalha.
– O que há? – perguntou.
– A ficha policial de um tal de Fred Nickler, também conhecido como Nick Fredericks – respondeu Win.
– Apelido criativo – disse Myron.
– Para um cara criativo.
Jessica sentou-se na cama.

– É o editor pornô, certo?

Myron assentiu. A ficha não era muito longa. Ele começou pelas datas mais recentes. Infrações de trânsito, duas delas por dirigir embriagado, uma prisão por fraude postal.

– Veja em 1978 – disse Win.

Myron olhou: 30 de junho de 1978. Fred Nickler foi preso por colocar em risco o bem-estar de uma criança. A acusação foi retirada.

– E daí?

– O Sr. Nickler se envolveu com pornografia infantil – explicou Win. – Na época, ele não passava de um fotógrafo desconhecido. Mas foi apanhado com a mão, por assim dizer, no pote de biscoitos. Mais precisamente, tirando fotos de um menino de 8 anos.

– Meu Deus! – exclamou Jessica.

Myron se lembrou do encontro com o sujeito.

– "Sou só um cara honesto tentando ganhar a vida honestamente."

– Pois é.

– Por que a acusação foi retirada? – perguntou Jessica.

– Ah! – disse Win, apontando um dedo para o alto. – É aí que as coisas ficam interessantes. Em muitos sentidos, não é uma história incomum. Fred Nickler era somente o fotógrafo. Peixe pequeno. As autoridades queriam o peixe grande. O peixinho dedurou o peixão em troca de clemência.

– E eles retiraram a acusação por completo? – perguntou Myron. – Não foi julgado nem como um delito leve?

– Nem isso. Parece que o Sr. Nickler também concordou em ajudar a polícia sempre que necessário.

– E o que isso significa para nós?

– Todo esse arranjo foi negociado entre Nickler e o policial encarregado da investigação – disse Win.

Ele lançou um olhar rápido para Jessica.

– O policial encarregado da investigação era o seu amigo Paul Duncan.

38

– LÁ ESTÁ NOSSO AMIGO – disse Win. – O Sr. Junior Horton.

Horty parecia mesmo um ex-jogador de futebol americano. Grande e de costas largas, inchado e cheio de veias saltadas. Os braços pareciam toras. As roupas seriam perfeitas para um videoclipe de rap. Bermuda larga que descia até abaixo dos joelhos. Camisa de beisebol do St. Louis Cardinals por fora da bermuda. Sem meias. Reebok preto de cano alto. Um boné do Chicago White Sox. Óculos escuros e um monte de joias.

Eram nove da manhã. A Rua 132, em Manhattan, estava silenciosa. Horty fazia uma transação de drogas. Ele entrara e saíra da cadeia inúmeras vezes. O único período longo de liberdade fora durante o tempo em que estudara na Universidade Reston. Drogas, principalmente. Assalto à mão armada, uma vez. Duas acusações de agressão sexual. Tinha 24 anos e era um criminoso por excelência. Como a maioria dos condenados, havia passado o tempo na prisão levantando peso. Puxando ferro. As instituições penais desenvolvem a força física dos homens violentos, de modo que, ao sair, eles possam intimidar e agredir com muito mais habilidade. Belo sistema.

Jessica não tinha vindo com eles. Estava empacotando as coisas do pai no escritório – isto é, no necrotério – e procurando por mais bombas. Myron havia conseguido convencê-la a não confrontar Paul Duncan até saberem um pouco mais. Ela o escutou contrariada, mas era assim que Jessica geralmente ouvia.

Horty acabou a transação com um garoto que não parecia ter mais de 12 anos. Eles se cumprimentaram batendo na mão erguida um do outro e Horty foi andando para oeste. Não levava um walkman, mas andava como se ouvisse um. Muito irrequieto. Os olhos vermelhos. A intervalos de poucos passos, fungava e limpava o nariz com as costas da mão.

– Quem sabe soletrar "cheirador"?

– Provavelmente ele só está gripado – disse Win.

– Vírus colombiano.

Saíram de vista enquanto ele se aproximava. Quando Horty chegou à entrada do beco, Myron surgiu à frente dele.

– Junior Horton?

Horty lhe deu um olhar de escárnio típico das ruas.

– Quem é que quer saber, porra?

– Resposta inteligente – disse Myron.

– Sai da minha frente ou te encho de porrada.

Ele olhou para Win.

– Encho os dois, seus *panaca*.

– Panacas – corrigiu Win. – Um panaca. Dois panacas. Plural.

– Que merda é...

– Queremos falar com você – disse Myron.

– Ah, vai se foder, cara.

Myron se virou para Win.

– Ele é fodão mesmo.

– É – concordou Win. – Acho que vou me mijar.

Horty foi na direção de Win. Tinha no mínimo 15 centímetros e 30 quilos a mais do que ele. Provavelmente achou que estava sendo esperto, partindo para intimidar o carinha pequeno. Myron tentou não sorrir quando Horty disse:

– Vou me divertir a valer fodendo você.

– Se você xingar de novo – disse Win, com o tom de um professor de jardim de infância –, vou ser obrigado a silenciá-lo.

– Você?

Horty gargalhou com vontade. Ele se abaixou um pouco, até que seu nariz praticamente tocasse o de Win. Win não se mexeu.

– O mauricinho branquelo vai me fazer calar a boca? Vai se fo...

Win praticamente não se mexeu. Seu braço subiu, deu uma pancada no plexo solar de Horty com a palma da mão e, no que pareceu um décimo de segundo, estava de volta ao lado do corpo. Horty cambaleou para trás, ofegando, incapaz de puxar oxigênio para os pulmões.

– Eu pedi para não xingar – disse Win.

Horty levou quase meio minuto para se recuperar. Quando conseguiu, foi logo se levantando e dizendo:

– Filho da puta nervosinho de merda. Vou abrir um cu novo em você.

Ele partiu para cima de Win, os braços estendidos como se fosse se chocar contra um atacante de outro time. Win desviou dele e deu um chute rápido, acertando de novo o plexo solar. Horty se dobrou e caiu. Seu rosto era uma mistura de fúria, dor, surpresa e, claro, vergonha. Olhou em volta para se certificar de que ninguém estivesse assistindo. Afinal de contas, estava levando uma surra do próprio mauricinho branquelo.

– Há 206 ossos no corpo – disse Win, calmo. – Da próxima vez, vou quebrar um.

Mas Horty não estava escutando. Seus olhos se arregalaram. A fúria retorcia seu rosto – para não mencionar sua limitada capacidade de raciocínio. Levantou-se, cambaleando, fingindo estar mais machucado do que na realidade. Surpreender o adversário. Quando estava suficientemente perto, Horty agiu.

Devia estar mesmo cheio de coca, pensou Myron. Ou ser estúpido de verdade. Talvez as duas coisas.

Win se inclinou, desviando do golpe, e deu um chute lateral na direção da canela de Horty. Houve um estalo, como um graveto seco se partindo. Horty gritou e caiu. Win levantou a perna para outro chute, mas Myron o impediu, sinalizando com a cabeça.

– Agora são 205 – disse Win, baixando o pé suavemente. – E a contagem regressiva continua.

– Você quebrou minha perna, seu fi...

Ele parou, segurando a perna e rolando no chão.

– Você quebrou minha perna!

– Sua tíbia direita – corrigiu Win.

– Quem são vocês, po...?

– Vamos fazer umas perguntas – cortou Myron. – Você vai responder.

– Minha perna, cara. Preciso de um médico.

– Quando acabarmos.

– Olha, eu só trabalho para o Terrell. Ele me deu esta área. Se vocês têm problema com isso, falem com ele, certo?

– Não queremos conversar sobre isso.

– Por favor, cara, estou implorando. Minha perna.

– Você estudou na Universidade Reston.

Uma expressão de surpresa substituiu a de dor.

– É, e daí? Quer o meu currículo?

– Você conheceu Kathy Culver.

Agora pânico.

– Vocês são da polícia?

– Não.

Silêncio.

– Você conhecia Kathy Culver.

– Kathy o quê?

– Número 205 – disse Win. – Fêmur esquerdo. O fêmur é o maior osso do corpo humano.

– Tá bom, eu conhecia. E daí?

– Como se conheceram? – perguntou Myron.

– Numa festa. Na primeira semana dela na faculdade.

– Vocês namoraram?

– Namorar?

Horty riu disso.

– Não. Ela não era do tipo que a gente namora.

– De que tipo ela era?

– Do tipo que lambeu minha banana na primeira noite. A do Willie também.

– Quem é Willie?

– Meu colega de quarto.

– Ele joga futebol americano?

– Joga – ele respondeu. Depois acrescentou: – Mas só em times especiais. Como se isso fizesse dele um ser inferior.

– Continue.

– Cara, por que você quer ouvir isso?

– Continue.

Horty deu de ombros. A perna estava inchando, mas a coca entorpecia a dor o suficiente para mantê-lo falando.

– Olha, a gente fez uma festa. Na Moore House. Onde os negros moravam. Kathy era tipo a única branca ali. Chegou vestida que nem uma puta de luxo. Quero dizer, ela era uma gata, sacou? A gente começou a bater papo e coisa e tal. Ela cheirou uma fileira que nem um aspirador de pó. Gostava do bagulho. Aí a gente começou a dançar devagar.

A lembrança lhe trouxe um sorriso.

– Sarrando, sacou? Ela pôs a mão na Vara Preta ali mesmo, na pista de dança. Começou a esfregar a coisa e tal. Por isso eu levei ela pra cima e ela me chupou. Mas não foi só isso. Ela pegou uma máquina fotográfica na bolsa. Porra, uma máquina! Aí pediu para eu tirar fotos. Sem sacanagem! Queria closes dela com a Vara Preta.

O estômago de Myron começou a revirar de novo. Win olhava com o desinteresse de sempre.

Horty continuou:

– Na noite seguinte ela voltou. Pegou o Willie e eu ao mesmo tempo. A gente tirou mais fotos, curtiu de montão. Só que dessa vez eu também estava com a minha máquina.

– Então você também tirou fotos.

– É, porra.

– Você e Kathy tiveram mais... é... encontros?

– Não. Mas a fila dela andou. Aquela vagabunda era uma gata de primeira. Toda loura, gostosa e coisa e tal.

– Você falou com ela depois disso?

Ele deu de ombros.

– Um pouco. Não muito. Mas quando ela começou a ficar com o Christian, cara, foi outra história.

– Como assim?

– Ela ficou toda de nariz empinado, como se a merda dela não fedesse mais. Os dois cheios de amorzinho e coisa e tal, que nem se estivessem fazendo um seriado de TV. De repente a vagaba achava que era virgem. Quero dizer, a puta tinha montado na minha vara igual touro bravo e de uma hora pra outra nem dizia oi. Não era certo. Não era certo mesmo.

A educação em pessoa.
— Então você decidiu chantageá-la — disse Myron.
— De jeito nenhum. Não.
— Nós sabemos, Horty. Sabemos que ela lhe pagou pelas fotos.
Horty fungou.
— Ah, qual é, aquilo não foi chantagem. Foi uma transação comercial. Eu só liguei pra ela um dia e disse que talvez eu baixasse um pouco a bola dela. E depois disse que uma imagem valia mil palavras. Ela concordou comigo e disse que estava disposta a pagar por aquelas fotos tão maravilhosas. Eu falei que elas valiam muito pra mim. Que tinham um grande valor sentimental, sacou? Mas a gente acabou chegando a um acordo. Um acordo bom para os dois — enfatizou ele — e não chantagem.

Horty segurou a perna e se encolheu de dor.
— Fim da história, cara.
— Você esqueceu de falar sobre uma coisa.
— O quê?
— O estupro coletivo no vestiário.

Ele não pareceu surpreso. Esboçou um sorriso e disse:
— Estupro? Cara, você não está entendendo. Aquela mulher era uma puta cheia de tesão. Merda, ela era capaz de pular nua numa pilha de pedras se achasse que havia uma cobra no meio. Ela gostava da coisa. Todo mundo se divertiu pra valer.

Win olhou para Myron. A expressão dizia "fique frio".
— Vocês eram quantos? — perguntou Myron.
— Seis.
— Por que você não pegou só o dinheiro, Horty? — perguntou ele em voz baixa. — Por que tiveram de estuprá-la?
— Eu já disse, cara...
— Ela não foi àquele vestiário para fazer sexo consensual com seis pessoas. Vocês a estupraram.
— Não tem como, cara — disse ele balançando a cabeça. — Ela era uma puta de cabo a rabo. E uma vez puta, sempre puta. É assim que é. Ela era uma vagaba de nariz empinado. Namorada do *quarterback*. A porra da típica líder de torcida. Quem ela achava que era, porra? Aí eu mostrei a ela. Fiz ela se lembrar de onde vinha, o que ela era de verdade. E não uma porra de rainha do baile. Vagaba. Puta chupadora de pau.

Win entrou na frente de Myron. Medida preventiva.
— Além disso — continuou Horty —, o namorado dela estava me devendo.
— Christian Steele?

— É. Ele me sacaneou. E aí eu sacaneei ele. Passei a putinha dele prum monte de caras. Foi só uma vingancinha, meu chapa. Pro sacana que fez eu ser expulso do time.

— Não foi o Christian — disse Myron.

— Do que você está falando?

— Eu conversei com o treinador Clarke. Dois caras apareceram doidões para jogar. Foi por isso que você foi expulso. Christian não teve nada a ver com isso.

— Ah — reagiu Horty, dando de ombros. — Quem diria?

— O seu remorso é muito tocante — disse Myron.

— Preciso de um médico, cara. Minha perna está me matando.

— Você não se preocupou em ser apanhado?

— O quê?

— Não teve medo que ela denunciasse o estupro?

Horty fez uma careta como se de repente Myron tivesse começado a falar japonês.

— Tá maluco, cara? E ia contar pra quem? Ela tinha acabado de me dar uma grana preta pra ficar quieto. Se ela dissesse qualquer coisa, o negócio ia se espalhar. Toda a verdade. Todo mundo ia saber: Christian, a mamãe dela, o papai, os professores. Todo mundo ia descobrir o que ela estava pagando pra esconder. E daí, se ela fosse idiota a ponto de contar? Havia fotos e testemunhas de quando ela transou comigo e com o Willie. Quem ia acreditar que ela foi estuprada, depois de ver aquilo?

O vice-reitor Gordon havia levantado o mesmo argumento, lembrou Myron. Grandes mentes pensam de modo parecido.

— Olha, cara, minha perna está me matando.

— Você viu Kathy de novo? — conseguiu perguntar Myron.

— Não.

— Foi você que jogou fora a calcinha?

— Não. Um dos outros caras ficou com ela. Achei que ia guardar de lembrança. Quando soube que ela estava sumida, ficou com medo e jogou fora.

— Quem?

— Não vou entregar nomes.

— Vai — disse Win. — Vai, sim.

E pousou o pé na tíbia quebrada. Isso bastou.

— Tudo bem, tudo bem. Como eu falei, nós éramos seis. Três negros, dois brancos, um china.

Oportunidades iguais para os estupradores.

— Um era o *kicker*. Um cara chamado Tommy Wu. E teve o Ed Woods, o Bobby Taylor, Willie e eu.

– São cinco.

Horty hesitou.

– Dá um tempo, cara. O outro foi o que jogou fora a calcinha. Mas ele é meu camarada. Ainda me dá uma grana quando estou por baixo, sacou? Não posso dar o nome dele. Ele é importante.

– Como assim, importante?

– Joga futebol profissional e essa merda toda. Não posso entregar o nome dele.

Win pôs uma leve pressão na perna. Horty cedeu.

– Ricky Lane.

Myron congelou.

– O *running back* do New York Jets?

Pergunta idiota. Quantos Ricky Lanes que jogam futebol profissional estudaram na Universidade Reston?

– É. Agora olha, cara, é só isso o que eu sei.

Win disse a Myron:

– Tem mais alguma pergunta para ele?

Myron balançou a cabeça.

– Então vá embora.

Myron não se mexeu.

– Eu disse para ir embora – repetiu Win.

– Não.

– Você ouviu o que ele disse. Você nunca vai conseguir condená-lo. Ele vende drogas a crianças, estupra mulheres inocentes, chantageia, rouba e ainda por cima ri de tudo.

Horty sentou-se.

– Que porra é essa?

– Vá – repetiu Win.

Myron hesitou.

– Eu contei tudo o que sabia, cara.

Havia um tremor na voz de Horty.

Myron não se mexeu.

– Não me deixa sozinho com esse filho da puta maluco! – Horty gritou.

– Vá embora – disse Win.

Myron balançou a cabeça.

– Não. Eu vou ficar.

Win avaliou as feições de Myron. Então assentiu e se aproximou de Horty, que estava tentando se arrastar mas não ia longe.

– Não o mate – disse Myron.

Win assentiu. E se entregou ao trabalho com a meticulosidade de um cirurgião. Sua expressão não mudou em momento algum. Se ouviu os gritos de Horty, não chegou a demonstrar.

Depois de pouco tempo, Myron pediu que ele parasse. Com relutância, Win se afastou.

Os dois foram embora.

39

Ricky Lane morava num prédio em Nova Jersey, semelhante ao de Christian. Win ficou esperando no carro. Enquanto se aproximava da porta, Myron mais sentia do que ouvia os graves do aparelho de som de Ricky. Foram necessários três toques na campainha e várias batidas na porta antes que Ricky aparecesse.

– Ei, Myron.

Ele estava usando uma camisa de seda que ou era o último grito da moda ou era a parte de cima de um pijama. Difícil dizer. Estava desabotoada, revelando um físico bem definido. A calça era presa com cadarço. Estava de chinelos. Devia mesmo ser pijama. Ou roupa de ficar em casa. Ou talvez ele estivesse pensando em fazer uma ponta em *Jeannie é um gênio*.

– Precisamos conversar – disse Myron.

– Entre.

A música era ruim e ensurdecedora. Fazia a banda Corrimento parecer Brahms. A decoração era moderna, com móveis lisos. Muita fibra de vidro. Muito preto e branco. Muitos cantos arredondados. A aparelhagem de som ocupava uma parede inteira. As luzes do equalizador pareciam algo tirado de *Jornada nas estrelas*.

Ricky desligou o som. O silêncio foi imediato. Myron sentiu o peito parar de vibrar.

– E aí? – disse Ricky.

Myron lhe jogou um frasco de vidro. Ricky o pegou e olhou para Myron, interrogativo.

– Mije dentro – disse Myron.

– O quê?

– Quero que você urine nesse frasco.

Ricky olhou para o frasco. Depois para Myron.

– Por quê?

– O seu tamanho – explicou Myron. – Você está tomando esteroides.

– De jeito nenhum, cara. Eu, não.
– Então me dê uma amostra de urina. Agora. Vou mandar testar no laboratório.
Ricky olhou para o vidro. Não disse nada.
– Anda, Ricky. Não tenho o dia todo.
– Você é meu empresário, Myron. Não é minha mãe.
– Verdade. Você está tomando esteroides?
– Não é da sua conta.
– Vou entender isso como um sim.
– Entenda como quiser.
– Horty vendeu para você? Ou você tem um novo fornecedor desde a época da faculdade?
Silêncio.
– Você está demitido, Myron – disse Ricky.
– Estou arrasado. Agora fale sobre o estupro de Kathy Culver.
Mais silêncio. Ricky estava lutando para parecer à vontade, mas sua linguagem corporal o denunciava.
– Eu sei de tudo – continuou Myron. – Seu coleguinha Horty contou. Cara maneiro, por sinal. Um doce.
Ricky cambaleou para trás. Pôs o frasco em cima de um cubo brilhante que Myron deduziu que seria uma mesa. Virou-se. Sua voz saiu praticamente inaudível:
– Eu não toquei nela.
– Mentira. Você e outros cinco caras a pegaram no vestiário. E se revezaram no estupro.
– Não. Não foi assim que aconteceu.
Myron esperou. Ricky abotoou a camisa, ainda de costas para Myron. Pegou um CD no aparelho de som e o enfiou de volta na caixa.
– Eu estava lá – começou Ricky, em voz baixa. – No vestiário. Estava doidão. Todo mundo estava. Completamente doidos. Horty tinha acabado de receber um lote novo e...
Ele deu de ombros, deixando o resto da frase no ar.
– A coisa começou como um desafio. Nós sabíamos que nunca iríamos até o fim. Achamos que íamos chegar na beira mas sem pular. Ficamos esperando que alguém desse o sinal para parar.
Ele se interrompeu de novo.
– Mas ninguém deu – disse Myron.
Ricky assentiu lentamente.
– A coisa parou. Mas tarde demais. Parou quando era a minha vez e eu disse não.
– Depois de os outros terem feito?

– É. Eu fiquei parado, olhando. Até incentivei.
Silêncio.
– Você guardou a calcinha dela?
– Guardei.
– Quando soube que a polícia estava investigando, jogou na lixeira.
Ele encarou Myron.
– Não – disse com uma espécie de meio sorriso. – Eu não seria idiota a ponto de deixar aquilo em cima de uma lixeira. Teria queimado.
Myron pensou nisso por um momento. Achou que era um bom argumento.
– Então quem jogou a calcinha fora?
Ricky deu de ombros.
– Kathy, acho. Eu entreguei a calcinha a ela.
– Quando?
– Mais tarde.
– A que horas?
– Por volta da meia-noite, acho. Depois que aconteceu... Depois que ela saiu do vestiário, foi como se alguém tivesse dado um antídoto à gente. Ou como se alguém tivesse acendido a luz e a gente finalmente visse o que tinha feito. Todos ficamos em silêncio e fomos embora. Menos o Horty. Ele estava rindo feito uma hiena, ficando cada vez mais doidão. Os outros voltaram para os quartos. Ninguém disse uma palavra. Fui para a cama, pelo menos durante um tempo. Então me vesti e saí de novo. Não tinha nenhum plano. Verdade. Só queria encontrá-la. Dizer alguma coisa. Só queria... Merda, não sei.
Seus dedos estavam brincando com o cabelo, torcendo-o como um menininho. Ricky parecia ter diminuído de tamanho.
– Acabei encontrando-a.
– Onde?
– Cruzando o campus.
– Onde, especificamente?
– No meio, acho. No gramado.
– Em que direção ela ia?
Ele pensou um momento.
– Para o sul.
– Como se, talvez, estivesse vindo da área onde moram os professores?
– É.
Depois de ter saído da casa do vice-reitor Gordon, pensou ele.
– Continue.
– Eu me aproximei dela. Chamei-a pelo nome. Achei que ela ia sair correndo,

sabe? Estava escuro e coisa e tal. Mas ela não correu. Só se virou e me encarou. Não estava com medo. Não estava tremendo. Só ficou ali, parada, me olhando de um modo que incomodava. Eu pedi desculpa. Ela não disse nada. Entreguei a calcinha. Disse que ela podia usar como prova. Até falei que eu testemunharia. Não planejei dizer isso. A coisa saiu. Kathy pegou a calcinha e foi andando. Não disse nada.

– Foi a última vez que você a viu?
– Foi.
– O que ela estava usando?
– Usando?
– Com que roupa estava quando você a viu pela última vez?
Ele olhou para cima, tentando lembrar.
– Alguma coisa azul, eu acho.
– Não era amarelo?
– Não. Amarelo com certeza não era.
– Ela não tinha trocado de roupa desde o estupro?
– Acho que não. É, era a mesma roupa.
Myron foi para a porta.
– Você vai precisar de mais do que um novo empresário, Ricky. Vai precisar de um bom advogado.

40

Jake estava sentado perto de Esperanza na sala de espera. Levantou-se quando Myron e Win entraram.

– Tem um minuto?
Myron assentiu.
– Na minha sala.
– Sozinho – disse Jake.
Sem uma palavra, Win girou e saiu.
– Não é nada pessoal – continuou Jake. – Mas esse cara me dá arrepios.
– Entre.
Myron parou junto à mesa de Esperanza.
– Conseguiu falar com o Chaz?
– Ainda não.
Ele entregou um envelope a ela.

– Há uma foto dentro. Leve para a Lucy. Veja se ela o reconhece.

Esperanza assentiu.

Myron acompanhou Jake para dentro da sala. O ar-condicionado estava no máximo. Que bom.

– O que o traz à Grande Maçã, Jake?

– Eu estive no John Jay, verificando uma coisa.

– Foi ao laboratório de criminalística?

– É.

– Descobriu algo?

Jake não respondeu. Inclinou-se para a frente e franziu os olhos, examinando as fotos na parede de clientes.

– Ouvi falar de alguns desses caras. Mas não tem nenhum superastro aqui.

– É, nenhum.

– Nada como Christian Steele.

Myron sentou-se. Pôs as pernas na mesa.

– Ainda acha que ele matou Nancy Serat?

Jake mexeu os ombros num movimento indefinido.

– Só digamos que Christian não é mais nosso principal suspeito.

– E quem é?

Jake se afastou da parede de clientes. Sentou-se e cruzou as pernas.

– Andei revendo o homicídio de Adam Culver. Descobri uma coisa interessante. Parece que os policiais só se concentraram no local do crime e nos arredores. Não havia motivo para verificar nada mais. Estavam convencidos de que ele foi uma vítima aleatória da violência nas ruas. Eu fui por outro caminho. Fiz perguntas no bairro de Culver em Ridgewood. Bela cidade. Só de brancos. Nenhum negro. Você já esteve lá, não é?

Myron assentiu.

– Pois é. Eu falei com um cara que mora duas casas depois dos Culver. Ele contou que estava passeando com o cachorro na noite em questão. Não tinha certeza da hora, mas achou que seriam umas oito. Parece que ouviu uma briga feia na casa dos Culver. O maior barraco. Disse que nunca tinha ouvido nada assim antes. Foi tão feio que ele quase chamou a polícia, mas não quis se intrometer. Eram vizinhos há 20 anos e coisa e tal. Por isso deixou pra lá.

– Ele sabia o motivo da briga?

Jake balançou a cabeça.

– Não. Eram só vozes altas. De Adam e Carol.

Myron ficou sentado em silêncio, ainda recostado na cadeira. Adam e Carol Culver haviam brigado horas antes do assassinato de Adam. Myron tentou juntar isso com o que já sabia. Pela primeira vez as coisas estavam começando a se encaixar.

– O que mais você conseguiu? – perguntou.

– Sobre o assassinato de Adam Culver? Nada.

Silêncio.

– Foram encontrados alguns fios de cabelo no local do assassinato de Nancy Serat – continuou Jake. – No corpo. Mais especificamente, na mão de Nancy.

Myron se enrijeceu.

– Como se ela tivesse arrancado do assassino?

– Talvez – respondeu Jake. – Mas nós verificamos os fios em nossas instalações e hoje cedo confirmamos os resultados no John Jay. Não há dúvida. Pertencem a Kathy Culver.

Myron sentiu sua carne virar pedra gelada. Não conseguia falar.

– Tínhamos alguns fios de cabelo dela arquivados – continuou Jake. – De antes. Para o caso de encontrarmos um corpo ou querermos verificar um local. Tiramos da escova de cabelos na faculdade. Os dois laboratórios fizeram todos os testes de comparação possíveis. Nenhum tem dúvida. São fios do cabelo de Kathy.

Myron balançou a cabeça. Estava tonto. Algo em sua mente ficava repetindo: "Isso não faz sentido!"

– Concluiu alguma coisa disso, Myron?

– Só o mesmo que você.

Jake assentiu.

– O que Christian disse.

– "É hora de as irmãs se reunirem" – citou Myron.

– É. Parece que agora ganha um novo sentido, não é?

– Mas ainda não explica nada. Consideremos que Kathy Culver esteja viva. E que Nancy Serat soubesse disso. Por que Kathy iria matá-la?

Jake deu de ombros.

– Kathy pode ter chegado ao fundo do poço. Quero dizer, primeiro ela tem todo um passado estranho. Depois se apaixona. Depois é chantageada. Depois sofre um estupro coletivo. Depois o reitor lhe dá as costas. Ela desmorona. Tem um colapso. Foge. Talvez conte a Nancy Serat, talvez não. Mas, de algum modo, Nancy descobre. Nancy marca uma reunião, provavelmente uma reunião surpresa, entre as colegas da irmandade. Kathy chega cedo. Não fica feliz com a surpresa programada por Nancy.

– Por isso a mata?

– Poderia ser – disse Jake. – Kathy está enlouquecida. Não quer ser encontrada. Merda, ela provavelmente matou o pai pelo mesmo motivo. Está doida.

Talvez queira vingança por algum motivo. Contra o pai, contra a melhor amiga, até mesmo contra Christian, o vice-reitor Gordon e todas as pessoas para quem mandou aquela revista barata.

Não parecia fazer sentido para Myron.

– E a briga entre Adam e Carol Culver? Como isso se encaixa?

– Não faço a mínima ideia. Estou montando essa merda toda enquanto falo. Talvez a briga só tenha sido coincidência. Talvez o velho Adam estivesse no limite porque ia se encontrar com a filha. Talvez a mãe saiba mais do que está dizendo.

Myron pensou nisso. Era confuso, mas a última parte fazia sentido. Era provável que Carol Culver soubesse mais do que estava dizendo. Mais do que provável. Myron já podia imaginar o que ela estaria escondendo.

Era hora de fazer uma visita a Carol Culver.

41

MYRON PAROU NA HEIGHTS ROAD, em Ridgewood, em frente à residência em estilo vitoriano que lhe era familiar. Hesitou. Deveria ter contado a Jessica, mas há coisas que uma mulher pode estar mais disposta a revelar a um conhecido do que a uma filha. Talvez fosse este o caso.

Carol Culver atendeu a porta. Estava usando um avental e luvas de borracha. Sorriu ao vê-lo, mas o sorriso não se refletiu nos olhos.

– Olá, Myron.

– Olá, Sra. Culver.

– Jessica não está em casa.

– Eu sei. Queria falar com a senhora, se tiver um minuto.

O sorriso permaneceu. Mas uma sombra cruzou o rosto dela.

– Entre – disse ela. – Posso lhe servir alguma coisa para beber? Que tal um pouco de chá?

– Seria ótimo.

Ele entrou. Myron e Jessica não iam ali com frequência no tempo em que ficaram juntos. Em um ou outro feriado importante, só isso. Myron não gostava daquela casa. Algo nela era sufocante, como se o ar fosse pesado demais para ser respirado normalmente.

Sentou-se num sofá duro como um banco de parque. A decoração era solene. Dezenas de objetos religiosos. Várias Nossas Senhoras, cruzes e pinturas com douração. Um monte de halos e rostos serenos olhando para o céu.

Carol reapareceu dois minutos depois, sem as luvas e o avental, trazendo chá e biscoitos amanteigados. Era uma mulher bonita. Não se parecia de fato com as filhas, porém Myron podia enxergar traços dela nas duas. Na postura ereta de Jessica. No riso tímido de Kathy.

– E como você vai? – perguntou ela.
– Bem, obrigado.
– Faz muito tempo que não o víamos, Myron.
– É.
– Você e Jessica...? – Ela começou a perguntar, fingindo embaraço. Fazia isso com frequência. – Desculpe. Não é da minha conta.

Ela serviu o chá. Myron tomou um gole e mordiscou um biscoito. Carol Culver fez o mesmo.

– A missa é amanhã – disse ela. – Adam doou o corpo a uma faculdade de medicina, sabe? Para ele só o espírito importava. O corpo era tecido sem valor. Acho que faz parte de ser médico-legista.

Myron assentiu, tomou outro gole.

– Bom, não consigo acreditar neste clima – arengou ela, com um sorriso de distração congelado no rosto. – Está tão quente lá fora! Se não chover logo, o gramado da frente vai ficar marrom. E nós pagamos para semeá-lo de novo na estação passada...

– A polícia chegará aqui logo – interrompeu Myron. – Achei que deveríamos conversar antes.

Ela pôs a mão no peito.

– A polícia?
– Querem falar com a senhora.
– Comigo? Sobre o quê?
– Eles sabem sobre a briga. Um vizinho estava passeando com o cachorro. Ouviu a senhora e o Dr. Culver.

Ela se enrijeceu. Myron esperou, mas ela não disse nada.

– O Dr. Culver não estava doente naquela noite, estava?

A cor foi sumindo do rosto dela. Carol pousou a xícara de chá e enxugou os cantos da boca com um guardanapo de pano.

– Ele não pretendia ir àquele congresso em Denver, não é, Sra. Culver?

Ela baixou a cabeça.

– Sra. Culver?

Nenhum movimento.

– Sei que isso não é fácil – disse Myron gentilmente. – Mas estou tentando encontrar Kathy.

Os olhos dela permaneceram fixos no chão.

– Você acha mesmo que consegue, Myron?

– É possível. Não quero lhe dar falsas esperanças, mas acho possível.

– Então você acha que ela pode estar viva?

– Sim, há uma chance.

Finalmente ela ergueu a cabeça. Os olhos estavam marejados.

– Faça o que tiver de fazer para encontrá-la, Myron.

A voz dela estava surpreendentemente firme.

– Ela é minha filha. Meu bebê. Ela tem de ficar em primeiro lugar. Independentemente de qualquer coisa.

Myron esperou que Carol Culver continuasse, mas ela caiu no silêncio novamente. Quase um minuto depois, Myron disse:

– O Dr. Culver só fingiu que ia àquele congresso.

Ela respirou fundo e assentiu.

– A senhora achou que ele havia viajado naquela manhã.

Outra confirmação, num movimento mecânico.

– Então ele a surpreendeu aqui.

– Foi.

A voz suave de Myron parecia estrondear na sala. Um relógio antigo tiquetaqueava insanamente.

– Sra. Culver, o que ele viu quando chegou?

Lágrimas começaram a correr. Ela baixou a cabeça de novo.

– Ele a viu – continuou Myron – com outro homem?

Nada.

– O homem era Paul Duncan?

Ela levantou a cabeça. Seu olhar encontrou o dele.

– Era. Eu estava com Paul.

Myron esperou de novo.

– Adam montou uma armadilha – continuou ela. – E nós caímos.

As palavras estavam firmes de novo.

– Ele suspeitava. Não sei como. Por isso fez exatamente o que você disse: fingiu que ia a um congresso em Denver. Até me fez marcar os voos, para eu ter certeza de que ele estaria longe.

– O que aconteceu quando seu marido a viu?

Carol coçou o rosto com dedos trêmulos. Ela se levantou, virou-se para o outro lado.

– Exatamente o que se pode esperar que aconteça quando um homem encontra a mulher na cama com seu melhor amigo. Adam enlouqueceu. Tinha bebido muito, o que não ajudou em nada. Gritou comigo, me chamou de nomes horríveis. Eu merecia. Merecia muito mais. Ele ameaçou Paul. Nós tentamos acalmá-lo, mas, claro, era impossível.

Ela pegou o chá de novo. Cada palavra parecia fortalecê-la, tornando um pouco mais fácil respirar.

– Adam saiu que nem um louco. Fiquei apavorada. Paul foi atrás dele. Mas Adam pegou o carro e foi embora. Paul saiu depois disso.

– Há quanto tempo a senhora e Paul Duncan...?

A voz dele simplesmente se esvaiu num murmúrio.

– Seis anos.

– Mais alguém sabe?

O autocontrole dela acabou. Não devagar. Mas como se uma bomba tivesse explodido em seu rosto. Ela desmoronou, chorando copiosamente. Então Myron percebeu. Ele sentiu o sangue congelar.

– Kathy – sussurrou ele. – Kathy sabia.

Os soluços ficaram mais intensos.

– Ela descobriu – continuou ele – no segundo grau, quando estava no último ano.

Carol tentou parar de chorar, mas demorou a conseguir. Myron se lembrou de como Kathy adorava a mãe, a mulher perfeita, aquela que conseguia conciliar a modernidade com os valores antigos. Carol Culver havia sido dona de casa e dona de loja. Tinha criado três filhos lindos. Tinha dado a eles mais do que apenas uma noção do que hoje é chamado de "valores familiares". Porque seus valores haviam sido uma doutrina rígida que ela insistia que os filhos seguissem. Jessica havia se rebelado. Edward também. Somente Kathy fora trancada dentro deles com sucesso, como um leão mantido numa jaula pequena demais.

E no fim se libertara.

– Kathy... – Carol Culver começou a dizer, mas parou e fechou os olhos com força. Então prosseguiu: – Ela nos pegou juntos.

– E foi então que ela mudou – concluiu Myron.

Carol Culver assentiu, os olhos ainda fechados.

– Eu fiz isso com ela. Tudo o que aconteceu foi por minha causa. Deus me perdoe – suplicou. Então balançou a cabeça. – Não. Eu não mereço perdão. Não quero. Só quero meu bebê de volta.

– O que Kathy fez quando descobriu vocês dois?

– Nada. A princípio. Só se virou e saiu correndo. Mas no dia seguinte rompeu com o namorado, Matt. E a partir daí... ela se certificou de que eu pagasse pelo que tinha feito. Por todos os anos que fui hipócrita. Por todos os anos que menti para ela. Ela queria me magoar do pior modo possível.

– Começou a dormir com qualquer um.
– É. E se assegurou de que eu soubesse de tudo.
– Ela contava à senhora?
Carol Culver balançou a cabeça.
– Kathy não falava mais comigo.
– Como a senhora descobriu?
Ela hesitou. Seu rosto estava sério, a pele repuxada.
– Fotos – disse simplesmente.
Outra peça que se encaixava. Horty e a máquina fotográfica.
– Ela lhe dava fotos em que aparecia com homens.
– É.
– Brancos, negros, às vezes mais de um.
Os olhos dela se fecharam de novo, mas Carol conseguiu dizer:
– Não só fotos com homens. A coisa começou devagar. Algumas fotos dela nua. Como a da revista.
– A senhora tinha visto aquela foto antes?
– Vi. Havia até o nome de um estúdio carimbado atrás.
– Globos Globais Fotos?
– Não. Era algo como Fruto Proibido.
– A senhora ainda tem essa foto?
Ela balançou a cabeça.
– Jogou fora?
Ela balançou a cabeça de novo.
– Eu quis destruí-las. Quis queimá-las e fingir que nunca tinha visto. Mas não consegui. Kathy estava me castigando. Mantê-las era uma forma de penitência. Jamais contei a ninguém sobre elas, mas não podia simplesmente jogar fora. Myron, você entende, não é?
Ele assentiu.
– Por isso eu as escondi no sótão. Numa caixa antiga. Achei que estariam em segurança.
Myron viu aonde isso iria dar.
– E seu marido as encontrou.
– Sim.
– Quando?
– Há alguns meses. Ele não me contou. Mas eu percebi, pelo modo como ele estava agindo. Fui olhar no sótão. As fotos tinham sumido. Adam achou que Kathy as havia escondido lá. Não fazia ideia de que ela as havia mandado para mim. Ou talvez fizesse. Talvez assim tenha começado a suspeitar de mim. Não sei.

– Sabe o que o seu marido fez com as fotos, Sra. Culver?

– Não. Elas eram horríveis. Tão doloroso olhar para elas! Acho que Adam as destruiu.

Myron duvidava.

Os dois ficaram sentados em silêncio durante vários minutos. Por fim Myron disse:

– Jessica vai querer saber.

Carol Culver assentiu.

– Conte, Myron.

Ela o acompanhou até a porta. Myron parou junto ao carro e se voltou. Examinou a casa vitoriana cinza. Vinte e seis anos atrás, uma jovem família havia se mudado para ali. Puseram balanços no quintal e uma cesta de basquete na entrada de veículos. Possuíam um carro grande, que usavam para ir aos treinos da liga de beisebol infantil e aos ensaios do coral. Compareciam a reuniões de pais e mestres, davam festas de aniversário. Myron quase podia ver tudo isso acontecendo, como um comercial de seguros passando em sua cabeça.

Entrou no carro e foi embora.

42

MYRON ESTAVA DE NOVO pensando nas linhas que se relacionavam nos casos.

Linhas como Gary Grady. O vice-reitor Gordon. Nancy Serat. Carol Culver. Christian Steele. Fred Nickler. Paul Duncan. Ricky Lane. Horty e os criminosos. Mas havia alguém que ele deixara de notar.

Otto Burke.

E se Jake estivesse certo? E se as revistas tivessem sido mandadas por vingança ou talvez motivadas por uma raiva equivocada e irracional? De qualquer modo, significava que todo mundo que recebera um exemplar da *Mamilos* tinha alguma ligação com Kathy Culver.

Menos Otto Burke.

Como ele se encaixava? Otto nem havia conhecido Kathy Culver.

Ou havia?

Myron saiu da Rota 4 no shopping Garden State Plaza e pegou a Rota 17 na direção sul, até a Rota 3. Nova Jersey, terra das rotas. Entrou em Meadowlands e parou perto de onde ficavam os escritórios da administração do Titans. Encontrou a sala do gerente geral e perguntou por Larry Hanson.

Deixaram-no entrar quase no mesmo instante. Ele explicou rapidamente o motivo da visita.

Larry Hanson olhava-o sem expressão. As mãos enormes estavam cruzadas sobre a mesa. Seu pescoço forçava o botão de cima da camisa. Larry tinha uns 50 anos, mas não havia ficado flácido. Não pela primeira vez, Myron pensou que ele parecia o Sargento Rock dos gibis antigos. Só faltava o enorme charuto na boca.

Larry estivera 12 vezes entre os melhores da liga e ganhara dois prêmios de Melhor Jogador Profissional. Havia sido escolhido para o Hall da Fama do Futebol sem necessidade de segundo turno nas votações. Seu escritório era enfeitado com troféus. Havia também muitas fotos suas antigas, desde a escola até os times profissionais, passando pela universidade. Em preto e branco e em cores. O mesmo cabelo cortado à escovinha. O mesmo sorriso resoluto. Diferentes poses, inclusive com o joelho erguido e o braço estendido, simulando uma corrida, a favorita dele no passado.

Quando Myron terminou, Larry continuou observando as próprias mãos durante um minuto, como se fossem algo que ele nunca houvesse notado.

– Por que pergunta a mim? – disse. – Por que não pergunta ao Otto Burke sobre a revista?

– Porque ele não vai me dizer.

– E o que faz você achar que eu vou?

– Porque você não é um escroto.

A boca de Larry se retorceu na direção de um sorriso, mas ele se conteve.

– Vindo de você, isso realmente significa muito.

Myron não disse nada.

– Isso é importante, não é?

Myron assentiu.

Larry se recostou.

– Burke não recebeu a revista pelo correio. Um detetive particular contou sobre ela.

Myron se remexeu na cadeira.

– Otto mandou investigar Christian?

A voz de Larry saiu monótona:

– Um homem com a integridade inquestionável de Otto Burke jamais se rebaixaria a esse nível.

– Você está cruzando os dedos por baixo da mesa.

De novo o quase sorriso.

– Isso não sai desta sala, Bolitar. Entendeu?

– Juro por Deus – prometeu Myron.

– Burke tem uma divisão de segurança – explicou Larry. – Eles xeretam todo mundo que está na folha de pagamento. Inclusive este seu criado. Também há uma rede de informantes por todo o complexo. O princípio básico é bastante simples: se você descobrir alguma sujeira sobre um Titan, Burke paga uma grana preta pela informação. Uma dessas fontes descobriu a revista.

– Como?

– Não sei. Talvez seja um leitor fiel.

– Sabe qual é o nome dele?

– Brian Sanford. Uma criatura verdadeiramente desprezível. Trabalha em Atlantic City. Na rota dos cassinos. Espiona jogadores, esse tipo de coisa. Se um Titan colocar uma moeda numa máquina caça-níqueis, ele avisa, principalmente depois do caso do Michael Jordan. Burke gosta de se manter informado. Isso lhe dá uma vantagem nas negociações.

Myron se levantou.

– Obrigado. De verdade.

– Ei, Bolitar. Isso não nos torna amiguinhos nem nada. Se conversarmos de novo, ainda odeio você. Sacou?

– Estamos tendo um momento caloroso agora, não é, Larry?

Hanson apoiou os cotovelos na mesa, apontando um dedo para Myron.

– Ainda acho que você é uma bosta de cachorro no meu sapato. Na próxima vez que o vir, vou provar isso.

Myron abriu os braços.

– Qual é, Larry! Que tal aquele abraço agora?

– Espertalhão de merda.

– Isso é um não?

– Faça-me um favor, Bolitar.

– É só dizer, olhos lindos.

– Saia da porra da minha sala.

43

MYRON LIGOU PARA BRIAN SANFORD. Secretária eletrônica. Deixou um recado dizendo que tinha um caso importante, que valia 10 mil dólares, e que iria passar no escritório dele às sete da noite. Brian Sanford estaria lá. Um cara como Sanford venderia a mãe por 10 mil.

Myron ligou para o escritório.

- MB Representações Esportivas.
- Mostrou a foto a Lucy?
- Mostrei.
- E?
- Você descobriu o comprador.
- Lucy teve certeza?
- Positivo.
- Obrigado.

Desligou. Teria uma hora livre. Iria até o departamento de medicina legal do condado, onde o Dr. Adam Culver trabalhava. Era só uma intuição, mas valia a pena verificar.

O prédio era de tijolos vermelhos, com um único andar. Institucional, quase uma escola pequena. Era mobiliado com cadeiras de metal com estofado fino, iguais às de professoras primárias. As revistas da sala de espera eram pré-Watergate. O chão de ladrilhos era gasto e amarelado pelo uso, como o "antes" num comercial de sabão em pó. Não havia nada nem mesmo remotamente decorativo.

- A Dra. Li está? - perguntou à recepcionista.
- Vou chamá-la.

Sally Li usava uniforme de hospital, mas não havia nenhum sangue na roupa. Era chinesa, tinha quase 40 anos, mas parecia bem mais jovem. Usava óculos bifocais. Havia um maço de cigarros no bolso da frente. Cigarros num jaleco de médico. Era o mesmo que usar chuteira com smoking.

Haviam se encontrado algumas vezes. Sally Li comparecia a muitos eventos da família Culver. Tinha sido o braço direito de Adam na última década. Myron a cumprimentou com um beijo no rosto.

- Jessica me disse que você estava investigando a morte de Adam - disse ela sem preâmbulo.

Ele assentiu, dizendo:
- Podemos conversar por um minuto?
- Claro.

Ela o guiou até sua sala. De novo, decoração institucional. Sem itens pessoais. Muitos livros de patologia. Mesa de metal. Cadeiras de metal. Um pequeno gravador que ela provavelmente usava durante as autópsias. Seus diplomas na parede. Ela não era casada nem tinha filhos, de modo que não havia fotos na mesa. Mas havia um grande cinzeiro. Transbordando.

Ela riscou um fósforo, acendeu o cigarro e disse:
- Como vão as coisas?
- Uma médica fumando - observou Myron. - Tsc, tsc.

— Meus pacientes nunca reclamam.
— Bom argumento.
Ela tragou fundo.
— O que você quer saber?
— Você e Adam tiveram um caso?
— Sim.
Sem hesitação. Ela o olhou direto nos olhos.
— Há uns quatro anos. Durou uma semana.
— Adam tinha muitos casos?
— Agora você me pegou. Alguns, acho. Por que pergunta?
— Só estou tentando juntar umas coisas.
— Relativas ao assassinato?
— É.
Ela tirou os óculos.
— O que a vida amorosa de Adam tem a ver com isso?
— Provavelmente, nada — admitiu Myron. — Como Adam vinha agindo nos últimos dois meses?
— De um jeito meio maluco.
De novo sem hesitar.
— Em que sentido?
Ela pensou um pouco.
— Em termos profissionais, ele não estava me deixando ajudá-lo em muitos casos importantes. Trabalhava sozinho em todos.
— E isso era incomum?
— Nunca havia acontecido. Nós sempre trabalhávamos juntos nos casos importantes.
— Esses casos. Eram das garotas encontradas na mata no norte do estado?
Ela o encarou.
— Quer me dizer como sabia?
— Só estou supondo.
— Tremenda suposição, Myron.
— Você disse que eram casos importantes. Eu leio os jornais. Esses são os casos importantes que estão sendo noticiados.
Ela não acreditou, mas também não insistiu.
— E o que mais? — perguntou Myron.
Ela deu outra tragada.
— Ele estava muito distraído. Quando a gente falava com ele, ele balançava a cabeça, mas não prestava atenção.

– Mais alguma coisa?

Ela apagou o cigarro, apesar de ainda faltar muito para o final. Acendeu outro.

– É um novo modo de parar de fumar – disse. – Eu fumo a mesma quantidade de cigarros, mas dou menos tragadas a cada dia. Diminuição gradual até parar totalmente. Neste ritmo, não devo demorar mais de 12 anos.

– Boa sorte.

– Obrigada.

Outra tragada.

– Adam pediu um bocado de exames estranhos para a última garota que encontraram na floresta.

– Como assim, exames estranhos?

– Supérfluos. Pelo menos na minha opinião.

– Vocês nunca conseguiram identificá-la, não é?

– Não.

– Então talvez ele estivesse fazendo os exames para ver se poderia ter uma ideia do lugar de onde ela veio.

– Talvez. Mas ele mandava um pedido de cada vez. Esperava que um exame retornasse antes de pedir outro. Medidas antropológicas, forma e tamanho do crânio, ossos pélvicos, estrutura óssea e das articulações, uma coisa de cada vez.

– E o que você acha disso?

Ela deu de ombros de novo.

– Não acho nada. É só um exemplo do que eu quis dizer quando falei que ele estava agindo de modo esquisito. Distraído. O caso era estranho, para começar. O crânio da vítima foi esmagado pelo agressor, mas não foi isso o que a matou. Em outras palavras, ela foi enterrada viva na floresta. Morreu tentando cavar uma saída com as mãos.

Silêncio.

– O que essa garota estava vestindo? – perguntou Myron.

Sally se enrijeceu um pouco. Depois se inclinou para a frente.

– Certo, Myron, o que está acontecendo?

– Nada. Por quê?

– Você sabe por quê.

Myron parou.

– A roupa da garota sumiu – concluiu ele.

– Sumiu.

Seu coração quase parou, como se ele estivesse saltando com um paraquedas rasgado.

– Ah, merda!

– O que foi?

– Sally, preciso que você faça um exame para mim.

44

O ENDEREÇO DE BRIAN SANFORD, investigador particular, era uma boate de striptease convenientemente localizada a um quarteirão do luxuoso Merv Griffin's Resorts. Atlantic City era assim. Os grandes hotéis eram como flores lindas intocadas pelas ervas daninhas da pobreza e da vulgaridade ao redor. As belas flores não haviam embelezado as vizinhanças, como prometeram os donos dos cassinos. O contraste, no mínimo, tornava as ervas daninhas mais espalhafatosamente horrendas.

A boate chamava-se Eager Beaver, e era exatamente o que seria de esperar. Do lado de fora, letreiro piscante com letras faltando. Dentro, luzes baixas em volta do bar e refletores fortes no palco. Mulheres entediadas se revezavam dançando, a maioria feias. Muita pelanca. Muito silicone. Muito herpes.

Myron cometeu o erro primário de entrar no que chamavam, indevidamente, de banheiro. Os mictórios estavam cheios de cubos de gelo – um substituto adequado, supôs ele, para uma descarga de verdade. Não havia portas nos cubículos, o que não impedia ninguém de defecar. Um homem agachado sorriu e acenou para Myron.

Myron decidiu que podia esperar.

Chamou um barman.

– Pode me dizer como chegar ao escritório de Brian Sanford?

– Michelob, Bud, Bud Light, Coors.

– Só quero saber...

– Michelob, Bud, Bud Light, Coors.

Myron pegou cinco dólares. O barman os enfiou no bolso.

– A porta dos fundos. Suba um andar.

Ele não esperou que Myron agradecesse. Capitalismo.

Uma das dançarinas se aproximou dele. Sorriu. Cada dente tinha um ângulo próprio, como se a boca fosse a obra-prima de um dentista louco.

– Oi – disse ela.

– Oi.

– Você é um gato.

– Não tenho dinheiro nenhum.

Ela girou e foi andando. Ah, romance!

A escada não rangia. Estalava. Myron ficou esperando que ela despencasse. No patamar havia apenas uma porta. Estava aberta. Myron bateu na parede e espiou dentro.

– Olá – chamou.

Um homem que ele presumiu ser Brian Sanford veio à porta. Todo sorrisos. Vestindo um terno bege que fora passado pela última vez durante a invasão da baía dos Porcos.

– Você é o cara que deixou o recado?

– Sou.

O escritório era um minicassino. A coisa mais parecida com uma mesa de trabalho era uma roleta. Um caça-níqueis num dos cantos. Baralhos em toda parte. Dados antigos, inutilizados com uma furadeira, cobriam o chão. Assim como formulários de apostas em cavalos. Cartelas de bingo também.

O homem estendeu a mão.

– Brian Sanford. Mas todo mundo me chama de Vinte e Um. Sabe quem me deu esse apelido?

Myron balançou a cabeça.

– Frankie. É como eu chamo Frank Sinatra. Frankie. Não Frank. Chamo de Frankie.

Ele parou, esperando.

– Apelido legal.

– Imagina só, Frankie e eu estávamos jogando no Sands uma noite, certo?, e eu estava num dos meus dias de sorte, sabe? Aí Frankie se vira para mim e diz: "Ei, para com isso, Vinte e Um. Você não perde nunca." Assim. Frankie disse: "Ei, Vinte e Um." Do nada. O nome pegou. Agora todo mundo me chama de Vinte e Um. Por causa do Frankie.

– Ótima história – disse Myron.

– É, bom, sabe como é. E o que posso fazer pelo senhor, Sr...

– Olson. Merlin Olson.

Vinte e Um sorriu como quem sabe das coisas.

– Tudo bem, posso embarcar nessa. Sente-se, Sr. Olson.

Myron sentou-se.

– Mas, antes de começarmos, Sr. Olson, devo dizer uma coisa de cara.

Ele estava segurando dados, movendo-os nas mãos como algumas pessoas fazem com aquelas bolas chinesas que dizem que melhoram a circulação.

– O quê?

– Sou um homem muito ocupado. Tem um monte de coisa importante acontecendo neste exato momento. Sabe como comecei neste negócio?

Myron balançou a cabeça.

– Eu era chefe de segurança do Caesars Palace em Vegas. Chefão. Sabe como é. Eu estava em Vegas, certo? Mas o Donny... é como eu chamo Donald Trump, Donny. O Donny pediu para eu comandar a segurança do primeiro hotel dele na Strip. Depois começou a pegar no meu pé para eu organizar a segurança do Taj Mahal. Eu disse: "Donny, estou com coisa de mais nos meus ombros, tá sabendo?"

Myron olhou para cima. Um aviãozinho voava no alto, deixando muito papo furado na esteira.

– De modo que o meu problema é o seguinte, veja só. Eu tenho uma reunião amanhã de manhã com o Stevie. Steve Wynn. Cedinho, às sete em ponto. Cara fantástico, o Stevie. Madrugador. Acorda às cinco todo dia. Sabe que ele é praticamente cego? Tem catarata ou sei lá o quê. Esconde de todo mundo. Só conta aos amigos mais íntimos. Bom, o Stevie quer que eu faça uma coisa para ele. Normalmente eu diria que não, mas é um favor pessoal e o Stevie é um bom amigo. Diferente do Donny. Não sou louco pelo Donny. Agora ele acha que é um garanhão porque está com a Marla.

– Sr. Vinte e Um...

– Por favor – disse ele, levantando as mãos. – Pode me chamar só de Vinte e Um.

– Eu gostaria de fazer algumas perguntas... é... Vinte e Um. Preciso de sua expertise num assunto importante.

Ele assentiu. Muito compreensivo. Não repuxou as calças bancando o importante, mas deveria ter feito isso.

– De que se trata?

– Você fez um trabalho recentemente para um amigo meu. O Sr. Otto Burke.

Um sorriso largo agora.

– Claro. O Otto. Um ótimo garoto. Esperto como poucos. Ele me liga sempre que vem por aqui.

E você provavelmente o chama de Ottie, pensou Myron.

– Você deu uma revista a ele há alguns dias. Um exemplar da *Mamilos*.

Agora Vinte e Um parecia cauteloso. Rolou os dados na mesa. Deu três.

– O que é que tem?

– Precisamos saber como localizou a revista.

– Precisamos, quem?

– Eu trabalho com o Sr. Burke.

Só de dizer isso, Myron sentiu náusea.

– Então por que o Ken não ligou? Ele é o contato usual.

Myron se inclinou para a frente. Com ar de conspiração.

– Isto é maior do que o Ken, Vinte e Um. Achamos que não podemos confiar em ninguém neste assunto, além de você.

Ele assentiu. De novo muito compreensivo.

– Só entre nós, Vinte e Um, e isto tem de permanecer em sigilo...

– Claro.

– ...você é a primeira opção para substituir o Ken. Mas sabemos como você anda ocupado.

Os olhos dele brilharam um pouco.

– Aprecio isso, Sr. Olson, mas, para alguém como Otto Burke, eu poderia tentar abrir...

– Primeiro vamos falar deste caso, certo? Como encontrou a revista?

O olhar cauteloso de novo.

– Não me leve a mal – disse ele. – Mas como vou saber que você trabalha com o Otto? Como vou saber que você não é um trambiqueiro qualquer?

Myron sorriu.

– Eu sabia.

– O quê?

– Eu disse ao Otto que você era o cara certo para o serviço. Você não é descuidado. É cauteloso. Gostamos disso. Precisamos disso.

Vinte e Um balançou os ombros. Pegou os dados, jogou de novo. Dois.

– Sou profissional – disse ele.

– Sem dúvida. Então por que não liga para a linha particular do Otto? Ele vai confirmar tudo. Você certamente tem o número.

Isso o fez diminuir o passo. Ele engoliu em seco, tentando disfarçar, olhou em volta como um coelho acuado. Myron podia ver as engrenagens rodando.

– Ah, não há motivo para incomodar o Otto – disse Vinte e Um. – Você sabe como ele odeia essas coisas. Dá para ver que você é um cara honesto. Além disso, como iria saber sobre a revista se Otto não tivesse contado?

Myron balançou a cabeça.

– Você é um homem incrível, Vinte e Um.

Ele balançou a mão com modéstia.

– Como encontrou a revista?

– Não deveríamos falar sobre meu pagamento? Pelo telefone você disse alguma coisa sobre 10 mil.

– Otto disse que podia confiar em você. Falou para mandar a conta pelo Ken. Quanto você achar justo pela informação.

Outra confirmação de cabeça. Ele pegou os dados. Jogou de novo. Outro três. Treino, treino.

– Eu não encontrei a revista – disse Vinte e Um. – Ela me encontrou.

– Como assim?

— Fui contratado para fazer um serviço. Parte dele era mandar exemplares da revista a algumas pessoas.
— Christian Steele era uma delas?
— Era. Foi assim que suspeitei. Quero dizer, recebi os envelopes endereçados e lacrados. Não reconheci nenhum nome, a não ser o do Christian. Otto já tinha dito que queria saber qualquer coisa, *qualquer coisa*, sobre o Steele. Por isso eu abri e dei uma espiada. Foi então que vi a foto.
— Quem contratou você para postar as revistas?
Vinte e Um pôs uma ficha no vermelho, uma no ímpar. Girou a roleta.
— Quer apostar umas fichas?
— Não. Quem contratou você?
— Bom, essa é a parte estranha. Não sei. Recebi um pacote grande pelo correio, com instruções muito específicas. E dinheiro. Sem nome.
— Algum endereço de remetente?
— Não. Só um carimbo de correio.
— De onde?
— Daqui mesmo, de Atlantic City. Recebi há uns 10 ou 12 dias.
A roleta parou: 22. Preto.
— Droga — disse Vinte e Um.
— Ainda está com as instruções?
— Claro.
Ele abriu uma gaveta e lhe entregou um pedaço de papel.
— Aqui.
A carta havia sido datilografada:

> *Caro Sr. Sanford,*
> *Pela quantia de 5 mil dólares (mais despesas), gostaria que realizasse os seguintes serviços:*
> *1. Dentro do pacote o senhor encontrará sete envelopes. Dois deles devem ser postos na caixa de correio do campus da Universidade Reston na sexta-feira. Os outros cinco devem ser deixados em uma caixa de correio em suas respectivas cidades.*
> *2. Por favor, ao mesmo tempo, envie a cada pessoa da lista o material de divulgação da empresa New Jersey Bell que segue em anexo.*
> *3. Peço que arranje um telefone com código de área 201 que funcione para o serviço asterisco-seis-nove. Essa linha deverá ser desconectada imediatamente caso alguém ligue de volta ou a atenda. Gostaria que o senhor conectasse ao telefone uma secretária eletrônica com a fita que segue junto.*

Por favor, ligue desse telefone para cada um dos números listados abaixo. Nas duas primeiras noites – sábado e domingo –, o senhor deve apenas ligar repetidamente, ficar na linha quando atenderem e não dizer nada até que a pessoa desligue. Na segunda-feira, vai ligar e dizer o seguinte: "Curta a revista. Venha me pegar. Eu sobrevivi." É importante que faça com que a voz pareça feminina e não muito clara. (Como o senhor sabe, há aparelhos que podem disfarçar vozes e fazê-las soar femininas.)

4. Em anexo há uma ordem de pagamento no valor de 3 mil dólares. Depois de terminar essas tarefas, irei contatá-lo pessoalmente por volta do dia nove deste mês e pagar os 2 mil restantes, mais despesas.

Devo permanecer anônimo. Agradeço a compreensão.

Myron ergueu os olhos.

– Presumo que o material de divulgação da New Jersey Bell explicasse o funcionamento do asterisco-seis-nove.

Confirmação de cabeça.

– Quem eram as sete pessoas?

Vinte e Um deu de ombros. Os dados foram lançados de novo. Outro dois. O cara levava jeito.

– Não lembro. Um era o Christian. Tinha um que era reitor. Mandei outro de uma cidade chamada Glen Rock.

– Para um tal de Gary Grady.

– É, o nome é esse. Também mandei três de Nova York.

– Um era para Junior Horton?

– Ah, é, acho que sim. Junior. O nome me é familiar.

– E o último?

– Outro lugar em Nova Jersey. Perto de Glen Rock.

Myron parou.

– Ridgewood?

– É. Pelo menos terminava em "wood". No nome de uma mulher. Lembro porque todos os outros eram homens.

– Carol Culver?

Ele pensou um momento.

– É. É isso. Um nome com dois cês.

Os ombros de Myron se afrouxaram.

– Ei, meu chapa, você está legal?

– Ótimo – disse ele baixinho. – E os telefonemas?

– Os números vieram em outra página. Joguei fora quando terminei. Liguei para Steele e desliguei algumas vezes. Quando liguei de volta para dar o recado, a linha estava desligada. Acho que ele se mudou.

Myron assentiu. Christian havia se mudado do campus para o apartamento novo.

– O cara de Nova York, Junior, nunca estava em casa, por isso não falei com ele, também. Todos os outros receberam os telefonemas mudos e depois os recados.

– Quantas pessoas usaram o asterisco-seis-nove?

– Só duas. Christian e o cara de Glen Rock. De qualquer modo, os caras de Nova York não conseguiriam. O asterisco-seis-nove só funciona do código de área 201.

– Já teve notícias do seu cliente?

– Não. E ontem foi dia nove. Estou dizendo, é melhor ele não sacanear o Vinte e Um Sanford.

Outra repuxada de calça mental.

– Se é que ele tem amor à vida.

– Ahã. Pode me contar mais alguma coisa?

– Sobre esse caso? Não. Ei, quer dar um pulo no Merv's? Eles me conhecem lá. Posso conseguir uma boa mesa para a gente. Jogar um pouquinho de vinte e um, talvez. Para ver a lenda em ação.

Tentador, pensou Myron. Como eletrólise nos testículos.

– Quem sabe outra hora?

– É, certo. Diga: quanto você acha que devo cobrar do Otto? Como você disse, eu gosto de ser justo.

– Ah, eu cobraria a quantia integral.

– Os 10 mil?

– É. Você ajudou muito, Vinte e Um. Obrigado.

– É, cuide-se. Apareça qualquer hora dessas.

– Ah, mais uma coisa.

– O quê?

– Posso usar seu banheiro?

45

Eram dez e meia da noite quando Myron chegou à casa de Paul Duncan. As luzes ainda estavam acesas. Myron não tinha ligado para marcar o encontro. Queria o elemento surpresa.

A casa era simples, mas bonita. Precisava de uma nova pintura, talvez. O jardim tinha vários canteiros em flor. Myron se lembrou de que Paul gostava de jardinagem nas horas de folga. Muitos policiais gostavam.

Paul Duncan atendeu a porta segurando um jornal. Óculos de leitura se apoiavam na ponta de seu nariz. O cabelo grisalho estava bem penteado. Usava uma calça azul-marinho folgada e um relógio Speidel com pulseira metálica regulável. Era o próprio homem casual da Sears. A televisão estava ligada ao fundo. Uma plateia aplaudia com vontade. Paul estava sozinho, a não ser por um golden retriever que dormia enroscado na frente da TV como se ela fosse uma lareira numa noite com neve.

– Precisamos conversar, Paul.

– Isso não pode esperar até de manhã? – perguntou. A voz dele estava tensa.

– Depois da missa de Adam?

Myron balançou a cabeça e entrou. A plateia aplaudiu de novo. Myron olhou para a tela. Ed McMahon apresentava seu programa de talentos. As garotas-propaganda não estavam em cena, por isso Myron deu as costas para a televisão.

Paul fechou a porta.

– De que se trata, Myron?

Numa mesinha de centro estavam a *National Geographic* e o *Guia da TV*. Além disso, dois livros: o último de Robert Ludlum e a Bíblia do Rei Jaime. Tudo muito arrumado. Um retrato do golden retriever em seus dias de juventude estava pendurado na parede. Havia ainda bibelôs e uns dois pratos com ilustrações de Norman Rockwell enfeitando a sala. Nada que lembrasse um retiro de solteirão ou um antro de luxúria.

– Já sei sobre seu caso com Carol Culver – disse Myron.

Paul Duncan bancou o desentendido.

– Não sei do que você está falando.

– Deixe-me tentar esclarecer. O caso existe há seis anos. Kathy pegou você e a mamãe há uns dois anos. Adam também pegou vocês na noite em que foi assassinado. Alguma coisa lhe soa familiar?

O rosto dele ficou branco.

– Como...?

– Carol me contou.

Myron sentou-se. Pegou a Bíblia e folheou-a.

– Acho que você pulou a parte sobre não cobiçar a mulher do próximo, não é, Paul?

– Não é o que você está pensando.

– O que não é o que eu estou pensando?

– Eu amo Carol. Ela me ama.

— Isso parece ótimo, Paul.
— Adam a tratava muito mal. Ele jogava. Andava com prostitutas. Era frio com a família.
— Então por que Carol não se divorciou dele?
— Não podia. Nós dois somos católicos praticantes. A Igreja não permitiria.
— A Igreja prefere a infidelidade conjugal?
— Isso não tem graça.
— Não, não tem.
— Quem é você para nos julgar? Acha que era fácil?
Myron deu de ombros.
— Vocês não pararam. Nem mesmo depois que Kathy viu.
— Eu amo Carol.
— É o que você diz.
— Adam Culver era meu melhor amigo. Ele significava muito para mim. Mas, quando se tratava da família, era um sacana. Ele era quem pagava as contas, mas só isso. Pergunte a Jessica, Myron. Ela vai dizer. Eu sempre estive presente. Desde que ela era pequenininha. Quem a levou para o hospital quando ela caiu de bicicleta? Eu. Quem fez um balanço para ela? Eu. Quem a levou de carro até a Duke quando ela entrou para a faculdade? Eu.
— Você também se vestia de Coelhinho da Páscoa?
Ele balançou a cabeça.
— Você não entende.
— Correção: eu cago e ando. Há uma diferença. **Agora vamos** voltar ao dia em que Kathy pegou vocês dois. Diga o que aconteceu.
O rosto dele demonstrou sua irritação.
— Você sabe o que aconteceu. Ela entrou e nos viu.
— Vocês estavam nus?
— O quê?
— Você e a Sra. Culver estavam nas garras da paixão?
— Não vou me dignar a responder.
Era hora de sacudir a jaula dele um pouquinho.
— Que posição? Papai e mamãe, frango assado, o quê? Algum de vocês estava usando algema ou máscara?
Ele se pôs de pé ao lado de Myron, encarando-o de cima. Todo mundo achava isso tremendamente intimidante, ficar ereto diante de um inimigo sentado. O fato era que Myron podia dar uma pancada na virilha dele antes que o outro sequer fechasse o punho.
— Cuidado, filho – disse Paul.

– Como Kathy reagiu ao ver os pombinhos?
– Não houve reação. Ela fugiu.
– Algum de vocês foi atrás?
– Não. Na verdade, nós dois ficamos muito chocados.
– Aposto que sim. Vocês chegaram a discutir o assunto com Kathy?

Paul se afastou, circulou, sentou-se na poltrona ao lado de Myron.

– Ela só falou disso comigo uma vez.
– Quando?
– Alguns meses depois.
– O que aconteceu?

Ele desviou os olhos, girando-os rapidamente para um lado e para outro, procurando um lugar seguro onde pousar.

– Não é fácil de dizer.

Myron assentiu, fingindo solidariedade.

– Continue.
– Kathy me deu uma cantada.
– Você caiu?
– O quê?
– Aceitou a cantada?

Mais uma vez o rosto demonstrou sua irritação.

– Claro que não.
– Você deu o fora nela?
– Fingi que não tinha entendido o que ela estava falando.
– Ela insistiu?
– Insistiu. Mas eu continuei ignorando.
– Mas aposto que ficou bem excitado. Mãe e filha. As duas bonitas. Suas fantasias devem ter chegado ao ápice.

A irritação se transformou em fúria. Ele finalmente tirou os óculos de leitura. Muito dramaticamente.

– Último aviso, meu chapa.
– Ahã. Então agora me fale sobre Fred Nickler.

Emputecê-lo. Mudar de assunto bruscamente. Mantê-lo desestabilizado.

– Quem?
– Para quem é da polícia, você mente muito mal. Vamos lá: 1978. Você propôs uma barganha a Nickler numa acusação de pornografia infantil. Sei tudo sobre sua ligação com ele, Paul. O que não sei é como ele se encaixa nisso.
– Ele me ajudou de vez em quando. Com alguns casos.
– Inclusive o desaparecimento de Kathy Culver?

– De certa forma, sim.

– Como?

– Acho que não há motivo para não contar.

Paul tossiu no punho trêmulo. O golden retriever abriu um olho mas não se mexeu.

– Adam encontrou fotos de Kathy no sótão. Trouxe para mim em segredo absoluto. No verso de uma havia o nome de um estúdio fotográfico chamado Fruto Proibido. Não consegui encontrar o estúdio em lugar nenhum. Por isso Adam e eu visitamos Nickler. Nickler disse que o Fruto Proibido agora se chamava Globos Globais. Deu o endereço.

– Então você foi lá e comprou todas as fotos e os negativos de Kathy?

Pergunta desnecessária. Lucy já havia identificado Paul Duncan a partir de uma foto.

– É. Nós queríamos proteger o nome de Kathy. Mas também queríamos saber quem era o animal que havia levado Kathy ao estúdio.

– Gary Grady.

– Você já sabia?

– Sou muito bem informado – disse Myron.

– Bom, eu investiguei tudo sobre esse Grady. Ele era sinistro, sem dúvida. Um professor dono de todas aquelas linhas de disque sexo. Ele tinha anúncios em pelo menos 50 revistas pornográficas. Eu o segui durante umas duas semanas, fiz boa parte disso nas horas de folga. Também grampeei o telefone dele por um tempo. Mas no fim não descobri nada.

– Como Adam reagiu a isso?

– Não reagiu bem. Adam vivia me procurando com alguma nova abordagem do caso de Kathy, a maioria baseada só no desespero dele. Não o culpo. Ela era a filha mais nova dele. A única com quem tinha um relacionamento decente. Adam estava disposto a tudo para achá-la. Queria sequestrar Gary e torturá-lo até ele falar. Eu disse que faria qualquer coisa que ajudasse, mas que precisávamos agir dentro dos limites da lei. Ele não gostou disso.

– Fale sobre a noite em que Adam morreu.

Paul respirou fundo.

– Ele armou bonito para nós.

– Sei de tudo isso. O que aconteceu depois que ele pegou você e Carol na cama?

Paul Duncan esfregou os olhos com as palmas das mãos.

– Ficou totalmente louco. Começou a xingar Carol. De nomes horríveis. Nós tentamos conversar com ele, mas o que poderíamos dizer? Depois de um tempo, ele disse que queria o divórcio e saiu correndo.

– E o que você fez?
– Vim para casa.
– Parou no caminho?
– Não.
– Há alguém que possa confirmar que você estava em casa?
– Eu moro sozinho.
– Há alguém que possa confirmar que você estava em casa? – repetiu Myron.
– Não, droga. Foi por isso que Carol e eu não contamos a ninguém. Sabíamos o que iria parecer.
– Nada bom – concordou Myron.
– Eu não o matei. Agi mal com ele. Fui um péssimo amigo. Mas não o matei.
Myron encolheu os ombros ligeiramente.
– Você parece um bom candidato, Paul. Mentiu sobre a noite do assassinato dele. Estava tendo um caso de anos com a esposa dele, uma mulher que só poderia se casar com você se o marido morresse. Ele pegou vocês dois na cama dele na noite do assassinato. A filha desaparecida era a única pessoa que sabia sobre a ligação secreta de vocês. A foto dela apareceu numa revista publicada pelo seu informante. Bem, Paul, eu diria que isso pode dar uma tremenda merda.
– Eu não tive nada a ver com isso.
– O que você fez com as fotos de Kathy?
– Entreguei a Adam, claro.
– Guardou alguma? Talvez como um pequeno suvenir?
– Claro que não!
– E nunca viu nenhuma das fotos de novo?
– Nunca.
– Mas de algum modo a foto de Kathy foi parar numa revista pornô.
Paul assentiu lentamente.
– Uma revista pornô publicada por seu coleguinha Fred Nickler.
Outra confirmação de cabeça.
– Portanto agora vem a grande pergunta, Paul: como a foto de Kathy foi parar na revista do Nickler?
Usando os dois braços para se apoiar, Paul se levantou. Foi até o televisor e o desligou. As dançarinas que se apresentavam sumiram. O cachorro não se mexeu. Paul examinou a tela vazia por um tempo e depois disse:
– Isso vai parecer loucura.
– Estou ouvindo.
– Foi o Adam. Ele pôs a foto de Kathy na revista.
Myron esperou. Sua coluna começou a formigar.

– Também não compreendo – prosseguiu Paul. – Nickler me ligou ontem. Estava abalado, disse que você andava xeretando e que já devia ter percebido alguma coisa. Eu não fazia ideia do que ele estava falando. Então ele explicou. Adam pediu ao Nickler para pôr aquela foto na revista. Veja bem, Adam conheceu Nickler quando estávamos tentando achar o estúdio fotográfico. Depois voltou lá e fingiu que ainda estava trabalhando num caso comigo. Disse a Nickler para pôr a foto no anúncio de Gary Grady. Também o orientou a dar o apelido e o endereço de Gary se alguém perguntasse, mas não dizer mais nada.

– Pistas suficientes para acharem o Grady – disse Myron.

– É o que parece.

– Nickler disse por que só pôs o anúncio na *Mamilos*?

– Não. Posso perguntar, se você quiser.

Myron balançou a cabeça.

– Não é necessário.

– É só isso o que sei. Não consigo imaginar qual era a intenção de Adam. Talvez ele quisesse aprontar uma armadilha para Grady ou talvez simplesmente tenha pirado. Mas a verdade é que não imagino por que Adam poria a foto da própria filha naquela revista.

Myron se levantou. Tinha uma boa ideia do motivo.

46

WIN SE OLHOU NO ESPELHO. Apesar de ser quase meia-noite, sua noitada estava apenas começando. Ajeitou o cabelo, sorriu para o próprio reflexo e disse:

– Meu Deus, como eu sou bonito!

Myron grunhiu.

– Vai ligar para Jessica? – perguntou Win.

– Quero repassar tudo de novo.

– Agora?

– Agora.

– E fazer minha donzela casadoira esperar?

– Ela vai sobreviver.

– Você não entende. Essa garota é muito especial para mim.

– Qual é o sobrenome dela?

Win pensou um momento, deu de ombros.

– Certo, o que você quer repassar?

– Eu lhe contei tudo o que sei. Quero saber como você vê a coisa.

Win deu as costas para o espelho antigo. Seu apartamento no Central Park West tinha sido presente do avô. Era gigantesco, valia milhões e era decorado como Versalhes. Myron tinha medo de tocar em qualquer coisa ali. Estava sentado numa cadeira antiga com braços de madeira que quase furavam suas costas.

– Importa-se se eu dividir o caso em três entidades autônomas? – perguntou Win.

– Como quiser.

– Ótimo. Então comecemos. Entidade um: o desaparecimento de Kathy Culver. No último ano do segundo grau, a personalidade de Kathy sofreu uma transformação motivada pelo que a mãe dela agora revelou a você. Então Kathy se dedicou a ferir a referida mãe usando de promiscuidade. Daí as fotos lascivas, que Kathy mandava para Carol pelo correio. Mas Kathy Culver não via o perigo de seus atos. Achava que poderia simplesmente parar quando desejasse. Contudo não foi assim. No momento em que quis parar, supostamente quando conheceu Christian, simplesmente não conseguiu.

Myron assentiu.

– Entra em cena o Sr. Junior Horton. Ele decidiu ganhar uma grana com a nova Kathy Culver purificada, usando de chantagem. Kathy concordou em pagar pelo silêncio e pelas fotos. Na noite em questão, o Sr. Horton ligou para Kathy na casa da irmandade. Ela consentiu em se encontrar com ele no vestiário. Lá, foi estuprada por Junior Horton e vários colegas.

Win parou e foi na direção de um *decanter*.

– Quer conhaque?

– Não, obrigado.

Ele serviu um pouco numa taça.

– O estupro a levou a um ponto de ruptura emocional – continuou ele. – Ela desmoronou. De repente ansiava por redenção e por justiça acima de tudo. Por isso foi imediatamente à casa do vice-reitor Gordon para denunciar o estupro. Ele era seu chefe e ela provavelmente o considerava amigo. Contou a ele o que aconteceu no vestiário. A reação dele foi inútil ou prejudicial à decisão dela. Escolha a opção.

– Provavelmente prejudicial – acrescentou Myron.

– É, provavelmente prejudicial. De qualquer modo, Kathy saiu desolada da casa de Gordon. Andou pelo campus numa espécie de atordoamento catatônico, imagino. Ricky Lane se aproximou dela. Pediu desculpas e lhe entregou a calcinha, isto é, a prova do crime. Depois disso... Quem sabe? A única coisa de que temos certeza é que a calcinha foi encontrada em cima de uma lixeira dias depois. Alguma pergunta até agora?

Myron balançou a cabeça.

– Então passemos à entidade dois: o envolvimento de Adam Culver. Algum tempo depois do desaparecimento de Kathy, seu pai encontra no sótão as fotos lascivas de sua princesinha. Sabemos que elas foram escondidas ali por Carol Culver. Mas tenho certeza de que Adam não deduziu isso. Certamente pensou que Kathy as havia ocultado lá. Também teria presumido, naturalmente, que as fotos estavam ligadas ao desaparecimento da filha.

– Faz sentido.

– É, bastante.

Win girou seu conhaque, estudando a cor.

– Então Adam Culver pede ajuda a Paul Duncan em sua investigação. Eles rastreiam a origem das fotos por meio de Fred Nickler. Também descobrem a respeito de Gary Grady. Continuam a investigação, mas não surge mais nada. Paul quer desistir. Adam está desesperado, tanto que tenta atrair o agressor de um modo muito pouco ortodoxo.

Win parou, organizando o pensamento.

– Aqui é que a coisa fica interessante – disse ele. – Sabemos que Adam estava com as fotos. Sabemos que ele providenciou para que a imagem aparecesse na revista pornográfica. Acho significativo que a foto só tenha sido posta na revista *Mamilos*.

Myron se inclinou para a frente. Estavam em sintonia.

– A revista de menor circulação, quase inexistente.

– O fato incomodou você desde o começo – disse Win.

Myron assentiu.

– Alguém não queria que a revista fosse vista por muita gente.

– O pai dela, por exemplo.

– Exato.

– E – continuou Win – sabemos que Adam Culver gostava de frequentar os cassinos de Atlantic City. Ele pode ter conhecido seu amigo Vinte e Um numa das visitas, ou pelo menos ter ouvido falar dele. Pode ter contratado alguém para falsificar a letra da filha. Provavelmente tinha uma gravação antiga de secretária eletrônica com a voz dela. Então Adam Culver armou tudo. Mandou a revista para as pessoas que poderiam estar envolvidas no desaparecimento de Kathy. O noivo dela, para começar. E pessoas que estavam nas fotos, como Junior Horton.

– Por que ele mandou uma para a esposa? – perguntou Myron.

– Não sei.

– E para o vice-reitor Gordon?

– Talvez alguma daquelas fotos do sótão mostrasse Gordon. Ou talvez Adam tenha descoberto sobre a visita de Kathy à casa dele naquela noite. Provavelmente Adam Culver estava apenas cobrindo todas as possibilidades. Mas agora isso não é tão relevante para o caso. O que é relevante é o motivo de Adam para não querer mais a ajuda de Paul Duncan.

– Adam descobriu que Paul estava dormindo com a mulher dele.

Win assentiu.

– Paul já não podia ser considerado amigo nem digno de confiança. Agora Adam estava sozinho. Então mandou o pacote para o Sr. Vinte e Um, certificando-se de que nunca pudessem rastreá-lo a partir do material. Depois armou a segunda operação de guerra, contra a esposa e Paul. Surpreendeu os dois, saiu correndo e foi assassinado.

– E quem o matou?

Win pousou a taça numa espineta do século XVII. Juntou as mãos tocando apenas as pontas dos dedos, batendo-as gentilmente umas contra as outras.

– Há duas possibilidades – disse. – Primeira, Paul Duncan. Não podemos simplesmente descartá-lo. Ele tinha motivação e oportunidade. Segunda, Adam queria cutucar o assassino, isso está claro. Mas talvez a revista tenha provocado mais encrenca do que ele havia previsto.

– A não ser por uma coisa – reagiu Myron. – As revistas ainda não tinham sido distribuídas. Adam morreu dois dias antes de Vinte e Um mandá-las pelo correio.

– Então talvez alguém tenha descoberto o que Adam estava aprontando antes mesmo de elas serem enviadas.

– Otto Burke?

Win deu de ombros.

– Mas Otto não tinha nenhuma ligação com Kathy Culver – disse Myron.

– Não que saibamos. O que nos leva à entidade três: as incógnitas. Uma grande incógnita, pelo que vejo, é Nancy Serat. Podemos presumir que ela deu informações valiosas a Adam Culver. Mas não sabemos quem a matou. Ou o que ela quis dizer quando falou a Christian que era hora de as irmãs se reunirem. Sobretudo, não sabemos por que o cabelo de Kathy Culver foi encontrado no cadáver dela.

Win olhou seu cabelo no espelho novamente. Perfeito. Sorriu, piscou, só faltou beijar o próprio reflexo.

– Também não temos explicação para a cabana de Adam Culver na floresta. Ele pode ter ficado desesperado a ponto de querer sequestrar os suspeitos para interrogá-los. Ou talvez estivesse atrás de vingança contra todos os que saíram nas fotos com Kathy. Como Gary Grady. Ou Junior Horton. Mas, por algum motivo, minha mente não aceita por completo nenhuma dessas hipóteses.

Myron assentiu. Também não pareciam de todo aceitáveis para ele.

– Portanto agora chegamos à última incógnita. A incógnita mais significativa de todas: a própria senhorita Kathy Culver. Está viva? Está por trás de tudo isso? Está envolvida de algum modo?

Win pegou a taça sobre a espineta. Tomou um gole de conhaque, deixou-o rolar na língua, engoliu.

– Fim.

Os dois ficaram sentados em silêncio. Myron revirou os fatos na mente outra vez. Nenhum deles mudou. Win examinou o rosto dele.

– Isso tudo foi um exercício mental – disse Win. – Um *test drive*, por assim dizer.

Myron ficou quieto.

– Você sabe o que aconteceu. Sabia antes mesmo de eu dizer ao menos uma palavra.

Myron entregou o telefone a Win.

– Cancele seu encontro. Temos muito trabalho a fazer.

47

A MISSA.

Myron chegou atrasado e se escondeu atrás de uma coluna. Precisava desesperadamente tomar um banho, fazer a barba e tirar um cochilo. E dava para notar.

Viu Jessica no banco da frente. A mãe estava sentada entre ela e Edward. Os três choravam.

O padre fez o discurso padrão como um ator que soubesse as falas bem demais. Nada de novo ou original foi dito. Não havia caixão, nem cadáver bem-vestido repousando em paz. O padre parecia incomodado com isso, com a ausência do adereço costumeiro. Nas horas predeterminadas, fazia um gesto para baixo e tinha de disfarçar ao perceber que não havia nada diante dele.

Myron ficou fora de vista. A igreja estava apinhada. Paul Duncan estava sentado na segunda fileira, diretamente atrás de Carol. De vez em quando punha a mão no ombro dela, mas nunca deixava por muito tempo. Manter as aparências. Christian estava ao lado dele, orando de cabeça baixa. Otto Burke e Larry Hanson se encontravam algumas fileiras atrás. Bela jogada de marketing. Sem dúvida a imprensa ficaria sabendo da preocupação sincera de Otto Burke pelo sofrimento de seus jogadores. De novo: manter as aparências.

Win estava perto dos fundos. À direita dele sentava-se Sally Li. O rosto dela parecia abatido, como se precisasse de um cigarro. Myron falara com ela na noite anterior. Ela havia feito o exame. O resultado confirmara as suspeitas dele.

O vice-reitor Gordon e sua esposa, Madelaine, estavam à esquerda. O vice-reitor estava sério. Madelaine Gordon estava linda de preto. Myron reconheceu mais alguns rostos na multidão, mas não conseguia lembrar seus nomes ou de onde os conhecia. Não importava.

O padre fez alguns últimos comentários sobre a outra vida, a vontade de Deus e o reencontro com os entes queridos no céu. Os soluços de Jessica sacudiam todo o seu corpo. Ninguém passou o braço em volta dela. Ninguém a consolou. Ela parecia pequena e frágil. Myron sentiu um nó na garganta.

Lá vamos nós.

Quando a cerimônia chegou ao fim, Myron não hesitou. Andou decididamente pelo corredor. Jessica correu para ele. Eles se abraçaram, ambos fechando os olhos. As pessoas começaram a se dirigir para a saída. Win ficou perto de Otto Burke, Larry Hanson e do vice-reitor Gordon.

Finalmente Jessica o soltou.

– Onde você estava?

Myron engoliu em seco. Cumprimentou Paul Duncan com um aceno de cabeça, apertou a mão de Edward e de Christian, beijou Carol de leve no rosto.

– Não sei como dizer – respondeu.

– Qual é o problema?

Ele olhou-a direto nos olhos.

– Encontrei Kathy. Ela está viva.

O grupo ficou em silêncio.

Jessica abriu a boca, fechou-a.

– Vou encontrá-la esta noite – disse Myron.

Jessica finalmente resgatou a própria voz.

– Como...?

– É uma longa história. Mas ela está viva. Vou trazê-la para casa esta noite.

Jessica olhou para Carol. Carol olhou de volta. Todo mundo olhou para todo mundo.

– Vou com você – disse Jessica.

– Não pode.

– Não posso coisa nenhuma.

– Eu prometi a ela. Vou só eu. Sozinho. Ela está apavorada.

– Por quê?

– Porque alguém tentou matá-la.

– Quem?

Myron balançou a cabeça.

– Ela não quis contar. Pelo menos por telefone.

Ele segurou a mão de Jessica. Estava fria e rígida. Como mármore.

– Vou trazê-la direto para casa. Prometo. Então vamos conversar. Mas não podemos correr o risco de assustá-la.

Jessica balançou a cabeça. Parecia perdida.

– Onde você vai encontrá-la?

– Na floresta.

– Que floresta?

Jessica recuou um pouco.

– Não faz sentido – falou ela.

– Não posso contar, Jessica. Prometi a Kathy. Ela disse que é o lugar onde a deixaram achando que estivesse morta. Quer mostrar onde aconteceu.

Mais silêncio.

– Santo Deus – disse Paul Duncan.

Carol praticamente desmaiou nos braços dele.

– Onde ela esteve ultimamente? – perguntou Jessica.

– Só sei algumas partes, pela minha investigação. Ela passou quase todo o tempo se recuperando dos ferimentos. Também esteve no Caribe. Numa ilha chamada Curaçao. Cheguei a essa pista a partir dos registros do Hospital St. Mary. Na noite em que ela sumiu, eles internaram uma mulher que foi encontrada inconsciente no meio de uma estrada. Ela deu o nome de Katherine Pierce.

Carol ofegou.

– Pierce? É o meu nome de solteira.

Myron assentiu.

– Ainda não sei todos os detalhes. Ela foi golpeada na cabeça. A pancada rachou o crânio. O agressor achou que ela estivesse morta. Mas não estava. Ele a enterrou na floresta. Ela acordou e conseguiu cavar e sair. É um milagre que tenha sobrevivido.

Os olhos de Jessica se encheram de lágrimas.

– Ela está viva?

– Está.

– Tem certeza?

– Tenho.

Então Jessica abraçou a mãe. Edward participou do abraço. Christian e Paul olharam perplexos. Myron se virou para a porta. Win estava parado lá. Em um gesto quase imperceptível com a cabeça, ele deu a Myron o sinal de confirmação.

48

Myron parou o carro na estrada de terra. Estava sozinho. O relógio do carro marcava oito e meia da noite. Pegou sua lanterna e foi para o ponto de encontro.

A vegetação era cerrada. Galhos fustigavam seu rosto. Ele tentou ouvir outros sons. Grilos cantando. Mais nada. O facho da lanterna cortava a escuridão densa, abrindo o caminho por onde ele seguia. Myron ouvia seus pés esmagarem folhas e gravetos. A boca estava totalmente seca. Era sempre assim em momentos como esse.

Agora estava chegando perto, não faltavam mais de 20 ou 30 metros.

– Kathy? – gritou.

Ninguém respondeu.

– É o Myron, Kathy. Estou sozinho.

Não houve resposta. Mas então Myron ouviu um som de passos à sua frente. Algo surgiu. Uma pessoa. Uma pessoa de cabelos louros compridos.

– Tudo bem – disse gentilmente. – Estou sozinho aqui.

Ela caminhou hesitante em sua direção. A mão direita protegia os olhos da claridade da lanterna. Myron afastou o facho.

– Está tudo bem – disse.

Ela continuou indo em sua direção, uma silhueta fraca. Os passos eram lentos, dificultosos, como os de um monstro de filme *trash*.

– Tudo bem – repetiu Myron. – Ninguém vai machucar você.

– Queria que isso fosse verdade.

A voz não tinha vindo dela. Tinha vindo de trás dele. Myron fechou os olhos. Seus ombros se afrouxaram.

– Olá, Christian.

– Não se mexa, Sr. Bolitar. Levante as mãos.

– Por que me dar o trabalho?

– O quê?

– Você vai nos matar de qualquer jeito. Como tentou matar Kathy. Como matou o pai dela e Nancy.

– Eu não queria fazer mal a ninguém.

– Mas fez.

Christian engatilhou a arma.

– Mãos para cima. Agora.

Myron levantou as mãos devagar.

– Kathy se abriu para você naquela noite. Contou tudo, cada detalhe sórdido da vida dela. Ela queria passar uma esponja no passado e recomeçar.

– Ela mentiu para mim! – gritou Christian. – O tempo todo que ficamos juntos. Era tudo uma mentira!

– Por isso você tentou matá-la.

– Kathy queria que eu ainda a amasse, Sr. Bolitar. Mas o senhor não entende? Eu nunca a amei. Eu amava uma mentira. Ela queria que eu mantivesse aquela mentira enquanto ela contava sua história ao mundo. Queria que eu entregasse meus colegas de time, que jogasse fora qualquer chance de um campeonato nacional e um troféu Heisman. Em nome de uma puta mentirosa.

– Uma puta mentirosa – disse Myron. – Como sua mãe.

Ele assentiu.

– Diga a ela, Sr. Bolitar. Diga o que aquele jogo significou. Em termos de dinheiro, fama, orgulho. O senhor entende, Sr. Bolitar. Ele me ajudou a conseguir o contrato.

– Por isso você a golpeou na cabeça.

– Eu não queria. Simplesmente aconteceu. Pensei que ela estivesse morta. Não consegui encontrar a pulsação.

– Por isso veio com ela até aqui e enterrou o corpo. Esperava que ela nunca fosse encontrada, mas, se fosse, culpariam algum assassino em série.

Christian chegou mais perto. Levantou a arma.

– Chega de conversa. Não vou deixar que o senhor fique me embromando até alguém aparecer.

– Não precisa. Tem alguém aqui desde o começo.

Win saiu de trás de uma árvore, a menos de um metro de Christian. Apertou o 44 contra o ouvido dele e disse:

– Largue a arma ou seu cérebro vira almoço de esquilo.

Christian largou a arma.

– Acabou – gritou Myron.

Dois policiais uniformizados surgiram a distancia. Chegaram e algemaram Christian.

Jake Courter veio cambaleando depois deles, pisando alto em meio ao capim crescido.

– Estou velho demais para essa merda – resmungou.

Quando chegou à clareira, disse:

– Bela armação, Bolitar.

– Muitos detalhes. É o segredo de uma boa tramoia.

– Agora vai me contar o que está acontecendo?

– Claro. Jess?

Jessica tirou a peruca loura e deu um passo à frente.

Christian ficou boquiaberto.

– Que diabo...

– Você matou Kathy – disse Myron. – Mas não foi com a pancada na testa. Ela sufocou tentando sair de baixo da terra.

– E onde está o corpo? – perguntou Jake, parecendo confuso.

– No necrotério. Há dois meses, desde que a polícia o encontrou. Sally Li concluiu a identificação ontem à noite.

– Mas por que ele não foi identificado antes?

– Porque o legista era o pai de Kathy. Ele percebeu imediatamente de quem se tratava, mas fingiu que não.

– Por quê?

– Pare para pensar, Jake. Segundo a perspectiva de Adam Culver. A sua investigação não tinha descoberto nada em 18 meses. Adam sabia disso. Também sabia que o corpo não oferecia nenhuma pista nova. Por isso achou que o único modo de pegar o assassino de Kathy seria fazer com que ele se revelasse. Como? Enganando-o de forma que acreditasse que Kathy ainda estava viva. Afinal de contas, ela estava viva quando foi enterrada na floresta. Assim, Adam manteve em segredo a identidade do corpo. Para todo mundo: a polícia, os amigos, até a família. Mas achou que as fotos em que ela aparecia nua estavam ligadas a tudo isso. Por isso as usou.

– Quer dizer que ele pôs o anúncio naquela revista?

Myron assentiu.

– Adam Culver planejou tudo. Até os telefonemas misteriosos dizendo "Venha me pegar. Eu sobrevivi". Fez tudo o que pôde para parecer que Kathy estava viva.

Jake assentiu.

– Então o que vocês fizeram agora...

– Foi concluir o plano de Adam Culver. Nossa encenação na igreja hoje cedo plantou as últimas sementes de dúvida.

– Você estava forçando Christian a fazer uma jogada.

– Exato.

– Incrível! Então todo mundo estava participando?

– Jessica estava – respondeu Myron. – E a mãe e o irmão dela. Teria sido cruel demais mentir para eles. Mas Paul Duncan não sabia. Nem mais ninguém. E Win se certificou de que todos os suspeitos, Otto, o vice-reitor, até Gary Grady, soubessem que Kathy havia "sobrevivido".

– Então você não tinha certeza de que era Christian?

– Não, eu tinha certeza.

– Estava tentando jogar limpo.

Myron assentiu.

– Por isso não contei nada a você. Queria que você visse o que aconteceu sem ter nenhuma ideia preconcebida.

– Entendi – disse Jake. – Continue.

– Adam Culver sabia que só o assassino conhecia este lugar. Se fizesse o assassino pensar que Kathy ainda poderia estar viva, ele teria de voltar aqui para ter certeza de que estava morta. Por isso Adam alugou a cabana aqui perto. Por isso tinha todo aquele equipamento eletrônico. Para gravar. Para ter provas.

– Pegaria o assassino quando ele voltasse à cena do crime.

– Isso.

– Mas uma coisa eu não entendo. Adam morreu antes que a revista fosse enviada. Como Christian ficou sabendo?

– Não ficou. Lembre-se: Adam era legista, não investigador. Ele deixou escapar uma pista importante. Pelo menos a princípio.

– Que pista?

– As roupas de Kathy.

– O que é que tem?

– Quando o corpo de Kathy foi encontrado, estava vestido com um suéter amarelo e uma calça esportiva cinza. Mas as colegas da irmandade contaram que ela estava com uma roupa azul quando saiu da casa. Os estupradores disseram que ela vestia azul. O vice-reitor Gordon falou da roupa azul. Ricky Lane disse que ela estava de azul. Além disso, as colegas de irmandade também foram categóricas ao afirmar que Kathy não retornou à casa. Por isso a questão era: de onde vieram o suéter amarelo e a calça cinza?

Jake deu de ombros.

– Adam demorou um tempo para perceber a importância das roupas. Mas, quando percebeu, foi à fonte mais óbvia. A colega de quarto de Kathy.

– Nancy Serat.

– Certo. Mas ele não queria revelar que o corpo de Kathy havia sido encontrado. Por isso perguntou a Nancy onde podia encontrar o suéter amarelo predileto dela, fingindo ser um pai passando por um momento nostálgico. Mas pense bem. Se Kathy não voltou à casa da irmandade, onde trocou de roupa?

Agora Jake estava entendendo.

– Na casa de Christian – disse estalando os dedos. – Kathy dormia lá o tempo todo. Devia ter roupas lá.

– Isso.

– E Nancy e Christian eram amigos – disse Jake, pegando o fio da meada.

– Ela não viu nada de errado em contar a ele sobre a visita de Adam. Provavelmente achou bonitinha a coisa toda.

Myron se virou para Christian.

– Você ficou apavorado quando soube que Adam estava perguntando pelo suéter amarelo. Você sabia que ele estava chegando perto. Por isso o seguiu naquela noite. Ouviu a briga dele com a esposa. Viu-o sair transtornado de casa e achou que era a oportunidade ideal para matá-lo. Outro desvio de foco perfeito.

Christian ficou quieto.

– Como assim, outro desvio de foco perfeito? – perguntou Jake.

– No início da sua investigação sobre o desaparecimento de Kathy, em quem você se concentrou?

– No Christian. Como eu disse, nós sempre investigamos o namorado.

– E o que Christian fez? A segurança do campus estava passando pente fino em tudo em busca de pistas. Então ele colocou a calcinha em cima da lixeira.

– A calcinha com o sêmen de outra pessoa – acrescentou Jake.

– Prova de que não era ele o culpado.

– Essa foi de surpreender.

– Ele também nos pôs na direção errada com Nancy Serat. Ele estrangulou Nancy. Depois colocou fios do cabelo de Kathy na cena do crime.

– Mas onde ele conseguiu o cabelo?

– Kathy dormia no quarto dele o tempo todo, certo? Ela devia ter outras coisas lá, além das roupas. Escova de cabelo, por exemplo.

– Filho da puta.

– Foi quase perfeito. Culpar alguém que estava morta. E se Kathy não estivesse morta, se houvesse mesmo sobrevivido, isso iria fazer com que ela parecesse uma lunática. Quem acreditaria em uma garota que havia matado a ex-colega de quarto? Mas Christian não contava com o surgimento de Jessica na casa de Nancy. Ele entrou em pânico. Golpeou-a na cabeça e fugiu. O problema é que havia deixado digitais. Mas Christian foi esperto. Até usou isso em proveito próprio. Quando você o pegou na manhã seguinte, ele admitiu imediatamente que havia estado na casa de Nancy. E depois veio com a maravilhosa história sobre as irmãs se reunirem.

– Mais um desvio de foco perfeito – disse Jake.

– Só que se esqueceu do copo.

– Que copo?

– As digitais dele foram encontradas em vários lugares da casa, inclusive num copo. No entanto Christian nos disse que Nancy mal o deixou entrar, que praticamente o expulsou, falando alguma coisa sobre as irmãs se reunirem. Nessas circunstâncias, não seria estranho que ela lhe oferecesse uma bebida?

Myron olhou para Christian. Ele baixou os olhos.

– Eu... eu não queria fazer mal a nenhum deles, Sr. Bolitar.

– Você foi manipulador e calculista – disse Myron. – Cobriu todas as bases, até quando me contratou. Eu era um empresário pequeno. Poderia ser controlado. Você conhecia meu passado, sabia que eu era um investigador experiente. Achava que, se surgisse algum problema, eu guardaria tudo em segredo. Que iria mantê-lo informado. Que tentaria proteger você. Você me fez de otário.

Todo mundo permaneceu em silêncio, até que Jake disse:

– Certo. Levem-no daqui.

Os policiais levaram Christian.

Myron olhou para Jessica. Ela ainda não tinha dito uma palavra. Lágrimas escorriam pelo seu rosto. Nenhuma lágrima daquela manhã havia sido pelo pai. Talvez algumas destas fossem.

Win balançou a cabeça.

– "Almoço de esquilo." Não acredito que eu falei "almoço de esquilo".

Jessica parou de chorar. Até sorriu um pouquinho. Myron passou o braço em volta dela e puxou-a para perto. Juntos, voltaram para o carro.

49

Três dias depois Myron levava Jessica ao aeroporto.

– É só me deixar no terminal – disse ela.

– Vou esperar com você no portão de embarque.

– É melhor você voltar.

– Estou com tempo.

– O trânsito vai estar horrível.

– Não me importo.

– Myron?

– O quê?

– Só me deixe lá e vá embora. Você sabe que eu odeio cenas.

– Não vou fazer cena.

– Você sempre faz cena.

Silêncio.

– O que vai acontecer com Gary Grady? – perguntou ela.

– Mandei todas as informações ao conselho escolar e à imprensa local. Não sei se ele vai para a cadeia, mas sua carreira terminou.
– E o vice-reitor Gordon?
– Pediu demissão hoje cedo. Vai passar para o setor privado.
– E os estupradores?
– Cary Roland é o promotor. Esse caso significa grandes manchetes. Ele vai se esforçar ao máximo. Ricky Lane vai testemunhar.
– Você deixou de ser empresário do Ricky?
Myron assentiu.
– E perdeu o Christian.
Outra confirmação de cabeça.
– No todo – disse ela –, este caso não teve um efeito econômico positivo para você.
– Estou mais preocupado com o efeito pessoal.
– Ou seja...
– Ou seja: você estar de volta à minha vida.
– Mas isso não é bom?
– É. Só que você está indo embora.
– Só por um ou dois meses. É uma turnê de divulgação de livro.
Ele parou na frente do terminal.
– Eu volto – disse ela.
Ele assentiu.
Jessica o beijou. Myron a envolveu. Por fim, ela o empurrou. A contragosto, ele a soltou.
– Eu te amo – disse ele.
– Eu também te amo.
Ela saiu do carro.
– E vou voltar.
Myron a observou caminhar para a entrada. Olhou-a passar pela porta automática de vidro, viu-a se dirigir ao balcão da companhia aérea, acompanhou-a com o olhar enquanto desaparecia descendo uma escada rolante. Continuou olhando mesmo depois de ela ter sumido, até que um segurança bateu em sua janela.
– Área de desembarque, meu chapa. Pode ir saindo!
Myron olhou mais uma vez. Depois voltou para o escritório.

CONHEÇA OS LIVROS DE HARLAN COBEN

Até o fim
A grande ilusão
Não fale com estranhos
Que falta você me faz
O inocente
Fique comigo
Desaparecido para sempre
Cilada
Confie em mim
Seis anos depois
Não conte a ninguém

Coleção Myron Bolitar
Quebra de confiança
Jogada mortal
Sem deixar rastros
O preço da vitória
Um passo em falso
Detalhe final
O medo mais profundo
A promessa
Quando ela se foi
Alta tensão
Volta para casa

Coleção Mickey Bolitar
A toda prova
Uma questão de segundos
Refúgio

editoraarqueiro.com.br